ハヤカワ epi 文庫
〈epi 93〉

書店主フィクリーのものがたり

ガブリエル・ゼヴィン
小尾芙佐訳

epi

JN211128

早川書房

8116

日本語版翻訳権独占
早　川　書　房

©2017 Hayakawa Publishing, Inc.

THE STORIED LIFE OF A. J. FIKRY
by
Gabrielle Zevin
Copyright © 2014 by
Gabrielle Zevin
Translated by
Fusa Obi
Published 2017 in Japan by
HAYAKAWA PUBLISHING, INC.
This book is published in Japan by
arrangement with
LAPDOG BOOKS, INC.
c/o STERLING LORD LITERISTIC
through TUTTLE-MORI AGENCY, INC., TOKYO.

私という人間の形成期に、
もろもろの本をあたえてくれた両親に、
その昔、ウラジーミル・ナボコフの短篇集を
私にくれたあの少年に。

たがいに敬い愛しあおう、
きみとぼくが、いなくなってしまうまえに。
——ルーミー

もくじ

第一部

第二部

書店主フィクリーのものがたり

第一部

おとなしい凶器

ロアルド・ダール
1953年

妻が、冷凍してあった仔羊の脚で夫を殺し、その「凶器」を警官たちに食べさせて始末する。じゅうぶん使えるダールのアイディアなのに、ランビアーズが、こんな疑問をもちだした。完璧な家庭の主婦が、ここに書かれているような手順で仔羊の脚を調理するものだろうか――つまり解凍もせず、香辛料もまぶさず、マリネもせずにね。これじゃ出来上がりの肉は硬いまま、焼きむらもあるんじゃないか？　ぼくの職業は料理では（犯罪でも）ないが、こうした細かい点をつつけば、この話は成り立たないだろう。こんな難点があるのに、この作品がここに選ばれたのは、むかしむかしダールの『おばけ桃の冒険』が大好きだった女の子を、ぼくが知っているからだ。

――A・J・F

ハイアニスからアリス島へ行くフェリーの上で、アメリア・ローマンは、黄色に塗った爪のマニキュアが乾くのを待ちながら、前任者のメモにざっと目を通す。〈アイランド・ブックス、年商三十五万ドル、売り上げは観光客が訪れる夏期シーズンにほとんど集中している〉とハービー・ローズは記している。〈売り場面積はほぼ五十平方メートル。店主のほかに、フルタイムの店員はいない。児童書の棚はきわめて少ない。ホームページはネット上に出たばかり。訴求効果は貧弱。在庫は主として文学関係、当社にとっては好都合、とはいえフィクリーの好みはきわめて特殊、しかもニックがいなくては、対面販売は期待できない。彼にとって幸いなのは、アイランド・ブックスが、町では唯一の書店であること〉。アメリアは——軽い二日酔いをいたわりながら——欠伸《あくび》をし、気難し屋の小さな書店のために、こんな長旅をする値打ちがあるのかしらと思う。しかしマニキュアが乾くころには、あの楽観的な性格がしょうこりもなく顔をだす。もちろんその価値はありますとも！　彼女の得意部門は、うるさ型の小さな書店と、それを経営している特別な種族のお相手だ。このほかに、いっぺんに種々雑多なことをやりこなす才能もある、夕食にしかるべきワインを選び（飲みすぎた友人たちを介抱してその場をとりなし）、鉢植えの植物を育て、野良猫や野良犬の世話をし、その他あれこれと、無益なことに手を出す。

フェリーをおりたとたんに携帯電話が鳴る。かかってきた番号には覚えがない——友人はだれひとり携帯電話を電話として使ってはいない。それでも、こうした気晴らしは歓迎だし、吉報は、待ちわびている電話で、あるいは知人からの電話でしかもたらされないものと信じているような人種にはなりたくない。電話をかけてきたのはオンライン・デートで失敗した三人目の男性、ボイド・フラナガンだとわかる、六カ月ほど前、サーカスに連れていってくれた相手だ。

「二週間ばかり前にメールしたんだけどな」と彼はいう。「読んだ？」

近ごろ転職したので、パソコンがいろいろ混乱しているのと彼女は答える。「それに、オンライン・デートというものをあらためて考えているのよ。ほんとにわたしに向いているのかどうか」

ボイドにはこの最後の部分は聞こえないようだ。「またデートしたくない？」と彼は訊く。

件名：彼らのデート。サーカスの物珍しさが、おたがいに共有するものがなにひとつないという事実をしばし忘れさせてくれた。ディナーがおわるころには、性格の不一致というさらに大きな事実が明らかになっていた。おそらくそれは、前菜について意見が分かれたことや、メイン・コースのあいだに彼が認めた事実、つまり〈古いもの〉いっさい――骨董品、古家、老犬、老人――が嫌いだという事実からすでに明らかだったはずだ。それでもアメリアは、デザートになって、これまでの人生でもっとも影響を受けた本はなにかと尋ね、『会計学の原理第二巻』だと彼が答えるまでは、これで終わりときめつけることは控えていたのだ。

彼女はやさしく、ノゥという。デートはもう気が進まない。

ボイドが、乱れた息づかいをしているのが聞こえる。泣いているのかしらと心配になる。

「だいじょうぶ？」と彼女は訊く。

「保護者きどりはやめてくれ」

アメリアは、電話を切るべきだと思うのに切らない。頭のどこかで、なにか話の種になるようなことが起こらないかと思っている。友人たちを楽しませる話の種にでもならなければ、失敗したデートなんて意味がない。「なんですって？」

「おれがすぐに電話しなかったこと、わかってるよな、アメリア」と彼がいう。「なんで電話しなかったかというとね、もっとましな相手に出会ったからさ、でもそいつがうまくいかなかったから、もう一度あんたにチャンスをやろうと思ったのさ。だから自分のほうがおれより上だなんて思うなよ。あんたの笑顔はまあまあさ。それは認めるよ、けどね、歯はでかいしさ、それに尻もでっかい、飲みっぷりはいいけどね、あんた、もう二十五じゃないんだぞ。もらった馬のあらさがしをするもんじゃない」もらった馬が泣きだす。

「残念だな。ほんとに残念だよ」

「これでいいのよ、ボイド」

「おれのどこがいけない？　サーカスはおもしろかったじゃないか？　それにこのおれもそう悪くはないぞ」

「あなたはすてきよ。サーカスもとっても独創的だったし」

「だけど、おれが好きになれない理由があるはずだ。正直にいってくれ」

そういわれれば、彼が好きじゃない理由はたくさんある。ひとつ取り出す。「わたしが出版社に勤めているといったら、本はあまり読まないっていったでしょ」

「気取ってやがる」と彼はきめつける。

「そういうところはあるかもしれない。ねえ、ボイド、わたし、仕事中なの。もう切らないと」アメリアは電話を切る。自分の容貌についてはうぬぼれているわけではないし、ボイド・フラナガンのご意見をありがたく承《うけたまわ》っていたわけでもない、彼のほうだって身を入れて話をしていたわけではない。相手にとってこちらはごく最近の期待はずれにすぎない。こっちだって期待はずれはいくつもあった。

彼女は三十一歳、これまでにだれかに会っていてしかるべきだ。

ところがいまだに……

楽天家のアメリアは、感性や関心を共有できない人間といっしょにいるより、独りでいるほうがましだと信じている。（そう、でしょ？）

母親は、小説がアメリアをだめにした、だから現実の男が受け入れられないのだといいたがる。この意見はアメリアを侮辱している。典型的なロマンチック・ヒーローが出てくるような小説しか読んでいないとほのめかしているのだから。ロマンチックな主人公が出てくる小説だってたまにはいいが、彼女の本の好みは、はるかに多種多様だ。さらにいうなら、かの『ロリータ』のハンバート・ハンバートだってキャラクターとしては大好き、もっとも、彼を人生のパートナー、ボーイフレンド、あるいはちょっとした知り合い程度でもごめんこうむるという事実は認める。ホールデン・コールフィールドにも、ロチェスターさまやダーシーさまたちにも、同じように感じている。

紫色のヴィクトリア朝風コテージの玄関ポーチの上に掲げられている看板は色あせていて、アメリアはもう少しで通りすぎるところだった。

アイランド・ブックス

島の本屋
創業一九九九年
アリス島唯一の優れた文学書籍販売元
人間は孤島にあらず。書物は各々一つの世界なり

店のなかでは、十代の女の子が、アリス・マンローの新しい短篇集を読みながら店番をしている。「あら、それはどう？」とアメリアは訊く。アメリアはマンローが好きだが、休暇のあいだをのぞいては、自社のカタログに載っていない本を読む時間はほとんどない。「学校の宿題」と少女は、それで質問は片づいたという顔をする。

アメリアが、ナイトリー・プレスの営業のものだと名乗ると、少女は本から顔を上げもせず、奥のほうを指さす。「A・Jは事務室にいます」

通路には見本刷《プルーフ》りとゲラ刷りの束がいまにも崩れそうな山になって並んでいて、アメリアは例によって一瞬失望に見舞われる。肩に食いこんでいるトートバッグには、A・Jのこの山に加えるものが数部、そしてこれから売りこまねばならない本がぎっしり載ったカタログが入っている。新刊リストに載っている本について彼女は嘘をついたことがない。好きでもない本を好きだといったことはない。本についてはは常に肯定的ななにかを見つけるし、それがむりなときには、装幀を、装幀がむりなら作者を、作者がむりなら、作者の

ウェブサイトをほめる。だからこそ会社はあたしに高給を払っているのよねえ、とアメリアはときたま自分をからかう。年間三万七千ドルに、ボーナスがもらえることもあるが、こういう仕事に携わっている人間が、長年ボーナスをもらいつづけることはありえない。

A・J・フィクリーの事務室のドアは閉まっている。ドアにたどりつく途中で、セーターの袖が、本の山のひとつにひっかかり、百冊、いやもっとたくさんの本がどっきりするような轟音をたてて床にくずれおちる。ドアが開き、A・J・フィクリーが顔をだし、無残な本の山から、くすんだブロンドの髪の大女に視線をうつす、彼女はあたふたと本を積みなおそうとしている。

「いったいきみはだれ？」

「アメリア・ローマン」彼女はさらに十冊を積みあげるが、半分はまたくずれおちる。

「さわらないでくれ」とA・Jが命令する。「そういうものには順序があってね。かえって迷惑だ。そのままにして帰って」

アメリアは立ち上がる。背丈は、A・Jより少なくとも十センチは高い。「でもお会いするお約束なので」

「そんな予定はない」とA・Jはいう。

「あるんです」とアメリアはいいはる。「先週、冬季新刊カタログのことでメールしました。それで木曜日か金曜日の午後に来てもらえば都合がいいというお返事でした。わたしは木曜日にうかがうとお伝えしました」メールは、短いやりとりだったが、これは決して作り話ではない。

「きみは営業か？」

アメリアはほっとしてうなずく。

「それでどこの出版社？」

「ナイトリー・プレス」

「ナイトリー・プレスはハービー・ローズだ」A・Jは答える。「先週きみのメールをもらったときは、ハービーのアシスタントかなにかだと思った」

「ハービーの後任です」

A・Jはふうっとためいきをもらす。「ハービーはどこの社に移ったの？」

ハービーは死んだ。一瞬アメリアは、来世を会社に見立てて、ハービーはそこの社に移ったという悪い冗談を思いつく。「亡くなりました」と彼女はそっけなくいう。「ご存じかと思いましたけど」彼女の顧客のほとんどは、すでにこのことを知っている。ハービーは伝説の人物だった、営業担当がなりうる程度の伝説だが。「ABAのニューズレターに訃報がのってましたし、パブリッシャーズ・ウィークリーにものったはずです」彼女は弁解がましくいう。

「出版界のニュースはあまり見ないんだ」とA・Jはいう。黒縁の厚い眼鏡をはずし、ゆっくりと時間をかけて縁を拭く。

「ショックでしたら、申しわけありません」アメリアはA・Jの腕に手をかける。彼はその手をふりはらう。

「ぼくにはどうでもいいことだ。彼のことはほとんど知らないしね。年に三度は会ってたけどね。友人といえるほどのつきあいじゃなかった。それに彼は会うたびに、なにかを売りつけようとした。これは友情とは別物だ」

A・Jが、冬季新刊カタログを目の前に並べられる気分ではないことは、アメリアにもよくわかる。日をあらためてうかがいますというべきだろう。とはいうものの、ハイアニスまでの二時間のドライブとアリス島までのフェリーの八十分、十月以降はさらに不定期になるフェリーの運航表のことを考える。「せっかくうかがったので」とアメリアはいう。「ナイトリーの冬季の出版物のタイトルをご紹介させていただいてもよろしいでしょうか？」

A・Jの事務室はクロゼット並みの狭さだ。窓もなし、壁に絵もなし、デスクには家族写真も、置物のたぐいもなし、非常口もない。あるものは、本と、ガレージにあるような安物の金属製の棚と、ファイル・キャビネットと、おそらくは二十世紀製のデスクトップのコンピューターだけ。A・Jは飲み物をすすめるでもなし、アメリアは喉が渇いていたのに飲み物を所望するでもない。椅子にのっている本をかたづけてから、彼女はそれに腰をおろす。

アメリアは冬季カタログにとりかかる。今年のもっとも小ぶりのカタログ、サイズも小さいし、目玉作品も少ない。期待の（少なくとも有望な）大型デビュー作品は少なく、そのほかには、版元が最低限の利益しか見込んでいないような本がずらりと並んでいる。それにもかかわらず、アメリアは、〈冬季カタログ〉がいちばん好きと思うことがしばしばある。当たりそうにない本、予想外にヒットする本、大穴の本（彼女自身、自分は大穴だと思っているといっても過言ではない）。自分の好きな本は最後に残しておく。八十歳の老人が書いた回想録、長年独身を通してきたが、七十八歳で結婚する。花嫁は結婚二年後に八十三歳で死ぬ。癌。経歴によると、作者はサイエンス・ライターとして中西部のいくつかの新聞社に寄稿していた。文章は的確でおかし味もあり、感傷的なところが少しもない。アメリアは、ニューヨークからプロビデンスまでの電車のなかでこれを読み、こらえきれずに声をあげて泣いた。『遅咲きの花』は、地味な本であり、その描写はいささか月並みではあるが、読んでもらえれば、だれでも好きになるはずと彼女は思う。アメリアの経験では、人間が抱える問題の大半は、もっと多くのことにチャンスさえあたえれば、解決できるものなのだ。

アメリアが、『遅咲きの花』の内容を半ばまで話すと、A・Jは机の上に頭をおく。

「どうかなさいましたか？」とアメリアが訊く。

「それはぼくの好みじゃない」とA・Jがいう。

「最初の章だけでも読んでみてください」アメリアは、ゲラを彼の手に押しこむ。「題材はいかにもメロドラマですけど、その描き方を――」

彼はアメリアをさえぎる。「ぼくの好みじゃない」

「わかりました、では、ほかのものについてお話ししましょう」

A・Jは深く息を吸う。「きみはよさそうなひとだけど、きみの前任者は……つまり、ハービーは、ぼくの好みを知っていた。好みがぼくと同じだった」

アメリアはゲラを机の上におく。「あなたのお好みがわかるとうれしいんですが」と彼女はいいながら、なんだかポルノの登場人物になったような気がする。

彼はぼそぼそとなにかつぶやく。それがなんの役に立つ、といったような気がするが、たしかではない。

アメリアは、ナイトリー・プレスのカタログを閉じる。「フィクリーさん、なにがお好みかおっしゃってください」

「お好み」彼は嫌悪をこめてくりかえす。「お好みでないものをあげるというのはどう？お好みでないものは、ポストモダン、最終戦争後の世界という設定、死者の独白、あるいはマジック・リアリズム。おそらくは才気ばしった定石的な趣向、多種多様な字体、あるべきではないところにある挿絵――基本的には、あらゆる種類の小細工。ホロコーストとか、その他の主な世界的悲劇を描いた文学作品は好まない――こういうものはノンフィクションだけにしてもらいたい。文学的探偵小説風とか文学的ファンタジー風といったジャンルのマッシュ・アップは好まない。文学は文学であるべきで、ジャンルはジャンルであるべきで、異種交配はめったに満足すべき結果をもたらさない。児童書は好まない、ことに孤児が出てくるやつは。うちの棚にヤング・アダルトものは詰めこみたくない。四百頁以上のもの、百五十頁以下の本はいかなるものも好まない。リアリティ・テレビの番組に登場する俳優たちの、ゴーストライターによる小説、セレブの写真集、スポーツ回想録、映画とタイアップした本、付録のついている本は願い下げだ、それから——いうまでもないが——ヴァンパイアもね。デビュー作、若い女性むけの小説、詩、翻訳書は、当店にはほとんど置いていない。シリーズものを置くのも好まないが、こちらのふところ具合で置かざるを得ないこともある。そちらのことをいうなら、これから始まる長大なシリーズものについては話す必要はない、それがニューヨーク・タイムズのベストセラー・リストに定着するまではね。とにかく、ミズ・ローマン、哀れな老妻が癌で死ぬという哀れな老人のみじめったらしい回想録なんてぜったいごめんだ。営業が、よく書かれていますよと保証してくれてもね。母の日にはたくさん売れると、そちらが保証してくれてもね」

アメリアの顔が紅潮する、当惑というより怒りがこみあげる。A・Jがいったことは、なるほど一理あるが、彼の態度はいかにも傲慢だ。ナイトリー・プレスでも、A・Jがあげたような作品は半分も扱ってはいない。彼女は相手をまじまじと観察する。自分より年上だが、それほどの開きはない、あってもせいぜい十歳たらず。これほど好きなものが限られた人間にしては若すぎる。「あなたはなにがお好きなんですか？」と彼女は訊く。

「いまあげたもの以外のすべて」と彼はいう。「まあ、短篇集はたまにごひいきなやつがあるけど。客はぜったい買わないね」

アメリアのカタログのなかに、短篇集は一冊しかない、しかもデビュー作。アメリアはまだぜんぶを読んではいないが、時間の制約を考えると、おそらく読みきれないだろう、でも最初の一篇は気に入った。アメリカ人の六年生のクラスとインド人の六年生のクラスが国際ペンパルの行事に参加する話。語り手は、アメリカ人のクラスにいるインド人の子で、インドの文化について滑稽《こっけい》な誤った情報をアメリカ人たちに伝えている。彼女は咳払いをする、喉はまだからからに渇いている。「『ボンベイがムンバイになった年』。これはとくに興味がおありかと――」

「いや」と彼はいう。

「まだ内容をお話ししてませんが」

「いやなものはいやだ」

「なぜですか？」

「きみが自分に正直なら認めるだろうね、きみがその本の話を持ち出したのは、インド人の血が混じっているぼくが、きっと特別な興味をもつだろうと思ったからだ。そうでしょ?」

アメリアは、時代もののコンピューターを彼の頭に叩きつける自分を想像する。「あなたが短篇小説が好きだとおっしゃったから、この本の話をしているんです！　それにわたしのカタログには、短篇集はこれしかありません。あらためて申し上げますと」――ここで彼女は嘘をつく――「これははじめから最後までほんとうに素晴らしい話なんですよ。デビュー作とはいいながら。あなたはご存じないでしょうけどね、わたしはデビュー作が好きなんです。なにか新しいものを発見するのが好きなんです。わたしがこの仕事をやっている理由のひとつがそれなんです」アメリアは立ち上がる。頭ががんがん鳴っている。きっと飲みすぎかもしれない。頭ががんがん鳴っている、それに心臓も。「わたしの意見をお聞きになりたいですか?」

「べつに」と彼はいう。「きみはいくつ、二十五?」

「フィクリーさん、こちらはすてきなお店ですけど、あなたが、こんな、こんな、こんな」――子供のころはよくどもったが、いまでも気が転倒するとどもることがある。彼女は咳払いをする――「こんなうしろむきの考え方じゃ、アイランド・ブックスも長いことありませんね」

アメリアは冬季カタログといっしょに『遅咲きの花』を彼の机の上におく。帰りがけ、廊下に散らばっている本につまずく。

次のフェリーは、あと一時間かそこら出ないので、彼女は町のなかをぶらぶら歩いて時間をつぶす。バンク・オブ・アメリカの前にブロンズの銘板が立っている。この建物がアリス・インだったころ、ハーマン・メルヴィルがここで過ごした夏を記念するものだ。彼女は携帯電話を取り出して銘板といっしょに自分の写真をとる。アリスは快適な島だが、早晩戻ってくる理由もないような気がする。

ニューヨークのボスに携帯でメールを送る。〈アイランド・ブックスから注文の見込みはないもよう。☹〉

ボスから返事がくる。〈あせらずに。たかが小さな得意先、それにアイランドは観光客がやってくる夏にどんどん注文がある。あの店の経営者は変人で、ハービーはいつも春／夏のカタログでうまくやっていた。きみもそうすればいい〉

六時になると、A・Jは、モリー・クロックに帰るようにいう。「マンローの新作はどう？」と彼は訊く。

彼女はうなり声をあげる。「どうして今日は、みんながそればかり訊くんですか？」アメリアのことをいっているだけなのに、モリーはなんでも話をおおげさにしたがる。

「きみがそれを読んでいるからじゃないの」

モリーはまたうなり声をあげる。「そう。ひとって、なんだかわかんないけど、ときどきすごく人間的になるみたい」

「思うに、そこがだいたいマンローのいわんとするところじゃないかな」と彼はいう。

「どうかなあ。古いもんのほうがいいな。じゃ、月曜にね」

モリーはなんとかしなければいけないな、とA・Jは、札を裏返して「閉店」にしながらそう考える。読書が好きなのはいいとして、本屋の店員としては最悪だ。だがバイトなんだし、新人を仕込むのも厄介だし、少なくとも彼女は盗まない。彼女を雇ったのはニックだから、この無愛想なミス・クロックになにかいいところを見つけていたのかもしれない。たぶん来年の夏には、A・Jもなんとかがんばってモリーをくびにするだろう。

A・Jは、残っていた客たちを追いだす(四時からなにも買わずに雑誌の台の前に陣どっている有機化学の研究グループの連中に手を焼かされていた——あのうちのだれかがトイレを詰まらせたのはほぼ間違いない)、それからレシートの処理というまったく憂鬱《ゆううつ》な仕事を片づける。そうしてようやく、住居《すまい》にしている二階の屋根裏部屋にあがっていく。冷凍のヴィンダルー・カレーのカートンを電子レンジにほうりこむ。箱に記された指示にしたがって九分。その前に立ったまま、彼は、ナイトリー・プレスからやってきた娘のことを考える。まるで一九九〇年代のシアトルからやってきたタイム・トラベラーみたいだった。錨の模様がプリントされた半長のオーバー・シューズ、花模様のグランマ・ドレス、けばだったベージュのセーター、肩までの長さの髪の毛は、キッチンでボーイフレンドに切ってもらったように見えた。ガールフレンドか？　いやボーイフレンドだ。カート・コバーンと結婚したときのコートニー・ラブを思い出す。強情そうなピンク色の口は、だれもあたしを傷つけられないといっているが、柔和な青い目は、ええ、あなたなら傷つけられる、きっと傷つけるだろうといっていた。そう、彼はあのでっかいタンポポ娘を泣かせてしまった。あっぱれだ、A・J。

ヴィンダルーの匂いが強くなるが、タイマーではあと七分三十秒残っている。

彼はなにか仕事がしたい。なにか体を動かす仕事がいいが、重労働はごめんだ。

地下室におりていき、ボックス・カッターで、本が詰まっていたダンボール箱を切って押しつぶす。切る。押しつぶす。重ねる。切る。押しつぶす。重ねる。

A・Jは、あの営業にとった自分の態度を悔やんでいる。なにも彼女の責任ではない。ハービー・ローズは死んだと、だれかが彼に知らせるべきだったのだ。

切る。押しつぶす。重ねる。

たぶんだれかが知らせてくれたのだろう。A・Jはメールをざっと見るだけ、電話には出たことがない。葬式はあったのだろうか？　A・Jは参列したかったわけではないが。ハービー・ローズのことはほとんどなにも知らない。いうまでもなく。

切る。押しつぶす。重ねる。

そうはいっても……ここ六年にわたって、あの男とは数時間を共にしてきた。本について論じ合ったにすぎなかったが、この人生で、本ほど身近なものがあるだろうか？

切る。押しつぶす。重ねる。

それに自分の好みを共有する人間を見つけるのはめったにないことではないか。ふたりが一度だけ本気で争ったのは、デイヴィッド・フォスター・ウォレスのことだった。ウォレスが自殺したころのことだ。A・Jは、相手の恭《うやうや》しい賛辞の口調ががまんならなかった。あの人物は、まあまあの（甘い、長すぎるといってもいい）小説を一冊、謙虚な見識を示したエッセイを数篇書いただけで、ほかにたいしたものは書いていない。

「『インフィニット・ジェスト』は傑作ですよ」とハービーはいったものだ。

「『インフィニット・ジェスト』は根くらべだよ。あれを読みとおしたら、好きだというほかないね。さもなきゃ人生の数週間をいたずらに浪費したということになるんだからね」とA・Jは反論した。「文体ばかりで、中身はなしだよ、きみ」

机に身をのりだしてきたハービーの顔が赤くなった。「同じ世代の作家に対しては、あなたはいつもそういうんですよ！」

切る。押しつぶす。重ねる。縛る。

二階に戻るころには、ヴィンダルーはまた冷たくなっている。プラスチックの容器をもう一度温めなおせば、行く末はおそらく癌で死ぬことになる。

彼は、プラスチックの容器をテーブルにもっていく。最初の一口はひどく熱い。二口めは凍っている。父さんクマ用のヴィンダルーと赤ちゃんクマ用のヴィンダルーというわけだ。彼は容器を壁に投げつける。自分はハービーにとっていかにちっぽけな存在だったか、ハービーは彼にとっていかに大きい存在だったか。

独り暮らしの辛いところは、自分が汚したものはなんでも自分で片づけなければならないことだ。

いや、独り暮らしのほんとうの辛さは、自分がどれほど動揺しようが、気にしてくれる人間がだれもいないということだ。三十九歳にもなる大人がまるで幼児のようにヴィンダルーのプラスチック容器をなぜ壁に投げつけるのかと、心配してくれるひとがいないということだ。彼はメルローをグラスに注ぐ。テーブルクロスをテーブルにひろげる。そして居間に入っていく。温度湿度調節器つきのガラス・ケースの鍵を開け、そこから『タマレーン』をとりだす。キッチンにもどると、『タマレーン』をテーブルの自分の向かいにおき、ニックがいつもすわっていた椅子の背に立てかける。

「乾杯、このくそったれ」彼はうすっぺらな冊子にむかっていう。

彼はグラスを飲みほす。もう一杯注いで、それを飲みおわると、本を読もうと自分にいいきかせる。トバイアス・ウルフの『オールド・スクール』みたいな昔の愛読書がいいかもしれない。いやこの時間は、なにか新しいものを読んだほうがいい、あの間抜けの営業のやつ、なんについてまくしたてていたんだっけ？　『遅咲きの花』――うえっ。あのとき彼がいったのはほんとうのことだ。男やもめども気取った回想記ほどくだらないものはない。とくにそれが、この二十一カ月のあいだのA・Jみたいな男やもめだとしたら。あの営業は新顔だった――こちらのうんざりするような個人的悲劇を知らなかったのは、なにも彼女のせいじゃない。ああ、ニックが恋しい。彼女の声とうなじと、あの腋の下のくぼみも。あそこは猫の舌のようにざらざらしていたっけ。日の終わりには、凝固する直前のミルクのような匂いがした。

三杯目を飲みほすと、彼はテーブルに頭をつけたまま気を失った。彼の背丈は百七十センチたらず、体重は六十三キロ、その体に力をつける冷凍のヴィンダルーもまだ食べてはいない。今夜は読まなければならないものの山も減らないだろう。

「エイジェイ」ニックがささやく。「ベッドに行きなさい」

ようやく彼は夢のなかだ。酒を飲むのは、なによりもこの場所にたどりつくためだ。ニックは、酔夢にあらわれる幽霊の妻は、彼を抱えおこす。

「この恥っさらしめ、わかってるの?」

彼はうなずく。

「冷凍のヴィンダルー・カレーと五ドルの赤ワイン」

「ぼくはね、先祖代々の由緒ある伝統を尊重しているんだよ」

彼と幽霊は、よろよろと寝室へ歩いていく。

「おめでとう、フィクリーさん。とうとう本物のアル中になったわね」

「ごめん」と彼はいう。ニックは彼をベッドに横たえる。

ニックの茶色の髪は短いボーイッシュ・スタイル。「髪の毛を切ったね」と彼はいう。

「変てこりんだ」

「きょうは、あの娘さんにひどい態度をとったわね」

「ハービーのことでね」

「そうだわね」と彼女はいう。

「きみを知っていた人間に死なれるのはいやなんだ」

「それでモリー・クロックをくびにしないわけ？」

彼はうなずく。

「そんなことやってちゃだめよ」

「いいや」とA・Jはいう。「ずっとそうやってきた。これからもそうする」

ニックは彼の額にキスをする。「あたしがいっているのはね、あなたにそんなこととしてもらいたくないということ」

彼女は消える。

あの事故はだれのせいでもなかった。ニックは、午後の書店イベントが終わったあと、作家を車で家に送っていった。おそらく、アリス島にもどる自動車専用フェリーの最終便に間に合うようにスピードをあげていたのだろう。跳びだしてきた鹿を轢《ひ》くまいと急ハンドルを切ったのかもしれない。冬のマサチューセッツの道路のせいだったかもしれない。知るすべはなかった。病院で警官が、自殺の可能性はなかったかと訊いた。「いや」とA・Jはいった。「そんなことはありえない」ニックは妊娠二ヵ月だった。そのことはまだだれにも話していなかった。以前に何度も落胆させられていたからだった。遺体安置所の外の待合室で、A・Jは、みんなに話しておけばよかったと悔やんだ。短くても幸福なときが味わえたかもしれない、これほど長いときを味わう前に……なんのときというべきか、彼にはいまもってわからなかった。「いや、自殺なんかするひとじゃなかった」A・Jは口をつぐんだ。「下手くそなドライバーのくせに、自分じゃ下手くそだとは思っていなかった」

「そうか」と警官はいった。「だれのせいでもなかったんだ」

「みんなそういいたがるけど」とA・Jは答えた。「でもだれかのせいだったんですよ。彼女のせいだったんだ。こんな愚かしいことをしでかすとはね。こんな阿呆くさいメロドラマみたいなことをやってのけるとはね。なんだってまた、くそったれダニエル・スティールばりなんだよ、ニック！　これが小説だったら、いますぐ読むのを止める。部屋のむこうにぶんなげてやる」

警官は（ときたまジェフリー・ディーヴァーのペイパーバックを休暇中に読むぐらい、とても読書家とはいえないが）会話を現実に引き戻そうとした。「まったくだ。たしか、あんたは本屋の持ち主ですね」

「妻とぼくがね」A・Jはうわの空で答えた。「やれやれ、ぼくとしたことが、愚かしい真似をしたもんだ。小説の登場人物が、配偶者が死んでいるのに、うっかり〝ぼくたちが〟なんていったりしてね。陳腐な手法ですけどね。お巡りさん」──彼は口をつぐんで警官のバッジの名前を読んだ──「ランビアーズ、あんたもぼくも下手くそな小説の登場人物なんだ。わかりますか？　ぼくたち、いったいなんでこんなところにいるんだろう？　あんたはたぶん、可哀そうなやつだなあと思っている、そして今晩家に帰ると、わが子たちをぎゅっと抱きしめる、だって、そういうたぐいの小説の登場人物ときたら、みんなそうするんですよ。こういうたぐいの本のことは知ってますよね？　ごたいそうな文学風な小説のたぐい、ほら、別に重要でもない脇役の動きを追ったりして、だからどれもフォークナー風で、包容力があるような作品に見えるんだ。ほら、作者はつまらない人間も大事にしている！　平凡な人物も！　彼だか彼女だか知らないけど、なんとも心の広い作家ですねえ！　あんたの名前だってね。ランビアーズなんて、マサチューセッツに登場する警官にはぴったりの名前だな。あんた、人種差別主義者ですか、ランビアーズ？　だってあんたのようなキャラクターは、人種差別主義者でなきゃならないんだ」

「フィクリーさん」とランビアーズはあのときいったのだ。「電話をかけてほしいひとはいますかね？」彼はいい警官で、悲嘆にくれる人間がどのように壊れていくかよく知っていた。彼はA・Jの肩に手をおいた。

「そうだ！　そうこなくちゃ、ランビアーズ巡査、まさにこの瞬間、それがあんたのお役目だ！　あんたは、自分の役柄を見事に演じている。ところで、男やもめは次になにをすればよいかご存じですか？」

「だれかに電話しなさい」とランビアーズはいった。

「うん、たぶんそれがいい。妻の姉夫婦にはもう電話しましたよ」A・Jはうなずいた。

「もしこれが短篇小説だったら、あんたとぼくは、これでもう役ずみだな。ちょっとした皮肉な展開で。だから散文の世界では、短篇小説以上に優雅なものはないんですよ、ランビアーズ巡査。

もしこれがレイモンド・カーヴァーの短篇なら、あんたはぼくに少しばかり慰めの言葉をかける、そうして闇がおりて、それでなにもかもおしまいになる。だがこれは……ぼくにはどうも、長篇小説のような感じがするんですよ。つまり感情の面からいうとね。これを読みおえるにはしばらく時間がかかるだろう。わかります？」

「わかるかどうかな。レイモンド・カーヴァーを読んだことがないもんで」ランビアーズはいった。「おれはリンカーン・ライムのシリーズが好きでね。彼を知ってますかね？」

「四肢麻痺の犯罪学者。ジャンル小説としてはまあまあだな。短篇小説を読んだことがありますか？」とA・Jは訊いた。

「たぶん学校で。おとぎ話をね。あるいは、うん、「赤い子馬」とか？　たしか「赤い子馬」は読んだと思うな」

「あれは中篇小説《ノヴェラ》ですよ」とA・Jはいった。

「おっと、すまない。おれは……待てよ、高校時代に読んだやつをおぼえている、たしかお巡りが出てくる話。完全犯罪みたいなやつで、だからおぼえているんだな。お巡りがかみさんに殺されてね。凶器は冷凍された牛のばら肉で、かみさんはそいつをみんなに食べさせて――」

「「おとなしい凶器」」とA・Jはいった。「その話は、「おとなしい凶器」というやつで、凶器は仔羊の脚ですよ」

「ああ、それそれ！」警官はよろこんだ。「さすが、よく知っているね」

「とても有名な作品ですよ」とA・Jはいった。「妻の姉夫婦が、もうじきやってくるはずです。さっきは、あんたをつまらない脇役扱いにしてすみません。失礼なことでした、ぼくのほうこそ、ランビアーズ巡査の壮大な武勇伝のなかじゃつまらない脇役ですね。警官のほうが、本屋よりずっと主役らしいかもしれない。あんたは、ひとつのジャンルです」

「ふうむ」とランビアーズはいった。「そこはあんたのいうとおりかもしれない。さっきの話にもどるとね。あの話で警官のおれが問題にするのは、時間の経過なんだ。ほら、あのかみさんは牛を――」

「仔羊」

「仔羊。だからあの女は冷凍した仔羊肉で夫を殺す、それから、そいつを解凍もせずにオーブンに入れて焼く。おれは料理の先生のレイチェル・レイじゃないけど……」

水中からニックの車を引き上げたとき、ニックはもう凍りはじめていて、遺体安置所のロッカーの引き出しに入った彼女の唇は青黒かった。その色は、つい最近の吸血鬼のなんとやらという本のために彼女が開いた〈著者をかこむ会〉で彼女がつけていた黒い口紅の色を思い出させた。A・Jは、いかれた十代の女の子たちが、ダンスパーティ用のドレスを着こんで、島のなかを踊りまわるというアイディアを好ましいとは思わなかったが、あのひどいヴァンパイア・ダンスパーティの本がほんとうに好きだったニックとあれを書いた女性作家は、ヴァンパイア・ダンスパーティは商売にも役に立つし、楽しいからといいはったのだ。「楽しんだこと、おぼえてるわよね？」

「うっすら」と彼はいったっけ。「ずっと昔、ぼくが本屋になる前、自分ひとりの週末や夜があったころ、楽しみのために読書をしていたころ、楽しいことがあったのはおぼえてる。そう、うっすらと、うっすらとね。そう」

「あなたの記憶をよみがえらせてあげる。楽しいことというのはね、頭がよくて美人でお気楽な奥さんと平日はいつもいっしょに働けるということ」

あのばかげたサテンの黒いドレスを着たニックをいまでもはっきりとおぼえている、彼女の右腕は、玄関ポーチの柱にたおやかに巻きつけられ、形のよい唇はきりりと結ばれていた。「悲惨なことに、ぼくの妻はヴァンパイアになってしまった」

「かわいそうに」ニックはポーチを横切り、彼にキスをして、口紅の痕をあざのように残していった。「あなたに唯一できることは、あなたもヴァンパイアになることとね。それに逆らってはだめ。逆らうのは最悪よ。あなたもクールにならなくちゃ、おバカさん。さあ、あたしを家のなかに入れて」

リッツくらい大きなダイアモンド

F・スコット・フィッツジェラルド
1922年

形式的には、中篇小説《ノヴェラ》。しかしノヴェラというやつは曖昧《あいまい》な領域に属するものだ。だとしても、きみがもし、そうした分類をあえてしようという連中のひとりだとしたら——ぼくもかつてはそういうタイプだったが——まずその違いを知ることが大切なんだ(もしきみが最終的にアイビー・リーグの大学に行くことになったら*、そういうたぐいの連中に出会うことになるだろう。ああいう傲慢な連中に対抗できるような知識をしっかり身に着けなさい。いや、これは脱線)。E・A・ポーは、短篇小説を、ひといきに読める小説と定義している。ひといきといっても、あの時代では時間はもっと長いはずだが。おやまた脱線。

ダイアモンドでできた街を所有することのさまざまな困難、その大富豪がどこまで自分たちの生活様式を守れるかという、凝った趣向に富んだ風変わりな小説。フィッツジェラルドはここでは快調。『グレート・ギャツビー』はいうまでもなく眩惑的だが、あの小説は、刈り込んだ植木のように、ぼくから見ると整いすぎているように思われる。短篇小説という形式は、彼にとっては、ひろがりがありすぎて、乱雑になりがちなしろものなのだ。「ダイアモンド」は、魔法をかけられた庭園の小鬼のように息づいている。

件名：補足。わかりきったことだと思うが、話しておこう、きみに会う直前に、ぼくもまた実に大きな、よく考えてみれば、価値をもっていたあるものを失ったということをね？

——A・J・F

＊ぼくはこのことについていろいろ考えている。立派な教育というものは、ふつうの教育の場ではないところで見つかるということを覚えておきなさい。

どうやってそこまでたどりついたか、どうやって服を脱いだか思い出せないが、A・Jは下着だけの格好でベッドで目をさました。ハービー・ローズが死んだということはおぼえている。顔立ちの整ったナイトリー・プレスの営業を邪険に扱ったのもおぼえている。ヴィンダルーを部屋のむこうに投げつけたのもおぼえている。ワインの一杯目と、『タマレーン』に乾杯したこともおぼえている。そのあとは、忘却のかなた。彼にいわせれば、昨夜は大成功だった。

頭ががんがん鳴っている。ヴィンダルーの痕跡が残っているのではないかと居間に入っていく。床にも壁にもしみひとつない。A・Jはキャビネットからアスピリンを探しだし、ヴィンダルーを片づけるという先見の明をもっていたことをひそかによろこぶ。ダイニングのテーブルに腰をおろし、ワインのボトルも片づけられているのに気づく。自分がこれほど潔癖だったかと不思議だが、前例のないことではない。ほかになんの取り柄がないにしても、彼は几帳面な酔っぱらいだ。『タマレーン』をのせておいたテーブルのほうを見る。本はない。たぶん、ケースから出したと思いこんでいたのだろう。

部屋を横ぎっていくと、A・Jの心臓は、頭と競うようにどくどくと鳴りはじめる。ブックケースまであと半分というところまでくると、『タマレーン』をこの世から守っている数字合わせ錠つき温度湿度調節器つきのガラスの柩の扉が大きく開いて、なかが空っぽなのが見える。

彼はバスローブをひっかけ、ジョギング・シューズを手早く履く。近ごろは、その靴もマイレージを稼いでいたわけではないが。

A・Jはキャプテン・ウィギンズ通りを、みすぼらしい格子縞のバスローブの裾をひるがえして走る。まるで意気消沈した栄養不良のスーパー・ヒーローのおもむきだ。大通りへ入り、アリス島の眠ったような警察署に走りこむ。「盗まれました!」とA・Jは告げる。ほんの短い距離だったのに、A・Jは荒い息を吐いている。「おねがいです、助けてください!」彼はハンドバッグを盗まれた老婦人みたいな気分にならないように努める。

ランビアーズはコーヒーのカップをおき、バスローブ姿の取り乱した男の姿を見る。それは本屋の主《あるじ》で、一年半ほど前に美人の若妻が車ごと湖に突っ込んだ、あの男だと気づく。A・Jは、この前会ったときより老けたように見えるが、むりもないとランビアーズは思う。

「わかったよ、フィクリーさん」とランビアーズはいう。「なにがあったか話してくださ
い」

『タマレーン』が盗まれたんです」とA・Jはいう。

「タマレーンってなにかね？」

「本ですよ。とっても貴重な本なんです」

「はっきりさせるとね。つまり、店の本が万引きされたと」

「いや。ぼくの個人的なコレクションの本です。エドガー・アラン・ポーの非常に珍しい
詩集なんです」

「というと、あんたの愛読書みたいなものか？」とランビアーズは訊く。

「いや。好きなもんですか。あれはクソだ、味もそっけもないクソですよ。あれは……」

A・Jの息づかいが荒くなる。「畜生」

「落ち着いて、フィクリーさん。なんとか理解しようとしているんだけどね。つまり、そ
の本が好きではないが、心情的な価値があると？」

「とんでもない！　心情的な価値なんてくそくらえだ。莫大な金銭的な価値があるんです
よ。『タマレーン』は、ホーナス・ワグナーの野球カード級の稀覯本《きこうぼん》なんです！　ぼくの
いってること、わかりますか？」

「うん、うちのおやじが野球カードのコレクターだったからね」とランビアーズはうなずく。「そんなに貴重なもんですか？」

A・Jはすらすら言葉が出てこない。「エドガー・アラン・ポーが、十八のときに書いたものです。たいそうな珍本で、なにしろ五十部印刷されたきり、それも匿名で出版された。表紙には、エドガー・アラン・ポー著ではなく、ボストンの市民と記されているんです。本の状態や、稀覯本の市場の状況によっては、四十万ドル以上で売れますよ。何年かして景気が上向いてきたら、オークションに出品しようと思っていた。ゆくゆくは店を閉めて、隠居しようかと考えていたものだから」

「こんなことを訊いてはなんだけど」とランビアーズがいう。「そんなもんをなぜ家なかにおいといたのか、なぜ銀行の金庫に預けなかった？」

A・Jはかぶりを振る。「わからない。ばかでしたね。きっと身近においておきたかったんだろうな。ときどき眺めて、こいつがあればいつでも好きなときに引退できると思いたかったのかもしれない。数字合わせ錠つきのガラス・ケースのなかに入れておいたんですよ。それでじゅうぶん安全だと思いこんでいた」彼を弁護するなら、観光客シーズンをのぞいては、アリス島では窃盗事件はきわめて少ない。それにいまは十月だ。

「すると、だれかがそのケースを壊したのか、あるいは、だれかが錠の数字の組み合わせを知っていたか？」ランビアーズが訊く。

「どっちでもないな。ゆうべは、ぐでんぐでんに酔いたかったんです。ばかばかしい話だけど、あの本を眺めようと思ってケースから出した。酒の相手には、情けないやつだけど」

「フィクリーさん、『タマレーン』に保険はかけてあったの？」

Ａ・Ｊは両手で頭をかかえる。ランビアーズは、それを見て保険はかけてなかったのだと察する。「あの本は一年半ぐらい前、妻が死んで二カ月ほどたったころに見つけたんです。あのころはよぶんの金は使いたくなかった。保険まで手がまわらなかった。よくわかりません。アホくさい理由はいくらでもあるけど、主な理由は、ぼくがアホだったということですよ、ランビアーズ巡査」

自分はランビアーズ署長だと、ランビアーズはわざわざ訂正はしない。「じゃあこうしようかね。まずあんたとおれとで調書を作る。それからうちの刑事があらわれたら――彼女はシーズン・オフのあいだは半日勤務でね――そちらにやりますよ、指紋とかほかの証拠を捜しにね。たぶんなにか出てきますよ。それから、そういうたぐいの品物を扱う競売会社とか個人とかに電話をかけてみる。あんたのいうように、そんな珍本なら、入手先不明の本が市場にでれば、だれかが気がつくんじゃないですかね。そういうしろものは、所有者の記録が必要なんじゃないですか、ほらなんといったっけ？」

「来歴」とＡ・Ｊがいう。

「ああ、そうそう！　うちのかみさんが、骨董品鑑定ショウをよく見てたから。あんた、あの番組見たことあるかな？」

A・Jは答えない。

「最後にもうひとつ訊くけど、その本のことを知ってた人間はいますかね？」

A・Jは鼻をならす。「みんな知ってますよ。妻の姉のイズメイが高校の教師をやってますけど。ぼくのことを心配してくれるんです、ほらニックが……イズメイは、ぼくに、

店をはなれろとか、島から出ろとかうるさいんですよ。一年半ぐらい前に、ミルトンの陰気くさい遺品セールにひっぱりだされて。あれは、五十冊ばかりの本といっしょに箱におさまっていた、『タマレーン』のほかはどれもくだらない本でしたがね。ぼくは五ドルであれを買った。売った連中は、あれがなんであるかまったく知らなかったんですよ。白状すれば、あれを手に入れたことにうしろめたさはあったな。いまさら、どうでもいいことだけど。とにかく、イズメイは、あれを店に飾っておけば商売の役に立つし、教育的な意義もあると思ったんですね。だから去年の夏はあのケースをずっと店に出しておきました。店にはあまりおいでになりませんね」

ランビアーズは自分の靴をみつめる、高校の国語のクラスで課せられた最低限の必読書も読んでこなかったという例の屈辱感がどっとよみがえってくる。「読書家とはとてもいえないもんで」

「でも犯罪ものは読む、そうですね？」

「よくご存じで」とランビアーズはいう。じっさいA・Jは、ひとの本の趣味については完璧に記憶している。

「ディーヴァーでしたよね？　ああいうものがお好きなら、新しい作家のものが――」

「うん、いつか寄りますよ。だれか、電話で知らせるひとがいますかね？　奥さんの姉さんは、イズメイ・エバンズ‐パリッシュですね？」

「イズメイは――」そのせつな、A・Jは、だれかが彼の停止ボタンを押したとでもいうように、ぴたりと動かなくなる。目はうつろになり、口がぱくんと開いている。

「フィクリーさん」

　ほぼ三十秒間、A・Jは硬直してぴくりとも動かず、その後はまたなにごともなかったように話をつづける。「イズメイは授業中だし、ぼくならだいじょうぶ。電話をするまでもない」

「あんたは一分ほど意識がなかった」とランビアーズがいう。

「なんですって？」

「気絶していた」

「やれやれ。そいつは単なる意識喪失の発作ですよ。子供のころはしじゅうありましたけど。大人になってからは、ひどいストレスに襲われないかぎり、めったに起こしませんよ」

「医者に診せたほうがいいな」

「いや、だいじょうぶ。ほんとに。ぼくはただあの本を見つけたいんです」

「こっちも安心できるしね」とランビアーズはいいはる。「けさはかなりの精神的な打撃を受けたことだし、あんた、独り暮らしだったたね。おれが病院へ連れてくから、義理の姉さんたちに迎えにきてもらおう。それから、本のことは、なんとか見つけだせないか、うちのものたちに調べさせよう」

病院で、A・Jは待つ、用紙に記入する、待つ、服を脱ぐ、待つ、検査を受ける、待つ、服を着る、待つ、さらに検査を受ける、待つ、また服を脱ぐ、そしてようやく中年の一般医の前に出る。女性の医師は発作のことをかくべつ心配しているわけではない。種々の検査の結果、三十九歳の男性としては、血圧もコレステロール値も正常値をややうわまっている程度と判明する。医師はA・Jの日常生活について質問する。彼はその質問に正直に答える。「ぼくはいわゆるアル中ではありませんが、少なくとも週に一度は前後不覚になるほど飲みたい。煙草はときたま吸い、冷凍食品を食って生きています。デンタル・フロスはめったに使わない。前はジョギングをやってましたが、いまは運動はなにもしてません。独り暮らしで、親しいつきあいもないし。妻が死んでからは、仕事もいやになってますね」

「ああ、そういうことね？」と医師はいう。「あなたはまだ若いのよ、フィクリーさん。でも人間の体にも限度というものがあるの。あなたが自殺しようというなら、もっとてっとりばやい方法があるわ。あなたは死にたいんですか？」

返答は彼の頭にすぐにはうかばない。

「もしあなたがほんとうに死にたいと思うなら、精神科医に診てもらったほうがいいわね」

「死にたくはありませんよ」A・Jはすかさずいう。「ただ四六時ちゅう、この現実にいることがむずかしいんです。ぼくの頭は狂っているんでしょうか？」

「いいえ。あなたがなぜそんなふうに感じるかはわかりますよ。辛い時期ですものね。まず運動をはじめることね」と医師はいう。「気分がずっとよくなりますよ」

「わかりました」

「美人の奥さまでしたね」と医師はいう。「奥さまが主催なさっていた母娘《おやこ》の読書会に、わたしも参加しましたよ。娘はまだ、おたくでアルバイトをしていますけど」

「モリー・クロック？」

「クロックは、わたしのパートナーの姓なんです。わたしはドクター・ローゼン」彼女は名札を軽く叩いてみせる。

ロビーで、A・Jは見慣れた光景に遭遇する。「あの、よろしかったら？」ピンク色のユニフォームを着た看護師が、読み古しのペイパーバックを、肘あてのついたコーデュロイのジャケットを着た男にさしだしている。

「よろこんで」とダニエル・パリッシュはいう。「お名前は？」

「ジル、『ジャックとジルは丘にのぼった』のジルとおんなじ。メイシー、デパートの名前とおんなじです。ご本はみんな読んでますけど、これがいちばん好きなんです。えっと、ここまでのとこはですけど」

「それが大衆の意見なんだよね、丘をおりてきたジルくん」ダニエルはからかっているわけではない。じっさい彼の本はどれも、デビュー作ほどは売れていないのだ。

「あたし、どんなに感激したか、口ではいえないくらい。考えただけで涙がでてくるみたい」ゲイシャのように恭しく目を伏せて頭をたれる。「だからあたし、看護師になりたいと思ったの！　あたし、ここで働きはじめたばかりなんですよ。あなたが町に住んでいるって知って、いつかここにあらわれるようにって祈ってたんです」

「つまり、おれが病気になるのを待っていたというのかい？」ダニエルは微笑をうかべる。

「あら、とんでもない！」彼女は赤くなって、彼の腕をぴしゃりとたたく。「ひどいひとねえ！」

「そうとも」とダニエルは答える。「おれは、ほんとにひどいやつさ」

ニックがはじめてダニエル・パリッシュに会ったとき、彼女はこういった、あの顔は、ローカル局のニュース番組のキャスターね。家に帰る車のなかで、彼女はその意見を変えた。「あのひとの目、キャスターにしては小さすぎる。天気予報士がいいかもしれない」

「よく響く声だね」とA・Jはいった。

「あのひとが、嵐は過ぎましたといったら、あなたはぜったい信じるわね。たとえ嵐のまったただなかにいたとしてもよ」そうニックはいったっけ。

A・Jは義兄のおふざけをさえぎる。「ダン」と彼はいう。「警察はあんたの奥さんのほうに電話したはずですけどね」A・Jは、遠回しにいうつもりはない。

ダニエルは咳払いをする。「あいつの調子が悪いから、かわりにおれが来たのさ。その後、調子はどう、おやじさん？」ダニエルは五つも年上のくせに、A・Jを「おやじさん」とよぶ。

「お宝はなくしちまうし、医者はぼくがもうすぐ死ぬといっている、でもそれをのぞけば、調子は上々ですよ」鎮静剤が、ものごとを楽観的にとらえさせる。

「けっこうだ。飲みに行こうや」ダニエルはジル看護師をふりかえり、耳もとでなにかささやく。ダニエルが彼女に本をかえすとき、電話番号が書いてあるのがA・Jの目に入る。

「きたれ、酒神バッカスよ！」ダニエルはそういいながら出口にむかう。

A・Jは、本を愛し、本屋の主《あるじ》であるにもかかわらず、作家というものを尊重しているわけではない。彼らは、ナルシストで、だらしなく愚劣で、概して不愉快な連中だ。彼は自分が好きな本の著者に会うことは極力避けている。その作品に対する自分の評価が損なわれるのを恐れているからだ。さいわいダニエルの本はどれも好きではない、よく売れているあのデビュー作さえ。この著者についてはどうか？　まあ、A・Jをある程度愉しませてくれる。つまり、ダニエル・パリッシュはA・Jのもっとも親しい友人のひとりということになる。

「これは自業自得だな」とA・Jは、二杯目のビールを飲み干してからいう。「保険をかけておくべきだった。金庫に入れておくべきだった。酔っぱらっているときに、とりだすべきではなかった。だれが盗んだにせよ、ぼくのやったことに、まったく過失がなかったとはいえない」鎮静剤とアルコールの組み合わせは、A・Jを酩酊させ、哲学的にする。

ダニエルは、ピッチャーからまたビールを注ぐ。

「やめとけ、A・J、自分を責めるなよ」とダニエルはいう。

「これもなにかの警告なんだ」とA・Jはいう。「これからはぜったい酒の量を減らしますよ」

「このビールを飲んだらね」とダニエルがからかう。ふたりはマグをかちんと合わせる。

デニムのショートパンツをはいた高校生の女の子がバーに入ってくる。ショートパンツが短すぎて、裾から尻がのぞいている。ダニエルはその子にマグを上げてみせる。「いかす短パンだ」女の子は中指を突きつける。「おまえは酒をやめろ。おれはイズメイに隠れて浮気するのはやめる」とダニエルがいう。「だけどああいう短パンを見せられると、決心がゆらぐね。今夜ときたら、ひでえもんだ。看護師に！　あの短パンときた！」

A・Jはビールをちびちびと飲む。「本のほうはどうです？」

ダニエルは肩をすくめる。「本は本だな。ページあり、表紙あり。プロットに、登場人物どもに、複雑な筋立て。数年がかりの調査、文章を磨き、技を磨く。それにもかかわらずだ、おれが二十五のとき書いた処女作より人気がでないのさ」

「お気の毒に」とA・Jがいう。

「あんたが今年のお気の毒野郎大賞とるのは、まあ、まちがいないね、おやじさん」

「ぼくって運がいいな」

「ポーなんてひでえ作家じゃないか？　しかも『タマレーン』なんて最悪さ。退屈ないかさまバイロン卿だぜ。くそまっとうな初版本ならたいしたもんだけどさ。始末できてよかったとよろこぶべきだよ。ありがたがって蒐集《しゅうしゅう》するような本なんて、おれはまっぴらだね。連中ときたら、ほかならぬ紙のしかばねに夢中になるのさ。大事なのは中身だよ、あんた。言葉なんだよ」とダニエル・パリッシュがいう。

A・Jはビールを飲み干す。「あんたは、あほたれですな」

捜査はひと月つづくが、これはアリス島警察においては一年分に当たるといってもいい。ランビアーズひきいる捜査班は、犯行現場では重要な物的証拠はなにひとつ発見していない。ワイン・ボトルが捨てられていたこと、ヴィンダルー・カレーがきれいに拭きとってあったことにくわえて、犯人はどうやら、部屋じゅうの指紋を拭きとったらしい。捜査員たちは、A・Jのところの店員やアリス島にいる彼の少数の友人や関係者たちにも訊問を行なった。訊問の結果、疑わしいものはなにひとつ見つからない。書籍商や競売会社から、いかなる『タマレーン』もあらわれたという報告はない（むろん競売会社は、こういうことに関しては口が堅いので悪名が高いのだが）。事件は迷宮入りになるだろう。本はかきうせ、A・Jは二度とふたたびあれを手にすることはないとあきらめる。

いまやガラス・ケースは無用のものとなり、A・Jはこれの処遇を迷っている。ほかに珍本を所有しているわけではない。当時ケースは五百ドル近くもした。彼の心のうちの希望を捨てない部分は、これからもっといいものがあらわれて、このケースに入れられる日がくるかもしれないと信じている。これを買ったとき、葉巻の保管にもいいといわれた。

引退の希望などもはや行く手に見えなくなったいま、A・Jは、ゲラを読み、メールに返信し、電話に応答し、商品の棚におくポップカードまで書いたりしている。夜は、店を閉めたあと、ふたたびジョギングをはじめる。長距離のジョギングをするとなると、さまざまな問題が生ずるが、なかでも最大の問題は、家の鍵をどこにおいていくかということだ。けっきょくA・Jは、玄関の鍵は閉めないことにする。ここにはもう盗まれるような貴重品はなにもないと判断したからだ。

ロアリング・キャンプのラック

ブレット・ハート
1868年

ラックと名づけたインディアンの赤ん坊を養子にする鉱山の飯場のきわめてセンチメンタルな話。ぼくがこれをはじめて読んだのは、プリンストン大学の、アメリカ西部文学というセミナーだったが、そのときはまったく感動しなかった。その感想文（1992年11月14日）で、ぼくが推奨した点は、登場人物の多彩な名前だけだった。ずんぐり《スタンピイ》、ケンタック、フレンチ・ピート、チェロキー・サルなどという。たまたま二年前、この「ロアリング・キャンプのラック」を再読したとき、ぼくはひどく泣いたので、あのドーヴァー・スリフト版には涙がしみこんでいるのにきみは気づくはずだ。われ思うに、中年になったぼくは気が弱くなったのだね。だが、ふたたびわれ思うにだ、後年のこのぼくの反応を考えると、小説というものは、人生のしかるべきときに出会わなければならないということを示唆している。覚えておくのだよ、マヤ。ぼくたちが二十のときに感じたことは、四十のときに感じるものと必ずしも同じではないということをね、逆もまたしかり。このことは本においても、人生においても真実なのだ。

——A・J・F

盗難のあとの数週間、アイランド・ブックスは、商売上わずかながら、統計的にはありえないような好調に恵まれる。A・Jはこの売り上げの増加を、〈物見高い町の人間〉というあまり世に知られていない経済指標に起因するものだと考えている。

善意ある町の人間《ウェル・ミーニング・タウニー》（W-MT）がカウンターににじりよってくる。「『タマレーン』のこと、なにかわかったかね？」〔訳：貴公の個人的な大損失を、当方の気晴らしにさせてもらってもよろしいか？」

A・Jはこう答える。「まだなにも」〔訳：人生はいぜん破綻したまま」

W-MT：きっとそのうちに手がかりが見つかるよ。〔訳：こちらとしては、この事件の結末に投資しているわけではないから、楽観的であっても、損はしない」わたしが読んでいない新作はあるかね？

A・J：二冊ほど入っていますよ。〔訳：だいたいここにあるものほとんどぜんぶ。あなたはもう何カ月も、いや何年もうちには来てませんから〕

W-MT：ニューヨーク・タイムズ・ブックレビューに取り上げられていた本があるんだがね。たしか赤い表紙だったかな？

A・J：ああ、聞いたおぼえはありますよ。〔訳：それじゃあまりにも漠然としている。作者、題名、話の筋――そういうものが、大きな手がかりになるんだ。カバーが赤かった、ニューヨーク・タイムズ・ブックレビューに取り上げられていたといわれても、あんたが思っているほど助けにはならない〕その本についてほかになにか手がかりはありませんか？〔ちゃんと説明しろ〕

A・JはそれからW-MTを新刊本の棚に連れていき、そこで彼、あるいは彼女にハードカバーを確実に売りつける。

奇妙なことに、ニックの死は、商売には逆効果をもたらした。A・Jは、ナチの親衛隊《SS》の将校並みの冷徹な規則正しさで店を開けてはいたものの、彼女の死後、四半期の会計は、アイランド・ブックス史上最低の売り上げを記録した。むろん町のひとびとは、彼に同情していたが、その同情は深すぎた。ニックは地元の人間だった、彼らの身内だった。プリンストン大学の卒業生（そしてアリス・アイランド高校の卒業生総代）が、本屋を開こうと、ひたむきな目をした夫を連れてアリス島に帰ってきたのだ。若いひとが、心機一転、故郷にもどってくるのを見ると、元気づけられる。彼女が死ぬと、町のひとたちは、ニックがいないという現実のほかに、A・Jと共有するものがなにひとつないことに気づいたのだ。彼らはA・Jを非難したか？　あるものは多少非難はした。あの晩、あの作家を送っていったのが、なぜ彼ではなかったのか？　ふだんの彼は少々変人だし——自分たちは決して人種差別をしているわけではないと、町のひとたちは断言するが——少々肌の色もちがうし、と彼らはそう囁きあって自らを慰めた。あの男はどうみてもこの辺の生まれじゃあないね（彼はニュージャージーの生まれだ）。町のひとたちは、店の前を通りすぎるとき、そこが墓所であるかのように息を詰めていた。

A・Jはクレジット・カードをレジに通しながら、窃盗は受け入れやすい社会的損失であるのに対し、死はそれぞれ個別の損失なのだと結論を下す。十二月には、売り上げは、通常どおり、盗難以前のベースにもどった。

クリスマスの二週間前の金曜日、閉店の二分前に、A・Jは、店内をまわって残っている客を追い出し、最後の客の勘定をレジにうちこむ。ふくれあがったコートを着た男が、刑事アレックス・クロスものの最新作を見おろしながら、えへんと咳払いをする。「二十六ドルは高いねえ。ネットならもっと安く買えるんじゃないの？」A・Jは戸口を指し示しながら、買えますねという。「よそに負けたくないなら、おたくも値段をもっと下げるべきだろう」と男はいう。

「値段を下げる？　下げる。うちの。値段を。そんなことは考えたこともありませんよ」

A・Jは穏やかにいう。「おふざけかい、お若いの？」

「いいえ、感謝してますよ。アイランド・ブックスの次の株主総会で、あなたのこの革新的なご意見をかならず提案しましょう。わたしどもも、ほかには負けたくないと思っていますからね。ここだけの話ですが、二〇〇五年ごろのある時期には、競争はあきらめていたんです。わたしはそれは間違いだと思ったんですが、なにしろ重役会の連中が、競争はオリンピックの選手や、スペリング競技大会の子供たちや、シリアル食品製造業者にまかせておけばいいといいましてね。アイランド・ブックスが、いまやふたたび競争業界に完全復帰を果たすと報告できるのはうれしいですねえ。ところで、もう閉店の時間です」A・Jは出口を指さす。

ふくらんだコートが、ぶつぶついいながら出ていくと、老女が入り口の床をきしませながら入ってくる。常連客なので、A・Jは、閉店後にやってきてもいやな顔をしないようにする。「ああ、カンバーバッチさん」と彼はいう。「あいにく、もう閉店なんですよ」

「フィクリーさん、そのオマー・シャリフみたいな目でわたしをにらまないで。あんたに腹を立てているんだから」ミセス・カンバーバッチは、彼を押しのけて入ってくると、分厚いペイパーバックをカウンターに叩きつける。「あんたがきのう薦めてくれたこの本ときたら、わたしの八十二年の生涯で読んだ本のなかで最低よ。お金を返してもらいたいの」

A・Jは、その本から老女に視線を移す。「この本になにか問題がありますか？」

「おおありだわよ、フィクリーさん。まずね、これって、語り手が死神じゃないの！　わたしゃ、八十二歳の老女よ、死神が語る五百五十二ページの大作を読んだって、ちっとも楽しくなんかありゃしない。まったく無神経なものを薦めてくれたもんだわねえ」

A・Jは詫びをいうが、悪いとは思っていない。これはぜったいあなたの気に入るという保証が本についていると考えるのはいったいどこのどいつだ？　彼は返品に応ずる。本の背が割れている。これではもう売ることはできない。「カンバーバッチさん」彼はこういわずにはいられない。「この本をお読みになったようですね。どこまで読んだんでしょうかね」

「ええ、読んだわよ」と彼女は答える。「たしかに読みましたとも。一晩中寝かせてもらえなかったのよ。そりゃ腹が立ってね。この歳になって、徹夜させられるなんてごめんよ。それにさ、涙なんか流したくないのに、この小説ときたら、ジャージャー涙を流させるんだから。こんど本を薦めてくれるときは、このことをしっかりおぼえておいてちょうだいよ、フィクリーさん」

「おぼえておきますよ」と彼はいう。「すみませんでしたね、カンバーバッチさん。うちのお客さんはたいていでい、この『本泥棒』が気にいるんですけどね」

店を閉めると、A・Jは二階にいき、ジョギングウェアに着替える。店の表から出て、ちかごろ習慣になったように、ドアに鍵はかけない。

A・Jは、高校でもプリンストンでも、クロスカントリーをやっていた。このスポーツを選んだのは、教科書をきっちり読むほかに、スポーツの才能などとんとなかったからだ。クロスカントリーをやることが、たいした才能だと思ったことはない。高校のコーチは、おまえは、たよりがいのある中堅ランナーだと適当なことをいっていた、つまりA・Jは、どんな集団のなかにいても、中の上の順位で完走すると期待できるということだ。しばらくぶりに走った彼は、あれはひとつの才能だったと自分でも認めぬわけにはいかない。目下の体調では、立ち止まらずに二マイル以上走りつづけるのはむりだ。五マイル以上を完走することはめったにない。背中や脚や、要するに全身の節々が痛むのだ。その痛みも役にはたつ。走るあいだはいつも考えごとをしてしまうが、全身の痛みが、そうした無駄な行為を妨げてくれる。

ジョギングがおわりにさしかかるころ、雪が降りだす。屋内に泥をもちこみたくないので、A・Jは玄関ポーチでランニング・シューズを脱ぐ。脚をふんばってドアを開けようとすると、ドアはさっと開く。錠はかけてはいかなかったが、ドアを開け放しにした覚えもない。電灯をつける。かきまわされた様子はない。キャッシュ・レジスターがこじあけられた気配もない。おそらく風が吹きつけてドアを開けたのだろう。電灯を消して、階段をあがりかけたとき、鳥のような鋭い叫びが聞こえる。叫びがもう一度、こんどはもっと激しい。

A・Jはまた電灯をつける。いったん店の入り口にもどり、それから店内の通路を一本ずつたしかめていく。最後の通路、児童書とヤング・アダルトものの貧弱な棚のところにやってくる。床の上に赤ん坊がすわっている、店に一冊しかない『かいじゅうたちのいるところ』（アイランド・ブックスがあえて恥をしのんで置いた数冊の絵本のなかの一冊）が、真ん中から開かれてその膝にのっている。大きな赤ん坊だとA・Jは思う。新生児ではない。A・Jには年齢の見当がつかない。なにしろ、赤ん坊だった自分をのぞいては、赤ん坊というものをまったく知らない。彼は末っ子だったし、それにいうまでもなく、彼とニックのあいだに赤ん坊は生まれなかった。赤ん坊は、ピンクのスキー・ジャケットを着ている。ライト・ブラウンのふさふさした巻き毛が頭をおおい、目の色は赤みをおびた青、褐色の肌は、A・Jの肌よりほんのちょっぴり淡い。それはまあまあかわいかった。

「いったいきみはだれなんだ？」A・Jは赤ん坊に訊く。

はっきりした理由もなく、赤ん坊は泣きやみ、A・Jにむかって笑いかける。そして

「マヤ」と答える。

かんたんだったな、とA・Jは思う。

「いくつなの」と彼は訊く。

マヤは指を二本つきだす。

「二つなの？」

マヤはまたにっこり笑って、両腕を彼に向かってさしあげる。

「きみのママはどこ？」

マヤは泣きだす。A・Jに向かって腕をさしのべている。A・Jはほかにどうしようもなく、赤ん坊を抱きあげる。少なくともハードカバー二十四冊入りのダンボールぐらいの重さがあり、腰を痛めるほど重い。赤ん坊は両腕を彼の首に巻きつける。なんだかいい匂い、パウダーとベビー・オイルの匂いがするのにA・Jは気づく。ほうっておかれた、あるいは虐待された赤子でないのは明らかだ。ひとなつこくて、着ているものもいいし、愛情を期待している——というより要求している。このお荷物の持ち主は、すぐにも戻ってきて、しごくもっともな弁明をするだろう。車が故障した、とか？　あるいは、母親のほうがとつぜん食中毒にやられたとか。これからは、無施錠のドアという方針は考えなおしたほうがいい。なにかを盗まれるかもしれないという懸念はあったが、なにかを置いていかれるという可能性は考えてもいなかった。

赤ん坊はA・Jにいっそうしがみつく。その肩ごしに、人形のエルモが床の上にすわっているのが見える、エルモの赤い布製の胸に一枚の紙片が安全ピンで止めてある。彼は赤ん坊をおろし、エルモを取りあげる。A・Jは、この人形が大嫌いだ。愛情に飢えているように見えるからだ。

「エルモ！」とマヤがいう。

「うん」とA・Jはいう。「エルモ」彼は安全ピンをはずして紙片をとり、人形は赤ん坊に手わたす。紙片にはこう書いてある。

この書店のご主人へ

この子はマヤです。二歳と一カ月になります。とてもお利口で、歳のわりには言葉をとてもよく知っていますし、愛らしい、とてもよい子です。この子には本好きな子になってほしいと思います。だから本がたくさんあるところで、そういうことに関心のある方たちのあいだで育ってもらいたいのです。わたしはこの子をとても愛していますが、これ以上面倒を見ることができません。この子の父親がこの子の人生に立ち入ることはありませんし、それにわたしには助けてくれる家族もいないのです。もう限界です。

どうぞお願いを

マヤの母

くそっ、とA・Jは思う。

マヤがまた泣く。

彼は子どもを抱きあげる。おむつが汚れている。A・Jは、生まれてこのかた、おむつというものを取り替えたことはない。プレゼント用の包装は多少得意だが。ニックが生きていたころのアイランド・ブックスでは、クリスマスには無料でプレゼント用の包装をしたものだった。おむつの取り替えもプレゼントの包装も、やり方は似たようなものだ。子どものとなりにバッグがおいてある、それがおむつの入っているバッグでありますようにとA・Jは祈る。ありがたいことにそうだった。店の床の上で彼は子どものおむつを取り替える、絨毯《じゅうたん》を汚さないように、陰部をあまり見ないように気を配りながら。ぜんぶやりおえるのにほぼ二十分かかる。子どもというものは本よりよく動くし、都合のいい形もしていない。マヤは首をかしげ口をすぼめ鼻にしわをよせて彼をみつめている。

A・Jは弁解する。「ごめん、マヤ。でもこいつはぼくにとっても楽しいものじゃなかったよ。きみがくそをもらすのを早くやめてくれれば、こんな苦労はしなくてもすむんだ」

「ごめん」とマヤがいう。A・Jはとたんに気が滅入る。

「いいや、ぼくのほうこそごめんよ。こういうことはさっぱりわからなくてね。ぼくはくそ野郎だ」

「くそ！」とマヤはくりかえし、そしてくっくっと笑う。

A・Jは、またランニング・シューズに履きかえると、子どもを抱きあげ、バッグとあの紙片をもって警察にむかう。

もちろん、その晩はランビアーズ署長が当直のはずだ。A・Jの人生の重大な局面では、どうやらいつもこの人物に会うめぐり合わせらしい。A・Jは、子どもを警官にさしだしてみせる。「だれかがこいつをうちの店においていったんですよ」とA・Jは腕のなかで眠ってしまったマヤを起こさないように小声でささやく。

ランビアーズはドーナツを食べている最中で、警官のおきまりのこの行為が彼は恥ずかしく、あわててドーナツを隠そうとする。ランビアーズは口のなかのものを呑みこむと、警官には不似合いな口調でA・Jにいう。「おんや、こいつはあんたが好きなんだねえ」

「これはぼくの子じゃありませんよ」A・Jはまたも小声でいう。

「じゃあだれの子？」

「店のお客のだと思いますけど」A・Jはポケットに手をつっこみ、ランビアーズに例の紙片をわたす。

「へえー」とランビアーズがいう。「母親がこれをあんたに残していったのか」マヤが目を開き、ランビアーズに笑いかける。「かわいいおチビさんじゃないか？」ランビアーズは子どものほうに屈みこむ。子どもは彼のひげをつかむ。「おじさんのひげをひっぱるのはだれでちゅかあ？」ランビアーズは、奇妙な幼児ことばでいう。「だれがおじさんのひげを盗んだんでちゅかあ？」

「ランビアーズ署長、真面目に考えてくれてませんね」

ランビアーズは咳払いをし、背筋をぴんと伸ばす。「ようし、ではこうしよう。いまは金曜日の午後九時だ。とりあえず児童福祉局に電話しよう、だがこの雪だし、週末だし、フェリーの時間もあるしな、早くても月曜日までは、だれかがここにやってくるとは思えない。この子の母親の行方と、それから父親も見つけよう、だれかが捜しているかもしれないしな、このちっちゃな悪党を」

「マヤ」とマヤがいう。

「それがあんたのお名前でちゅかあ？」とランビアーズが幼児ことばでいう。「とってもいいお名前でちゅね」ランビアーズはまた咳払いをする。「この週末は、だれかがこの子の面倒をみないとな。おれとほかの警官のだれかが、ここでかわりばんこに面倒をみるか、それとも――」

「いや。けっこうです」とA・Jがいう。「幼児を警察においておくのはまずいでしょう」

「あんた、子どもの面倒がみられるのかな？」とランビアーズが訊く。

「週末だけのことだから。それほどたいへんでもないでしょう？　義姉《あね》に電話しますよ。義姉にわからないことは、グーグルしますよ」

「グーグル」と子どもがいう。

「グーグル！　たいした言葉を知ってるなあ！　ふむ」とランビアーズがいう。「ようし、月曜に連絡しよう。おかしな世の中だねえ？　だれかがあんたの本を盗んでいき、だれかがあんたに子どもをおいていく」

「はあ」とA・Jはいう。

家に帰りつくころには、マヤは声をかぎりに泣きさけんでいる、大晦日のパーティのラッパか火災報知器かというような調子だ。腹がへっているんだなとA・Jは見当をつけるが、さりとて二十五カ月の幼児になにを食べさせればいいのか皆目わからない。歯が生えているかどうか、唇をめくってみる。歯は生えており、その歯でA・Jに嚙みつこうとする。彼はグーグルに質問する。「二十五カ月の幼児にはなにを食べさせるか？」返ってきた答えは、たいていの幼児は、両親の食べるものならなんでも食べることができるはず、というものだ。グーグルが知らないことは、A・Jが食べているものはほとんどひどいしろものだということ。彼の冷蔵庫に詰まっているのは多種多様の冷凍食品、その多くは香辛料入りなのだ。彼は義姉のイズメイに電話をして助けを求める。

「あのう、すみませんけど」と彼はいう。「二十五カ月の幼児になにを食べさせればいいかわからないもんだから」

「なんでそんなことを悩んでるの？」イズメイはこわばった声で訊く。少し間をおいてから、

そこで彼は、だれかが店に赤ん坊を置いていったことを話す。イズメイは、すぐにそっちに行くという。

「大丈夫ですか？」とA・Jは訊く。イズメイは妊娠六カ月の身なので、A・Jは彼女の手をわずらわせたくはない。

「大丈夫よ。電話してくれてうれしい。偉大なるアメリカ小説の大作家先生は町にいないのよ、この二週間。あたし、ずうっと不眠症だったの」

三十分もたたないうちに、イズメイは、自分のキッチンにあった食料を詰めこんだ袋をかかえてやってくる。サラダの材料、とうふのラザニア、アップル・クランブルを半皿。

「急のご注文で、これだけもってくるのがせいいっぱい」と彼女はいう。

「いや、完璧ですよ」とA・Jはいう。「ぼくのキッチンじゃお手上げで」

「あなたのキッチンは犯罪現場よ」と彼女がいう。

「きっとあたしを見て、お母さんを思い出したんじゃない？」A・Jはうなずいたものの、子どもはイズメイを見ると泣きさけぶ。「お母さんが恋しいのねえ」とイズメイがいう。

ほんとうの理由は、義姉《あね》がこの子を怖がらせたからだと思う。イズメイの髪はやりのカ

ット、ぴんぴんと先の突っ立った赤毛、青白い肌と青い目、ひょろりとした長い脚。目鼻だちはどれもちょっと大きすぎる。身振りは、ちょっと勢いがよすぎる。妊娠している彼女は、まるでたいそう美しい怪物《ゴラム》といったところ。その声だって、幼児には不気味に聞こえるかもしれない。発音は明晰、舞台で鍛えられた声が、いつも部屋ぜんたいに響きわたる。彼女と知り合ってから十五年ほどが経っているが、そのあいだにイズメイは女優の宿命をたどるように年をとってきたと思う。ジュリエットからオフィリアへ、ガートルードへ、そしてヘカテーへと。

イズメイは食べ物をあたためる。「あたしが食べさせようか?」とイズメイが訊く。

マヤの目がイズメイを怪しむように見る。「いや、ぼくがやってみますよ」とA・Jはいう。そしてマヤのほうをむく。「スプーンやフォークは使うのかな?」

マヤは答えない。

「ベビー・チェアがないわね。この子が転がりおちないように、なにか間に合わせのものでも作らないとね」とイズメイがいう。

彼はマヤを床におく。それからゲラの束を砦《とりで》のように積みあげて三方をかこみ、その内側に枕をいくつか並べる。

ラザニアをのせた一杯目のスプーンは難なく口に入る。「らくなもんだ」と彼はいう。

二杯目は、口に入る寸前にマヤがそっぽをむいたので、ソースがあたり一面に飛びちる

――A・Jの上に、枕の上に、ゲラ砦の横腹に。マヤはにっこりと笑って彼のほうをむく、まるでとっても上手ないたずらをやってのけたとでもいいたげに。

「このゲラ、読むつもりじゃなかったんならいいけど」とイズメイがいう。

夕食をすますと、ふたりは、子どもを二番目の寝室の簡易ベッド《フトン》に寝かせる。

「どうしてこの子を警察においてこなかったの？」とイズメイが訊く。

「なんとなく間違っているような気がして」とA・Jはいう。

「まさかこの子を養うつもりじゃないわよね？」イズメイは自分のおなかをさする。

「まさか。月曜日まで子守をするだけですよ」

「そのころには、母親が心変わりして、あらわれるかもしれない」とイズメイがいう。

A・Jは例の書き置きをイズメイに見せる。

「かわいそうに」とイズメイはいう。

「そう、でもぼくにはできないな。わが子を本屋に捨てていくなんて」

イズメイは肩をすくめる。「その娘さんにはきっとそれなりの理由があったのよ」

「なんでそれが娘だってわかるんですか？」とA・Jは訊く。「万策つきた中年の女かもしれない」

「この手紙の書きぶりが若いひとらしく思えるからかな。この手書きの文字のせいかもね」とイズメイはいう。彼女は短い髪の毛を指でかきあげる。「話はちがうけど、あなたのほうはどうしてる?」

「ぼくはだいじょうぶ」とA・Jはいう。自分がもう何時間も『タマレーン』のこともニックのことも考えていないのに気づく。

A・Jがそのままにしておいてといったのに、イズメイは皿を洗う。「ぼくはこの子を養うつもりはありませんよ」とA・Jはくりかえす。「ひとり暮らしだし。貯金だってろくにないし、商売のほうもまったく景気が悪いしね」

「そりゃそうよ」とイズメイはいう。「あなたのライフスタイルに合わない」彼女は皿を拭いて片づける。「それにしても、あなた、ときどき生野菜を食べたっていいんじゃない」

イズメイは彼の頰にキスをする。彼女はニックにとても似ているが、とても似ていないところもあるとA・Jは思う。ときによると似ているところ(顔、容姿)がA・Jにはとても辛いときもあるし、似ていないところ(頭脳、心)が辛いときもある。「また助けがいるときは知らせてちょうだい」

ニックは妹だったのに、いつも姉のイズメイのことを心配していた。ニックから見ると、姉は、人生をこう生きてはいけないという見本だった。イズメイは、パンフレットの写真が気に入ったという理由で大学を選び、タキシード姿がすてきという理由でその男と結婚し、生徒たちを励ます教師を描いた映画を見たので教師になった。「かわいそうなイズメイ」とニックはいっていた。「いつも最後には失望しておわるのよ」

ニックは、姉のイズメイにぼくがもっとやさしくするよう望んでいたな、とA・Jは思う。「芝居のほうはうまくいってますか？」

イズメイは微笑む、まるで少女のように。「おやおや、A・J、あなたが芝居のことを知っていたなんてね」

「『るつぼ』ですね」とA・Jはいう。「子供たちが、あの本を買いにきますから」

「ああ、なるほどね。あれはひどい芝居よ。でも女の子たちには、キャーキャーいったり、悲鳴をあげたりする場面がどっさりあるから、みんな、おおいに愉しめるわけ。あたしは、そうはいかないの。リハーサルに立ち会うときにはいつも鎮痛剤《タイレノール》の壜《びん》をご持参だもの。まあそうやってキャーキャー騒いでいるうちに、アメリカの歴史がちょっぴり学べるというわけよ。でもあれを選んだほんとうの理由は、女の役がどっさりあるからなの――配役を発表するときに、涙が少なくてすむでしょ。ところで、赤ん坊のご登場となると、これはたいそうなドラマになりそうね」

食べ物を運んできてくれたのがとてもありがたかったので、A・Jは助力を申し出る。

「書き割りを塗るとか、プログラムの印刷をするとか、なにかお手伝いしますよ？」

イズメイは、あなたらしくもない、といいたいところをぐっと我慢する。自分の夫はさておいて、この義弟ほど、自分本位で自己中心の男はいないと思っているからだ。ある日の午後、ひとりの赤ん坊が登場してA・Jにこれほど素晴らしい影響をあたえることができるのだとしたら、これから生まれる自分の赤ん坊は、ダニエルにいったいどんな影響を及ぼすことやら。義弟のささやかな申し出はイズメイに希望をあたえる。彼女は自分のおなかをさすってみる。そこに入っているのは男の子、もう名前も選んであるし、もし最初の名前が似合わないようなら、代わりの名前もちゃんと選んである。

翌日の午後、やんだ雪が溶けはじめてぬかるみになるころ、灯台の近くの帯状の小さな土地に、死体が打ちよせられた。ポケットに入っていたIDカードで、それがマリアン・ウォレスだと判明する。この死体とあの幼児に血のつながりがあることを、ランビアーズが推測するのにそれほど時間はかからない。

マリアン・ウォレスは、アリス島に知り合いはいない。なぜここに来たのか、だれに会いにきたのか、なぜ、十二月のアリス島の入り江の冷たい水に飛びこんで命を絶ったのか、だれも知らない。つまり、その明確な理由を知るものはだれひとりいなかった。わかっているのは、マリアン・ウォレスが黒人で、二十二歳、二歳一カ月になる幼児がいたということだけ。そうした事実に、A・Jに宛てた彼女の書き置きの内容をつけくわえればいい。ぎごちないが、まずまずの文章がしたためられている。警察は、マリアン・ウォレスは自殺にまちがいなしと断定する。

週末のうちに、マリアン・ウォレスについてさらなる情報が寄せられる。彼女は奨学金をもらってハーバード大学に通っていた。マサチューセッツ州が主催する水泳競技のチャンピオンであり、熱心に創作に取り組んでいた。出身はボストンのロックスベリイ。母親はすでに死亡している——マリアンが十三歳のとき、癌だった。母方の祖母も同じ病気で、その一年後に死亡している。父親は麻薬中毒である。高校時代は、里親のもとを出たり入ったりしていた。養母のひとりは、若いマリアンが、いつも本に頭をつっこんでいたのを覚えている。子供の父親がだれなのか、知るひとはいない。彼女にボーイフレンドがいたかどうか覚えているものもいなかった。前学期に全科目を落第したため、停学処分を受けている——母親になったことの重荷と、学業の苛酷なスケジュールが、耐えがたいものになったのだろう。美人で聡明な彼女の死は悲劇である。貧しい黒人である彼女が、こうなることはわかっていたと、世間のひとはいうだろう。

日曜の夜、ランビアーズがマヤの様子を見に本屋に立ち寄り、A・Jに最新の情報を伝える。自分には弟妹が何人もいるから、店の商売が忙しいときには、マヤの子守をさせてもいいと申し出る。「どうぞおかまいなく」とA・Jはいう。「ほかに行くところはないんですか?」

ランビアーズは最近離婚している。高校時代の恋人と結婚したので、相手がじつは、やさしくもなく、とてもいいひとでもないと気づくのに長いことかかった。言い合いになると、相手は彼のことをバカのデブ野郎と呼んだ。彼は本をたくさん読むわけでもないし、旅行が好きで見聞が広いというわけでもないが、決してバカではない。デブでもないが、ブルドッグみたいな体型だった――筋肉がもりあがった首、短い脚、ひらべったい鼻。たくましいアメリカのブルドッグ、決してイギリスのブルドッグではない。

ランビアーズは、女房がいなくて淋しいわけではないが、勤務のあとに、どこにも行く当てのないのが淋しい。

彼は床にすわりこんで、マヤを自分の膝にのせる。マヤが眠ってしまうと、ランビアーズはA・Jに、マヤの母親について知ったことを話す。

「不思議でならないのは」とA・Jがいう。「そもそもなんでアリス島にやってきたかということですよ。ここまで来るのはひと苦労だもの。ぼくの母親は、ぼくがここに住むようになってから、たった一度きたきりですよ。だれか会いたい人間がいたんじゃないかなあ？」

ランビアーズは膝の上のマヤを動かす。「おれもそのことは考えているんだけどね。おそらくどこにも行く当てがなかったんじゃないのかな。ただ最初に来た電車にのって、最初に来たバスにのった、それから最初に出る船にのってさ、行き着いたところがここだったと」

A・Jは失礼にならぬよううなずいたものの、そんな行き当たりばったりの行動はとても信じられない。彼は読書家である、物語の構成はきちんとしてもらいたい。銃が一幕目であらわれたら、三幕目までに発砲されなければならない。

「きっと景色のいいところで死にたかったのかもしれないな」とランビアーズはつけくわえる。「それで児童福祉局のご婦人が、月曜日にこのかわいい小さなお荷物を受け取りにくる。母親に親族がなく、父方もわからないとなれば、この子の里親を探さなければならない」

A・Jは、引き出しのなかの現金を数える。「そういう施設は子供には辛いんじゃありませんかね？」

「そうかもしれないな」とランビアーズはいう。「だがこのおちびちゃんは、きっとうまくやるさ」

A・Jは引き出しの現金をもう一度数える。「母親が里親制度を経験していたといいましたよね？」

ランビアーズはうなずく。

「本屋なら、この子がもっとましな機会に恵まれると母親が考えていたとしたら」

「どんなものかなあ？」

「ぼくは信心深い人間じゃないのでね、ランビアーズ署長。運命は信じない。ぼくの妻は、彼女は運命を信じていましたけれどね」

その瞬間、マヤが目をさまし、両腕をA・Jのほうにさしだす。彼はレジスターの引き出しを閉め、ランビアーズからマヤを受けとる。ランビアーズの耳には、小さな女の子が、A・Jを「パパ」と呼んだのが聞こえたような気がする。

「うえっ、そんな呼び方はするなといっているのに」とA・Jがいう。「でもきかないんですよ」

「子供って考えつくんだな」とランビアーズはいう。

「なにか飲み物でも？」

「いいね。ありがたい」

A・Jは、店の扉に鍵をかけ、二階へあがる。マヤをベッドの上に寝かせ、居間にいく。

「ぼくに子供なんて養えませんよ」とA・Jはきっぱりという。「もう二晩も眠っていないんだから。あれはテロリストだな！　なにしろ尋常じゃないときに目を覚ますんですからね。どうやら朝の三時四十五分に、あの子の一日がはじまるらしい。ぼくは独り者だし。貧乏だし。本を売るだけじゃ、子供は育てられない」

「ごもっとも」とランビアーズはいう。

「これでも辛《かろ》うじて平常心を保っているんですよ」とA・Jは話しつづける。「あの子は、小犬より始末が悪い。ぼくのような人間は小犬だって飼っちゃだめなんだ。トイレの躾けはできてないし。ぼくは、そういうたぐいのことはてんでわからない。そもそもぼくは、子供というものが好きだったためしがない。マヤは好きだけど、しかし……なんといっても、あの子との会話はものたりない。ぼくたち、エルモの話をするんだけど、ぼくはエルモが大嫌い、だけどエルモの話じゃなければ、自分の話ですからね。まったく自己中心的なんだなあ」

「子供なんてそんなもんじゃないのかねえ」とランビアーズがいう。「もっと言葉を覚えてくれれば、ましな会話ができるってもんじゃないの」

「それにいつも同じ本ばかり読めっていうんですからね。それが、ほら、まったくくだらない絵本でね。『この本の最後にモンスターがいる』ですよ」

そんな本、聞いたことがないな、とランビアーズがいう。

「いや、うそじゃない。あの子の本の好みときたらひどいもんだ」A・Jは笑う。

ランビアーズはうなずき、ワインを飲む。「あんたがあの子を預かるべきだなんて、だれもいってないよ」

「ええ、ええ、もちろん。しかしあの子の落ち着き先の決定権みたいなものは、ぼくにもあると思いませんか？　あの子は利口ですよ。アルファベットをぜんぶ知ってるみたいだし、アルファベットの配列をちゃんと教えてやりましたよ。あの子が、そんなこともわからないような間抜けなやつらにもらわれていくのは我慢できないな。前にも話しましたけど、ぼくは運命を信じない。でもなんとなく責任のようなものを感じるんだ。若い娘が、あの子をこのぼくにゆだねていったんですからね」

「あの娘は頭がおかしくなってたんだね」とランビアーズはいう。「入水自殺をする一時間前のことだもの」

「ああ」A・Jは眉をひそめる。「そうですよね」となりの部屋から泣き声が聞こえてくる。A・Jは席をたつ。「ちょっと様子を見てこないと」と彼はいう。

週の終わりにさしかかると、マヤは入浴が必要になる。こういう密接的な世話は、マサチューセッツ州におまかせしたいと思うものの、A・Jは、ミス・ハヴィシャムのミニチュア版みたいな里親の手にあの子をゆだねたいとは思わない。入浴の手引きのようなものを、何度もグーグルで検索する。二歳の幼児に適した湯の温度、二歳の幼児はおとな用のシャンプーを使ってもよいのか、父親が変質者にならぬように二歳の女児の陰部をどんなふうに洗えばいいのか、浴槽にはどの程度まで湯を入れればよいか。二歳児がうっかり浴槽のなかで溺れないためにはどうすればよいか、安全に入浴させるための一般的なルール、などなど。

ニックのものだったヘンプ・オイルが原料のシャンプーでマヤの髪の毛を洗う。もうだいぶ前に妻のものはすべて寄付するか捨てるかしたのに、浴用品だけはどうしても捨てられなかった。

A・Jがマヤの髪をすすぐと、マヤが歌いはじめる。

「きみが歌ってるのは、なんの歌？」

「うた」と彼女はいう。

「なんという歌なの？」

「ララ、ブーヤ。ララ」

A・Jは笑う。「ふん、ぼくにはちんぷんかんぷんだな、マヤ」

マヤはA・Jに水をかける。

「ママ？」と、しばらくするとマヤが訊く。

「いいや、ぼくはきみのママじゃない」とA・Jはいう。

「いっちゃった」とマヤはいう。

「そう」とA・Jはいう。「きっともう戻ってはこないな」

マヤはちょっと考えているが、やがてうなずく。「うたって」

「うたいたくない」

「うたって」とマヤはいう。

この子は母親をなくしたのだ。せめて歌でもうたってやろうとA・Jは思う。幼児にうたってやるのにふさわしい歌をグーグルするひまはない。A・Jは妻に出会う以前、プリンストン大学の男性アカペラ・グループ、フットノーツで第二テナーをつとめていた。A・Jがニックと恋におちると、被害をこうむったのはフットノーツだった。彼は一学期のあいだ練習をさぼったあげく、グループをくびになった。フットノーツの最後のコンサートのことを思い出す。あれは、八〇年代の音楽へのオマージュだったと思う。バスタブの歌唱会のために、あのときのプログラムをかなり忠実にたどってみる、まずは《ロック《ルフト》バルーンは99》からはじまって、《明日へのハイウェイ》へとつづく。フィナーレは、《エレヴェイター・ラヴ》。なんだかばかばかしくなってくる。

歌いおわると、マヤが手をたたく。「もっと」というご注文だ。「もっと」

「このショウは一回こっきりなんだよ」マヤをバスタブから抱えあげ、タオルでくるみ、形のいい足指のあいだをタオルで拭いてやる。

「ラフトバルーン」とマヤがいう。「ラフト、ユー」

「ラブ、ユー」とマヤがいう。

「なんだって？」

「きみは、アカペラのパワーにちゃんと反応してるね」

マヤはうなずく。「すき」

「ぼくが好きなの？ ぼくのこと、なんにも知らないくせに」とA・Jがいう。「お嬢ちゃん、好きなんて言葉をやたらふりまくもんじゃないよ」A・Jはマヤを抱きしめる。「ぼくたち、うまいことといったね。とても楽しかったね、ぼくには、忘れられない七十二時間だったな、でもみんながきみの人生に永久にかかわるわけにはいかないんだ」

マヤは、青い大きな疑い深い目で彼を見る。「すき」とマヤはくりかえす。

A・Jは、マヤの髪の毛をタオルで拭いてから、頭の匂いをくんくんとかいでみる。

「きみのことが心配だな。きみがだれもかれも好きになったら、きみはたいてい心を傷つけられることになるんだぞ。まだちょっとしか生きていないから、ずいぶん長いことぼくのことを知っているみたいな気がしてるんだ。きみの時間感覚は、とっても歪んでいるんだよ、マヤ。でもぼくは年よりだしさ、きみはぼくを知っていたことも忘れちゃうんだね」

モリー・クロックが住居のドアをノックする。「州から来た女のひとが階下《した》にきてますけど。二階にあがるようにいってもいいかな?」

A・Jはうなずく。

彼はマヤを膝にのせ、ふたりはソーシャル・ワーカーが、ぎいぎいときしむ階段をのぼってくる足音に耳をすませる。「心配することないよ、マヤ。あのひとがちゃんとした家を見つけてくれるんだから。ここよりましな家さ。この先ずうっと、簡易ベッド《フトン》の上で寝るわけにはいかないんだよ。簡易ベッド《フトン》に寝て一生暮らすような人間と、きみだってつきあいたくないだろう」

ソーシャル・ワーカーの名前はジェニー。A・Jは、ジェニーという名の女性にこれまで会ったかどうか思い出せない。このジェニーを本にたとえれば、ダンボール箱から出てきたばかりのペイパーバック──頁のすみが折れてもいないし、シミもついていないし、背表紙に割れたような筋もない。ソーシャル・ワーカーなら、一目でそれとわかる服を着ていてほしい、とA・Jは思う。彼は、ジェニー物語の裏表紙に書かれている梗概《あらすじ》を想像する。コネチカット州のフェアフィールド生まれの元気のいいジェニーは、大きな都会でソーシャル・ワーカーの仕事についたとき、自分がこの先なにに巻きこまれるか想像もしなかった。

「これが初仕事ですか？」とA・Jが訊く。

「いいえ」とジェニーがいう。「ほんのしばらく前からやってます」とジェニーはマヤにむかって笑いかける。「なんて美人さんなの」

マヤはA・Jのスウェットパーカーに顔をうずめる。

「おふたりさん、すっかり仲よしになったのね」ジェニーは手帳にメモをとる。「これからこうなります。わたしはマヤをボストンに連れてかえります。ケース・ワーカーとして、わたしがマヤにかわって事務手続きの書類を作ります──どうみてもこの子にはできませんよね、いやいや。医者と心理学者の面接もあります」

「この子は健康そうだし、ぼくによくなついている」とA・Jはいう。

「よく観察してくださったのね。お医者さんがたが、発育の遅れや病気の有無、それから素人目にはわからないいろいろなことを診断してくださいます。そのあとマヤは、登録ずみのたくさんの里親たちのだれかに預けられて、それから——」

A・Jが口をはさむ。「里親はどんな審査で認可されるんですか？　簡単なんですか、デパートでクレジット・カードを作るみたいに？」

「いやいや。それはないわ、もちろん、カードなんかより、もっとたくさんの手順を踏むんですよ。まず申し込み、家庭訪問——」

A・Jがまた口をはさむ。「ぼくがいいたいのはね、ジェニー、あなた方が、純真無垢な子供を、異常人格者の手にぜったい委ねることはないと、どうやって見きわめるかということなんだけど？」

「ええと、フィクリーさん、わたしたちは、子供を養子にしたいというひとが、みんな異常人格者だという前提のもとで仕事をすすめるわけじゃありませんけどね、里親についてはそれぞれ広範囲な調査を行なっています」

「なにを心配するかというと……そう、マヤはとても利発な子だけど、とてもひとを信じやすいたちだから」とA・Jはいう。

「利発でひとを信じやすい。ご明察。これは書いておくわ」ジェニーは書きとめる。「そうして、マヤを、臨時の、非異常人格者の」——ジェニーはA・Jにむかって笑顔をむける——「里親に預ける、それから次の仕事にとりかかります。遠縁の身内のなかで、マヤをほしいというひとがいないか調べます、いなければ、マヤのために永久的な居場所を見つけることになります」

「養子縁組ということですか？」

「ええ、そうよ。たいへんよくできました、フィクリーさん」ジェニーはこういうことをいちいち説明する必要はないのだが、Ａ・Ｊのような善きサマリアびとに、自分たちのすることは評価されていると感じてもらいたかった。「あらためて、あなたにはほんとうに感謝しますよ」とジェニーはいう。「あなたのように、こういうことに関心をもってくださる方がもっと必要なんです」彼女はマヤに両手をさしだす。「もういいかな、いい子ちゃん？」

Ａ・Ｊはマヤを自分の胸にひきよせる。そして深呼吸をする。本気でこんなことをしようというのか？　はい、そうです。ああ、神さま。「マヤは仮の里親に預けられることになるんですね？　どうせなら、ぼくがその里親になることはできませんか？」

ソーシャル・ワーカーは、口をすぼめる。「里親の方たちはみなさん、申請の手順をきちんと踏んでこられたんですよ、フィクリーさん」

「つまりですね……通常は認められないでしょうが、でもこの子の母親がこの手紙をぼくに残していったんです」彼はその手紙をジェニーにさしだす。「母親はぼくにこの子を預けたいといっているんですよ。それが母親の最後の望みだった。ぼくがこの子を預かるのが本筋じゃないだろうか。ここにしかるべき家があるのに、どこかの知らない里親の家にこの子を行かせたくない。この問題はゆうべグーグルで調べました」

「グーグル」とマヤがいう。

「この子、この言葉がお気に入りでね、どういうわけか知りませんが」

「問題ってなんですか？」とジェニーが訊く。

「この子をぼくに預けるのが母親の希望である場合、この子をよそに引き渡す義務はないということです」Ａ・Ｊは説明する。

「パパ」とマヤがうまいタイミングでいう。

ジェニーはＡ・Ｊの目からマヤの目に視線をうつす。ふたりの目は、腹立たしいほど決意にあふれている。彼女はためいきをつく。きょうの仕事は簡単だと思っていたのに、厄介なことになってきた。

ジェニーはもう一度ためいきをつく。これは初仕事ではないけれど、ソーシャル・ワーク科の修士課程をわずか一年半前に終えたばかり。ふたりを助けてあげたいと思うほど純真だし、未経験でもある。そうはいっても彼は店舗の上に住んでいる独身の男だ。事務手続きは厄介だろう、と彼女は思う。「教えてください、フィクリーさん。あなたには、教育とか、育児とかの経験がおありなのかどうか」

「うーむ……ぼくは、本屋を開業するために大学院をやめるまで、アメリカ文学の博士課程にいました。専門は、エドガー・アラン・ポーです。「アッシャー家の崩壊」は、子供をこう扱ってはいけないという、格好の入門書にはなりますね」

「それはまあ、ないよりましというか」とジェニーはいうが、それはまったく役に立たないという意味だ。「ご自分が、こうしたことに適しているとお思いですか？　たいへんな財政的、心理的、時間的な負担がかかりますが」

「いや」とA・Jはいう。「自信はない。でもマヤは、ほかのひとといっしょにいても、ぼくといっしょにいても、よいチャンスに恵まれると思いますよ。仕事をしているあいだも、この子のおもりはできるし、おたがいに好き合っていると思うし」

「すき」とマヤがいう。

「そう、いつもこうなんですよ」とA・Jはいう。「自分でかちとったわけでもない愛情をむやみにふりまくなと警告しているんだけど、正直いうと、これはあのゆだんのならないエルモの影響だと思うんですよ。あいつはだれでもみんな好きになるから」

「エルモはわたしもよく知ってます」とジェニーはいう。彼女は泣きたい。事務手続きが山ほどあるだろう。それも里親を決めるためだけに。養子縁組というものは、ただでさえ難しいものなのに。児童福祉局の職員がマヤとA・Jの様子をチェックしようと思うたびに、ジェニーはアリス島まで二時間の旅をしなければならない。「オーケー、おふたりさん、上司に電話してみましょう」マサチューセッツはメドフォード出身の、堅実で愛情豊かな両親の産物であるジェニー・バーンスタインは、少女時代、『赤毛のアン』や『小公女』みたいなみなしご物語が大好きだった。ああいう物語をくりかえし読んだための好ましくない影響が、自分にソーシャル・ワーカーという職業を選ばせたのではないかと、彼女は近ごろ思うようになった。だいたいこの仕事は、ああいう本を読んで信じこまされたようなロマンチックなものではない。昨日は、かつてのクラスメートからこんな話を聞かされた、ある養母が、ろくに食べ物をあたえなかったために、十六歳の少年の体重が二十キロになってしまったという話。隣り近所のひとたちは、この少年が六歳の子供かと思っていたそうだ。「あたしはそれでも、ハッピー・エンドを信じたいわ」とクラスメートはいった。「でもだんだんそれがむずかしくなっていくのよね」ジェニーはマヤに笑いかける。なんという幸運なおちびさんかと、ジェニーは思う。

クリスマスからこちら、さらに数週間たったいまも、アリス島は、男やもめの本屋の主《あるじ》、A・J・フィクリーが、捨て子を家で世話しているという噂でもちきりだ。これはアリス島における——おそらく『タマレーン』の盗難以来の——もっともしがいのある噂話で、A・J・フィクリーという男の性格を考えれば、だれもが興味津々になるというもの。町のひとたちは、彼を偉ぶった冷たい人間だと考えてきた、そんな男が自分の店に置きざりにされていたという理由で、その子を養女にするとはとうてい信じがたい。町の花屋によれば、サングラスをアイランド・ブックスに置き忘れ、その日のうちに取りにもどったら、

A・Jはもうそれを捨てちまったという。「やつがいうにはな、自分の店は遺失物保管所じゃないんだと。あれはヴィンテージもののすばらしいレイバンだったのになあ！」と花屋はいう。「これが生身の人間だったら、どういうことになるかねえ？」さらにA・Jは、長年、町の生活にかかわるように求められてきた——サッカー・チームのスポンサーになってくれとか、やれ自家製菓子のバザーを後援してくれとか、やれ高校の卒業記念アルバムに広告を出してくれとか。あの男は応じたためしがなかったし、それも丁重にお断りするというわけでもない。ただ『タマレーン』の紛失以来、A・Jがいくらか軟化してきたことは、町のひとたちも認めている。

アリス島の母親たちは、子供がほうっておかれるのではないかと心配している。独り身の男が子供の養育についてなにを知っているだろう？　母親たちはそれを口実にひんぱんに店に立ち寄り、A・Jに助言をしたり、ときには小さな贈り物をもっていったりする——幼児用の古い家具、洋服、毛布、おもちゃなどなど。マヤが見るからに清潔で幸せそうで、自信に満ちていることを発見して、みんな驚いている。ただみんな店を出たあとに、マヤの過去の悲劇的な事件を持ち出しては舌打ちをする。

A・Jとしてはこうした訪問を気にしてはいない。助言はあらかた無視している。贈り物は、一応受けとっている（ご婦人がたが帰ったあと、それらを勝手に仕分けして消毒する）。店を出た客たちが舌打ちすることは知っていても、腹は立てないようにしている。

消毒用のピュレルのボトルをカウンターにおき、そのとなりに、〈王女《インファンタ》さまに触れる前にどうぞ手の消毒をしてください〉という立て札はおいている。母親たちは、A・Jの知らないことをいろいろ知っている。トイレの訓練とか（お菓子やおもちゃで懐柔できる）、歯が生える時期とか（歯茎が痛いときには面白い形をしたアイス・キューブで冷やす）、予防注射のこととか（水疱瘡《みずぼうそう》の予防注射はしなくてもいい）などなど。育児の助言を求めるには、グーグルは広範囲の知識はあるが、哀しいかな、それほど深い知識はない。

ご婦人がたの多くは、子供を訪ねるついでに本や雑誌も買ってくれる。A・Jは、新しい本の仕入れもはじめる、なぜならご婦人がたは、本についてもあれこれ話し合って楽しむだろうとA・Jは思ったからだ。しばらくのあいだ、この婦人サークルは、有能すぎる女性が厄介な結婚にはまるという現代小説に好ましい反応を示した。その女性が浮気でもすれば大喜び――むろんここのご婦人がたが浮気をしているというわけではない（あるいは、浮気をした経験があると認めるむきもあるかもしれない）。ご婦人がたの愉しみは、こうした女性たちに審判を下すこと。わが子を捨てる女性となると、これはいきすぎだが、恐ろしい事故に遭った夫はおおむねあたたかく受け入れられる（その夫が死んで、妻が新しい恋人を見つければ、追加点が入る）。メイヴ・ビンチーにしばらく人気があつまる、前世では投資銀行家だったというマージーンが、ビンチーの小説はあまりにも陳腐だと不平をならすまでは。「いったいどれだけ読まされるの、若い娘がハンサムなワル男と、息が詰まりそうなアイルランドの町で結婚するっていう話」そこでA・Jが、図書館の司書並みのお仕事にせっせと励むことになる。「この読書クラブをつづけるつもりなら」とマージーンがいう。「もっとバラエティーがあったほうがいいんじゃないかしら」

「これは読書クラブなんですか？」とA・Jは訊く。

「そうでしょ？」とマージーンがいう。「あなた、この育児相談が、まさか無料だとは思わないでしょ？」

四月は、『ヘミングウェイの妻』。六月は『頼りがいのある妻』。八月は『アメリカの妻』。九月は『タイムトラベラーズ・ワイフ』。十二月には、題名に「妻」という言葉がつく手ごろな作品は底をついた。そこでみなは『ベル・カント』を読む。

「絵本の売り場をもっとひろげてもいいんじゃない」いつもくたびれたようなペネロピがいう。「子供たちもここにいるときは、なにか読まないと」ご婦人がたは、マヤといっしょに遊ばせようと自分のチビたちも連れてくるので、それは当然だろう。いうまでもなくA・Jは、『この本の最後にモンスターがいる』は読みあきている。以前は絵本にはとくに関心がなかったが、このさい、専門家になってやろうと決心する。マヤには、文学的な絵本を読んでもらいたい、そういうものがあればだが。なるべくなら現代の絵本を。なるべくなら、いっそフェミニストの本を。王女さまの出てくる本はもうけっこう。彼の条件にかなう絵本はたしかに存在することが判明する。ある晩、彼はこうつぶやいている自分に気づく。「本の形態として、絵本は短篇小説と同じ優美さをそなえているんだな。ぼくのいっていることがわかるかい、マヤ？」

マヤは真面目くさってうなずき、本のページをめくる。

「こういう絵本をつくるひとの才能はすばらしいね」とA・Jはいう。「正直いって考えもしなかった」

マヤは本をたたく。ふたりは『まめぼうやのリトル・ピー』を読んでいる、甘いお菓子をちゃんと食べたら、デザートの野菜をもらえるえんどう豆のお話。

「これをアイロニーというんだよ、マヤ」とA・Jはいう。

「アイロン」とマヤはいう。そしてアイロンをかけるしぐさをする。

「アイロニー」と彼はくりかえす。

マヤは首をかしげる、そしてA・Jは、いつかアイロニーについてマヤにちゃんと教えようと思う。

ランビアーズ署長は店をひんぱんに訪れる、訪れる口実に本を買う。ランビアーズは無駄遣いはしないたちだから、買った本はかならず読む。はじめのうちは主にペイパーバックを買っていた——ジェフリー・ディーヴァーとジェイムズ・パタースン（あるいはジェイムズ・パタースンと共著で書いているだれやらの）——それからA・Jは、ジョー・ネスボとエルモア・レナードのペイパーバックに彼を進級させる。このふたりの作家は、ランビアーズもおおいに気に入ったので、A・Jは、彼をさらに、ウォルター・モズリイ、それからコーマック・マッカーシーへと進級させる。A・Jの最近のおすすめは、ケイト・アトキンソンの『探偵ブロディの事件ファイル』だ。

ランビアーズは、店にやってくるとすぐ本の話をしたがる。「ところでさ、おれははじめはどっちかというとあの本が嫌いだったけどね、ところがだんだんあいつのよさがわかってきたんだよ、なあ」彼はカウンターに身をのりだす。「だってさ、あれは刑事の話だもんな。だけどどうもテンポがのろくてさ、おまけにほとんどなにも解決しないんだよ。だけどさ、ちかごろおれは考えた、それが人生というもんだってね。この仕事はじっさいこんなものなんだってね」

「続篇がありますよ」とA・Jは教える。

ランビアーズはうなずく。「それにのったもんかどうかねえ。ときどき、なにもかも解決してもらいたいと思うんだ。悪人は罰せられる。善人は勝つ。そういうことさ。またあのエルモア・レナードのご同類じゃないのか。ねえ、A・J、おれはずっと考えてきたんだよ。あんたとおれとで警官たちのための読書会をはじめられるんじゃないかって。そう、おれの知ってるお巡りどもも、こういう小説が好きかもしれないんだ、おれは署長だからさ、やつらにここで本を買わせる。なにもお巡りに限ったことはない。犯罪捜査関係に熱中している連中でもいい」ランビアーズは両手にピュレルの消毒用ジェルをつけて、それから腰をかがめてマヤを抱き上げる。

「よう、別嬪《べっぴん》さんや。どうしてる？」

「養女になった」とマヤはいう。

「たいした言葉を知ってるねえ」ランビアーズはA・Jを見る。「おい、それはほんとの話かい？　ほんとにそうなったのか？」

手続きには通常の時間を要したが、マヤの三度目の誕生日の前の九月には決着がついた。A・Jに不利な点は、運転免許がないことと（例の発作があるので免許はとったことがない）、それからもちろん独り身で子供を育てたこともないし、犬や植木鉢の世話をしたこともないという事実だった。最後には、A・Jの学歴と、地域社会との強力な絆（すなわち本屋）と、そして母親がマヤを彼のもとに託していったという事実が、不利な点をしのいだのである。

「おめでとう、おれのひいきの本屋のみなさん！」とランビアーズはいう。彼はマヤを空中にほうりあげ、落ちてくるのをつかまえて床におろす。カウンターに身をのりだして、A・Jと握手する。「いやあ。あんたをハグしないといかんな。こいつはハグの値打ちがあるニュースだぞ」と警官はいう。ランビアーズはカウンターのうしろにまわって、A・Jをぎゅっと抱きしめる。

「乾杯しましょう」とA・Jはいう。

A・Jはマヤを自分の腰の辺《あた》りに抱えこみ、男ふたりは二階にあがっていく。A・Jはマヤに寝る準備をさせる、それは永遠の時を要し（トイレと絵本二冊を読むというしちめんどうな用事がある）、ランビアーズはお先にボトルを開けている。

「あの子に洗礼を受けさせるんだろ？」とランビアーズが訊く。

「ぼくはキリスト教徒でもないし、とくに信心深いわけでもないし」とA・Jはいう。

「だからやらない」

ランビアーズはこれについて考え、ワインをもう少し飲む。「あえておれの意見をいわせてもらえばだ、せめてこの子を、みんなに紹介するためのパーティは開くべきだよ。いまじゃ、マヤ・フィクリーなんだろう？」

A・Jはうなずく。

「世間のひとたちにこのことを知らせるべきだ。それにミドルネームもつけないと。それにさ、おれが彼女の名付け親《ゴッドファーザー》になるべきだと思うがね」とランビアーズはいう。

「それに、どういう意味があるんです？」

「まあ、たとえばこの子が十二歳になる、そしてドラッグストアで万引きしてつかまったとする、するとおそらくおれさまが、ご威光をきかせて仲裁にはいる」

「マヤはそんなことはぜったいしませんよ」

「親というものは、みんなそう考えるんだよ」とランビアーズはいう。「要するに、おれはあんたの後ろ楯《バックアップ》になるんだ、A・J。人間だれでも、バックアップが必要なのさ」ランビアーズはグラスをからにする。「パーティは手伝うよ」

「洗礼式ではないパーティには、どんなものが必要なのかな?」とA・Jが訊く。

「なんてことないさ。店で開けばいいんだよ。ファイリーンズ・ベースメントでマヤに新しい服を買ってやる。それならイズメイが手伝ってくれるよ。食べ物はコストコで買う。あのでっかいマフィンなんかどう? おれの妹がいうには、あいつは一個につき千キロカロリーもあるんだとさ。それからなにか冷凍食品。上等の品がいいな。えびのココナッツ揚げとか、スティルトン・チーズのでっかいかたまりとか。それにクリスチャンというわけじゃ——」

A・Jがさえぎる。「はっきりいうと、非クリスチャンであるというわけでもない」

「そうとも。要するにだ、酒も出せるということさ。それから、あんたの義理の姉夫婦も招待する。それからあんたがつきあってるご婦人がたとか、あのチビのマヤに興味のあるやつら全員だな、ということはだ、A・J、ほぼ町じゅうの人間ということになるな。それから名付け親として、おれがなんか気のきいた挨拶をする、あんたがそうしろというんならね。お祈りじゃないぜ、だって、あんたはそっちのほうには興味がないからな。だけどさ、おれは、あのチビ娘が、われわれが人生と呼んでいるこの旅路をぶじにたどってくれるように祈りたいよ。それからあんたが、ご一同のご参加に感謝をする。みんなでマヤにむかって乾杯する。みんなが幸せな気持ちで家路につく」

「要するに著者をかこむ会みたいなものですね」

「ああ、そうとも」ランビアーズは著者をかこむ会には行ったことはない。

「かこむ会はいやだな」

「だけどあんた、本屋だろ」とランビアーズはいう。

「そこが問題だ」とA・Jは認める。


マヤの非洗礼式パーティは、ハロウィーンの前の週に開かれる。出席した子供たちの何人かが、ハロウィーンの衣装を着ていたのをのぞけば、パーティは、洗礼式をやる洗礼式パーティや、著者をかこむ会と似たようなものだ。A・Jは、ピンクのパーティ・ドレスを着ているマヤを見つめる、そしてなんとなくお馴染みになった、あのふつふつと沸き立つものを胸中に感じる。彼は大声で笑うか、さもなければ壁にパンチをくらわせたい。酒に酔ったような、気持ちが浮きたつような感じがする。狂おしいような感じ。これが幸福というものだと思うが、そのうちこれは愛なのだと彼は気づく。くそったれの愛だ、死ぬまで飲みつづけて、この商売を廃業に追いこんでやれという計画を確実に妨げるものだ。愛というもののなんともやりきれないところは、ひとがひとつのものにくそったれな愛を注ぐと、あらゆることにくそったれな愛を注ぐはめになるということだ。

いや、なによりもいまいましいのは、自分がエルモまで好きになったということだ。折り畳み式のテーブルには、エルモの紙皿が並べられ、その上にえびのココナッツ揚げがのっている。Ａ・Ｊはこれを手に入れるために、チェーン・ストアにいそいそと出かけていったのだ。部屋の向こう側のベストセラーがおいてあるあたりで、ランビアーズが、常套句ばかりとはいうものの、この場にふさわしい心のこもったスピーチをしている。Ａ・Ｊがいかにしてすっぱいレモンを甘いレモネードに変えたか、マヤがいかにして雲の向こうにある光になったか、神さまは、扉を閉めるときは、かならず窓を開けておくというご方針をいかにしてここにも適用してくださったか、などなど。彼はＡ・Ｊにほほえみかけ、Ａ・Ｊはグラスをあげてほほえみかえす。そしてＡ・Ｊは、神を信じてはいないのに、目を閉じて、それがなにかわからぬまま、高いところにある力に、ヤマアラシのようなとげをもつ心で精いっぱい感謝する。

　ゴッドマザーにＡ・Ｊが選んだイズメイが、彼の手をつかんだ。「ごめん、あなたをほうっておいて、ちょっと気分が悪かったから」と彼女はいう。

「ランビアーズのスピーチのせいですね？」とＡ・Ｊがいう。

「風邪をひいたのかもしれない。家に帰るわ」

A・Jはうなずく。「あとで電話して、いいですね？」

あとで電話をしてきたのはダニエルだ。「イズメイが入院した」彼はそっけなくいう。

「またまた流産さ」

去年は二度だから、合わせて五度目。「どんな具合なんです？」とA・Jは訊く。

「出血が少々あって、だるいようだよ。だけど頑丈な雌馬だからね」

「そうですか」

「まったくひどいことになっちゃったけど、あいにく」とダニエルはいう。「朝早い飛行機でロサンジェルスに飛ばなきゃならない。映画の連中がブンブンと騒がしいんだよ」映画の連中は、ダニエルによると、いつもブンブン騒がしいようだが、だれもダニエルを刺しにはこない。「悪いけど病院にいって、あいつの様子を見てきてくれないか、ぶじに退院できるかどうかたしかめてほしい」

ランビアーズが車を運転して、A・Jとマヤを病院へ連れていく。A・Jはマヤをランビアーズに預けて待合室で待たせ、イズメイの様子を見にいく。

彼女の目は赤く、皮膚は青白い。「ごめんね」彼女はA・Jを見て、そういう。

「なにがですか、イズメイ？」

「自業自得なのよ」と彼女はいう。

「なにをいうんです」とA・Jはいう。「そんなことをいっちゃあいけない」

「あなたをひっぱりだすなんて、ダニエルのくそったれが」

「ぼくは来たくて来たんです」とA・Jはいう。

「あいつ、浮気してるのよ。あなた、知ってる？　しじゅう浮気してるのよ」

A・Jはなにもいわないが、ちゃんと知っている。ダニエルの女遊びは秘密ではない。

「もちろん知ってるわよね」とイズメイはかすれた声でいう。「だれだって知ってるわよ」

A・Jは無言だ。

「知ってるけど、話すつもりはないのよね。男たちの見当違いのおきてでしょ」

A・Jは彼女を見つめる。病衣をまとったその肩はげっそりとしているが、腹部がまだ少しふくらんでいる。

「ひどい格好ね」と彼女はいう。「あなた、そう思ってるでしょ」

「いいや、ずいぶん髪の毛が伸びたと思って。そのほうがすてきだな」

「あなた、やさしいのね」と彼女はいう。その瞬間、イズメイは体を起こし、A・Jの口にキスしようとする。

A・Jはのけぞって、それを避ける。「あなたさえよければ、いつでも退院できると医者はいってますよ」

「妹があなたと結婚したときは、ばかな子だと思ったけど、いまになってみると、あなた、それほど悪くないわ。マヤといるときのあなたを見ていると。いまのあなたのそういう振る舞いも、こうして来てくれたこともね。来てくれることが大事なのよね、A・J。あたし、今晩はここに泊まるほうがいいと思うの」と彼女はいいながら、A・Jから急に身をひく。「家にはだれもいないし、ひとりぼっちはごめんよ。前にもいったけど、あれは真実だわね。ニックはいい子だった。あたしは悪い子。悪い男と結婚したし。悪い人間は、その報いを受けて当然だけど、でもね、ひとりぼっちって、ほんとにいや」

世界の肌ざわり

リチャード・ボーシュ
1985年

丸々ふとった女の子がお祖父さんといっしょに暮らしている。そして小学校の体育の公開競技のために練習にはげんでいる。

この女の子が跳び箱を跳びこえるかどうかが、とても気になる自分にきみは驚いているだろう。ボーシュは、一見とるにたりないエピソードから（とはいえそれが明らかに肝心なところだが）強烈な緊張感を絞りだすことができる、これこそきみが援用できるものだ——跳躍競技は、飛行機の墜落事故とおなじくらい大きなドラマになりうる。

ぼくは父親になるまで、この小説に出会うことはなかったので、PM（プレマヤ）《マヤ以前》時代にこれを読んで、好きになったかどうかはわからない。これまでに人生のさまざまな局面をふんできたが、いまのぼくは、短篇小説に傾く心境にある。そうした局面のひとつは、きみの幼児期と一致する——あのころ、長篇小説を読む時間がどこにあったかな、わが娘よ？

——A・J・F

マヤはいつも夜明け前に目を覚ます。聞こえるのは、となりの部屋にいるA・Jのいびきの音。足さきまですっぽりはいるパジャマを着たまま、マヤは居間をよこぎってA・Jの寝室にはいりこむ。はじめは小声でささやく、「パパ、パパ」それでも目をさまさないと、こんどは名前をよぶ、それでもだめなら、大声でよぶ。言葉だけでだめなら、ベッドの上に跳びあがる、そんなわるふざけみたいなことはしたくないのに。きょうのパパは、マヤが話しかけるところで目をさます。「おきて」とマヤはいう。「したいく」

マヤがいちばん好きなのは、階下《した》の部屋だ、そこは本屋のお店で、お店は世界じゅうでいちばんいいところだ。

「パンツ」とA・Jはつぶやく。「コーヒー」彼の息は、雪でぬれたソックスみたいなにおいがする。

お店にたどりつくまでに階段が十六段ある。マヤは一段ずつことんことんとおしりをすべらせていく、脚がまだ短いので、一段ずつ踏み板をふんでおりてはいけない。店のなかをよちよちあるいて、絵のない本のあいだをとおりぬけ、グリーティング・カードの前もとおりすぎる。雑誌の面《おもて》をさっとなでて、本のしおりがさしこんである回転台をいきおいよくまわす。おはよう、ざっしさん！　おはよう、ほんのしおりさん！　おはよう、ほんたち！　おはよう、おみせ！

お店の壁は、マヤの頭の上あたりまでは腰板で、そこから上はブルーの壁紙だ。マヤは椅子にのらないと壁紙には手がとどかない。壁紙はでこぼこした渦巻きもようで、それに顔をこすりつけるときもちがいい。いつかマヤは、ダマスクという言葉を本で見つけてこうおもうだろう、ええ、もちろん、壁紙の名前にぴったり。それにひきかえ腰板という言葉には、うんとがっかりするだろう。

お店は、横が十五マヤ、縦が二十マヤ。なんでマヤが知っているかというと、ある日の午後、床に寝ころがって部屋の縦と横をはかったからだ。縦が三十マヤ以上でなくてよかった、だってそれをはかったときのマヤがかぞえられるのは、三十までだったから。

床の上の見晴らしのいい位置から見ると、入ってくるひとはみんな靴だ。夏はサンダル。冬はブーツ。モリー・クロックはときどき、ひざまである赤いスーパーヒーロー・ブーツをはいてくる。A・Jはつまさきが白い黒のスニーカー。ランビアーズは、指をおしつぶされるビッグフット・シューズをはいている。イズメイは、昆虫か宝石みたいに見えるペったんこの靴。ダニエル・パリッシュはペニー硬貨がはさんである茶色のローファーをはいている。

店が午前十時にひらく直前に、マヤは自分の持ち場につく、それは絵本が並んでいるところだ。

マヤがどんなふうに本に近づくかといえば、まず本のにおいをかぐことだ。カバーをはずして、本を顔にちかづけ、かたい絵本のページをひらいて顔にもっていき、それが両耳までとどくようにする。本のにおいは、だいたいパパのせっけんとか、草とか、海とか、キッチン・テーブルとかチーズのにおいがする。

マヤは絵をいっしんに眺めて、そこからお話をひきだそうとする。それはくたびれる仕事だが、三歳のこどもでも、そこにかくされている意味はわかる。たとえば、動物は、絵本のなかではかならずしも動物ではない。ときどき、親やこどもになる。ネクタイをしているクマはお父さんかもしれない。ブロンドのかつらをかぶっているクマはお母さんかもしれない。その絵から、お話がいろいろとわかってくるけれど、絵はときどき、かんちがいをさせることもある。マヤはどうしても言葉が知りたい。

じゃまが入らなければ、マヤは朝のうちに七冊の本を読みおえてしまう。でもいつもいろんなじゃまが入る。だけどマヤはお客さんがとっても好きだから、おぎょうぎよくしている。自分とA・Jがやっているお店のことはわかっている。こどもたちが、自分のいる棚のところにやってくると、マヤはいつもかならず、こどもたちの手に本を押しつける。こどもたちは本をもってレジのところまで歩いていく、そこでたいていつきそいのおとなたちが、こどもが手にしている本を買う。「あらまあ、自分でこれを選んだのね？」と親がたずねる。

あるとき、だれかがA・Jに、マヤは自分の子かと尋ねた。「あんたがたは、ふたりとも黒いけど、同じ種類の黒じゃないね」マヤはこのときのことをおぼえている、A・Jがお客さんにたいして決して使ったことのない口調で答えたからだ。

「同じ種類の黒とは、どういうことですか？」とA・Jが問い返した。

「ああ、なにも怒らせるつもりはなかった」とそのひとはいい、ゴムぞうりたちはドアのほうにあとじさりし、本を買わずに出ていった。

「おなじしゅるいのくろ」ってなんだろう？　マヤは自分の両手を見て考えこむ。

マヤが不思議に思うことはほかにもある。

どうやって読むことをおぼえるのかな？

おとなは、どうして絵のない本がすきなのかな？

パパはいつか死ぬのかな？

おひるはなにかな？

おひるは一時ごろで、サンドイッチ屋さんのだ。マヤはグリルド・チーズ。A・Jはターキー・クラブ・サンドイッチ。マヤはサンドイッチ屋さんに行くのが好きだけれども、いつもA・Jの手をつかんでいる。サンドイッチ屋さんのところにおいていかれたくないからだ。

午後になると、マヤは、本の感想を絵に描く。りんごの絵は、この本のにおいは合格ということ。チーズのかたまりの絵は、この本はくさいということ。自画像は、この本はだいすきということ。こうした感想に、マヤと署名をし、ほめてもらおうとA・Jにわたす。

マヤは自分の名前を書くのがすきだ。

MAYA。

苗字はフィクリーだと知っているが、まだ書き方がわからない。

ときどき、お客さんや店員さんたちが帰ってしまうと、この世界にいるのは、A・Jとじぶんだけだとおもう。ほかのひとたちは、A・Jのようにほんものにはおもえない。ほかのひとたちは、いろいろな季節にあらわれる靴で、それだけのものだ。A・Jは、椅子にのらなくても壁紙に手がとどくし、電話で話をしながらレジもつかえるし、本の入ったおもい箱を頭のうえまでもちあげられるし、とっても長い言葉だってつかえるし、なんでもみんな知っている。A・J・フィクリーみたいなひとがほかにいるだろうか？

マヤは、母親のことをめったに考えることがない。母親が死んだことは知っている。死ぬということは、ねむってから目がさめないことなんだ。お母さんはとってもかわいそうだとおもう、だって目が覚めないひとは、朝になってもしたの本屋に行けないからだ。

マヤは、母親がじぶんをアイランド・ブックスにおいていったことは知っている。でもたぶんそれは、こどもがあるとしになると、みんなに起こることなのかもしれない。あるこどもたちは、靴屋さんの店においていかれる。あるこどもたちはおもちゃ屋さんにおいていかれる。あるこどもたちはサンドイッチ屋さんにおいていかれる。こどもたちの人生は、どんな店においていかれるかできまる。マヤはサンドイッチ屋さんにすむのはいやだ。もう少しとしをとったら、きっとお母さんのことをもっと考えるようになるだろう。

夕方になると、A・Jは靴をはきかえ、ベビーカーにマヤをのせる。ベビーカーはそろそろきゅうくつになってきたけれども、マヤはこれに乗っていくのが大好きなので、文句をいわないようにしている。A・Jの息づかいがすき。世界がとてもはやく動いていくのがすき。ときどきA・Jはうたう。ときどきお話もしてくれる。むかし『タマレーン』という本をもっていて、それはお店にある本をぜんぶ集めたくらいの値打ちがあるんだというこども話してくれる。

『タマレーン』、とマヤはいってみる、その言葉の神秘性と音節の音楽性が好きなのだ。

「そういうわけで、きみのミドルネームがきまったんだよ」

夜になると、A・Jがベッドに寝かせてくれる。どんなにくたびれていても、マヤはベッドに入るのがきらいだ。A・Jにとっては、お話をしてあげるというのが、マヤを寝かしつける最良の方法だ。「どのお話がいいの？」とA・Jはいう。

『この本の最後にモンスターがいる』はやめてくれ、とA・Jはしつこくマヤにいうので、マヤは『おさるとぼうしうり』といって、彼をよろこばせる。

このお話はまえにも聞いたことがあるけれども、お話のいみがよくわからない。いろいろな色の帽子をうっているおじさんのお話だ。おじさんがおひるねをしていると、帽子をサルにぬすまれてしまう。A・Jはぜったいこんな目にあわないようにとマヤはおもう。

マヤは眉をよせて、A・Jの腕をつかむ。

「なんだ？」とA・Jが訊く。

どうしてサルは帽子がほしいんだろう、とマヤはおもう。サルは動物だ。もしかするとサルは、かつらをかぶったお母さんのクマみたいに、なにかほかのものをあらわしているのかもしれない、でもなんだろう……？　マヤが考えついていることはあるけれども、言葉がわからない。

「よんで」とマヤはいう。

ときどきA・Jは、女のひとにお店に来てもらって、マヤやほかのこどもたちに本を読んでもらうことにしている。その女のひとは、身ぶりや手ぶりをする、おおげさな表情をする、おおげさに声を低くしたり、高くしたりする。マヤは、そのひとにもっとのんびりやってといいたい。マヤは、A・Jの読み方になれている――おだやかで低い声。マヤは彼の声になれている。

A・Jが読む、「……そのてっぺんに、赤い帽子がどっさりのっかっている」

色のついた帽子をどっさりかぶった男のひとの絵がかいてある。

マヤは、まだページをめくらないでと、A・Jの手をおさえる。そしてその絵からページの文字に目をうつし、また絵にもどる。たちまちマヤは、r－e－dは、red（赤い）といういみなのだとわかる、自分の名前が、MAYAだとわかっているように、A・J・フィクリーが自分の父親だとわかっているように、世界でいちばんいい場所はアイランド・ブックスだとわかっているように、マヤにはそれがわかる。

「それはなに？」と彼がきく。

「赤」とマヤはいう。そしてA・Jの手をとって、その言葉をさすようにうごかしていく。

善人はなかなかいない

フラナリー・オコナー
1953年

家族旅行が不首尾におわる。これはエイミーのいちばん好きな本（彼女は表面はとてもやさしそうに見える、そうだろう？）。エイミーとぼくは、好みがまったく同じというわけではないが、これはぼくも好きな作品だ。

これが自分のいちばん好きな本だと、彼女がいったとき、想像もしていなかった彼女の性格の不可思議な部分や、素晴らしい部分や、訪れてみたいような暗い部分もほの見えてきた。

ひとは退屈な嘘をつく、政治について、神について、愛について。きみは、ある人物のすべてを知るための質問を知っているね。あなたのいちばん好きな本はなんですか？

――A・J・F

八月の第二週、マヤが幼稚園に入園する直前に、眼鏡（丸くて、赤い縁）と水疱瘡（丸くて、赤い突起）というおそろいのセットをもらった。A・Jは、水疱瘡の予防注射はしてもしなくてもよいといった母親を呪いたくなる、なにしろ水疱瘡《チキン・ポックス》ときたら、まったく家族にとっても災厄《ポックス》だったから。マヤは苦しんでいる、マヤが苦しんでいるからA・Jも苦しんでいる。水疱がマヤの顔を苛《さいな》む、エアコンがこわれる、この家にいる者はだれも眠れない。A・Jは、冷たい濡れタオルをもっていき、薄切りにしたマンダリン・オレンジの薄皮をとりのぞき、マヤの両手にソックスをはかせ、枕もとで見張りをする。

三日目の朝四時、マヤが眠りにおちる。A・Jは疲れきっているが、不安で眠れない。不運

店員のひとりに、地下室からゲラ刷りを数束ほどもってきてくれとたのんであった。不運なことに、この店員は新顔なので、読むべきものの山からではなく、リサイクルまわしの

山からゲラをもってきてしまった。A・Jはマヤのそばをはなれたくないので、昔はねられたゲラのひとつを読むことにする。上にのっていたのは、ヤング・アダルト向けのファンタジーで、主人公は死人だ。げえっ、とA・Jは思う。彼がもっとも好まないもの（語り手が死者のものとヤング・アダルト小説）が二つも、一冊の本のなかに入っている。彼は紙の死骸をわきにほうりだす。ゲラの山からふたたび選んだのは、八十歳の老人の手になる回想記だった。長年独身で、かつてはサイエンス・ライターとして中西部のいくつかの新聞に寄稿しており、七十八歳という歳ではじめて結婚する。その花嫁は、結婚二年後に八十三歳で死ぬ。レオン・フリードマン作『遅咲きの花』。その本に、A・Jは見覚えがあるが、なぜだかわからない。ゲラを開くと、営業用の名刺がはらりとおちる。アメリア・ローマン、ナイトリー・プレス。ああ、ようやく彼は思い出す。

むろんアメリア・ローマンとは、あの気まずい初対面以後も、この数年の間、会ってはいる。心あたたまる丁寧なメールを何度か交わし、年三回、ナイトリー・プレスの最新の出版情報を報告しにくる。彼女の訪問は十回ほどになるが、近ごろは、なかなか仕事のよくできる女性だという結論に達していた。もってくるカタログについてもよく知っているし、より広範な文学の風潮についても精通している。前むきなひとだが、強引に売り込むようなことはしない。それにマヤにやさしい——来るたびに、ナイトリーの児童書をマヤにもってくることを忘れない。それにアメリア・ローマンは、なによりもまずプロである、つまり、初日のあのA・Jのお粗末な応対を決して話題に上《のぼ》せたりはしないということだ。思い返せばA・Jは、彼女に対してひどい態度をとった。罪滅ぼしとして、『遅咲きの花』にチャンスをあたえてやろうと思う、とはいっても、これはいぜんとして自分の好みではないが。

〝私は八十一になる、統計的にいえば、四・七年前に死んでいるはずである〟これが書き出しだ。

午前五時、A・Jは本を閉じて、それを軽くたたく。

マヤも気分がよくなって、目をさます。「なんで泣いてるの？」

「本を読んでいたんだよ」とA・Jは答える。

アメリア・ローマンはその番号に覚えがないが、ベルが一度鳴っただけで電話をとった。

「やあ、アメリア。こちらはアイランド・ブックスのA・J・フィクリーです。まさかきみが出るとは思わなかった」

「たしかに」と彼女は笑う。「わたしは、かかってきた電話にちゃんと出るこの世で最後の人間ですから」

「うん」と彼はいう。「そうかもしれない」

「カトリック教会は、わたしを聖人にしようと考えているんですよ」

「電話に出るセント・アメリア」とA・Jはいう。

彼はこれまでアメリアに電話をかけてきたことはない。これはなにか理由があるにちがいないと彼女は想像する。「二週間後にお会いすることになってますよね、それともキャンセルになるんでしょうか？」とアメリアは訊く。

「あ、いや、そういう話じゃない。きみにメッセージを残そうと思っただけで」

アメリアは単調な声でいう。「ハーイ、こちらはアメリア・ローマンの留守番電話です。ピー」

「うむ」

「ピー」アメリアはくりかえす。「どうぞ。メッセージをお残しください」

「ええと、やあ、アメリア。こちらはA・J・フィクリー。たったいま、きみが薦めてくれた本を読みおわったところです」

「あら、まあ。どの本？」

「奇妙だね。留守番電話が返事をしているらしい。何年も前にあずかったやつ。『遅咲きの花』、レオン・フリードマンの」

「胸がはりさけそう、A・J。四年前の冬季カタログのなかでは、わたしの最高のお気に入りなんですよ。あの本を読むというひとはだれもいなかったわ。わたしはあの本が大好きです。いまでもあの本が大好き。でもわたしは、惨敗企画の女王ですから」

「たぶん装幀のせいでしょう」とA・Jはたよりなげにいう。

「嘆かわしい装幀。老人たちの足と花なんて」アメリアは同意する。「まるで、皺だらけの老人の足のことを考えたいひとがいるみたい、ましてそんな足が表紙にのった本を買いたいひとがいるかしら。ペイパーバックの装幀は変えましたけど、なんの効果もありませんでした――モノクロ写真のたくさんの花。でも装幀って、出版界の赤毛の継子《ままこ》なんですよ。わたしたち、なんでもかんでも装幀のせいにしますから」

「覚えているかどうかわからないけど、ぼくらが最初に会ったとき、きみは『遅咲きの花』をもってきた」A・Jはいう。

アメリアは間をおく。「わたしが？　ああ、そうでしたね。わたしが、ナイトリー・プレスの仕事をはじめたころですね」

「そう、文学風回想記ってやつは、ぼくの好みじゃないけど、これは地味ではあるが、見事なできですね。深い洞察と……」ほんとうに好きなものの話をするとき、彼は自分が裸になったような気がする。

「つづけて」

「どの言葉も的確で、あるべき場所におかれている。これは元来、ぼくが捧げる最高の賛辞なんだけど。ただこれを読むまでに長い時間がかかってしまって、すまなかった」

「わたしの人生っていつもそうなんです。どうしてあれを手にとる気になったんですか？」

「うちの娘が病気で、だから——」

「まあ、かわいそうなマヤ！　ひどい病気じゃなければいいけど！」

「水疱瘡。あの子といっしょに一晩じゅう起きていて、そのときぼくの手元にあったのがあの本だった」

「あなたがとうとう読んでくださったなんてうれしいです」とアメリアはいう。「この本を読んでくださいって、知っているかぎりのひとにたのんだのに、うちの母親しか耳を貸してくれなかったんですよ、その母にだって簡単には売りこめなかったのに」

「本というやつは、しかるべきときがくるまで、読み手が見つからないことがあるんだね」

「フリードマン氏にはあまり慰めにはなりませんけど」とアメリアがつけくわえる。

「さてと、どれも同じような嘆かわしい装幀のペイパーバックを一箱注文しよう。そして夏に観光客がやってくるころ、フリードマン氏を招いてイベントをやるのもいいかもしれない」

「それまで彼が生きていれば」とアメリアがいう。

「病気なの？」とA・Jが訊く。

「いいえ、でも、ほら、九十ですよ！」

A・Jは笑う。「じゃあ、アメリア、二週間後に会いましょう」

「〝冬季カタログのおすすめ本〟なんかのお話をするときは、こんどはちゃんと耳を傾けてくださいますよね」

「たぶん、だめだな。ぼくは年寄りだし、依怙地《いこじ》で意地っぱりだから」

「そんなお年じゃないわ」と彼女はいう。

「フリードマン氏にくらべればね」A・Jは咳払いをする。「こんどあなたが町にくるときは、夕食でもご一緒しましょう」とA・Jはいう。

出版社の営業と書店主が会食するのは珍しいことではないが、アメリアはA・Jの声に微妙なひびきを感じた。彼女はそこをはっきりさせる。「新しい冬季カタログを検討していただけるんですね」

「ああ、もちろん」A・Jはすかさず答える。「アリス島までは長旅だから。きっとおなかが空くでしょう。いままでお誘いせずに申しわけなかった」

「それじゃあ、おそめのランチということに」とアメリアはいう。「ハイアニス行きの最後のフェリーに乗りませんとね」

A・Jは彼女をピーコッドへ連れていくことにする、それはアリス島で二番目にいいシーフード・レストランだ。エル・コラソンは、いちばんいいレストランだが、昼どきは店を開けていない。たとえ開いていたとしても、エル・コラソンは、単なるビジネスの会合にはロマンチックすぎるように思われる。

A・Jが先に着く、そのおかげで、彼には自分の選択を後悔する時間があたえられる。ピーコッドは、マヤが来る前に来たきりだが、室内装飾が観光客向きなのに気づいて恥ずかしくなる。上品な白のテーブルクロスさえ、壁にかかっている銛《もり》や、網や、レインコートや、あるいは木彫りの船長などから客の目をそらせてはくれない。船長ときたら、無料の海水タフィーの入ったバケツをぶらさげてお客を歓迎している。哀しげな小さな目をしたファイバーグラスの鯨が、天井からぶらさがっている。A・Jは鯨のご託宣を感じる。エル・コラソンへ行くべきだったな、友よ。

アメリアは五分遅れる。「ピーコッドなんて、『白鯨』みたいですね」と彼女はいう。彼女のドレスはというと、古めかしいピンク色のスリップドレスに鉤編みのテーブルクロスをかぶせたようなしろものだ。カールした金髪に造花のひなぎくをさし、日が照っているというのに半長のオーバーシューズを履いている。オーバーシューズを履いた彼女は、さながら災害にそなえて準備万端ととのったボーイ・スカウトみたいだな、とA・Jは思う。

「『白鯨』は好きなんですか？」と彼は訊く。

「大嫌いです」と彼女は答える。「こんなことはあまりいわないんですけど。あれはまず学校の先生のご推薦でしょ。親たちは、わが子がなんだか高級なものを読んでいるのでご満足なわけですよ。でもそんなふうに読書を強制すると、子供は本嫌いになりますよね」

「レストランの名前を見て、キャンセルしなかったとは意外だな」

「あ、それ、考えました」彼女は、笑いをふくんだ声でいう。「でもたかがレストランの名前ですもん、食べ物の質にそれほど影響はないだろうって思いなおしたんです。それに、ネットで評判を調べましたけど、おいしそうでしたから」

「ぼくを信用しなかったんですね？」

「わたしって、そこに行く前になにを食べるか考えるのが好きなんです。わたしは」――言葉を引き延ばしながら――「よーそーするのが好きなんです」彼女はメニューを開く。

『白鯨』の登場人物にちなんだ名前のカクテルがいくつもあるんですね」彼女はページをめくる。「とにかく、ここで食べるのがいやなら、エビやカニのアレルギーだって、おことわりしてました」

「架空の食物アレルギー。なるほど、なかなか狡猾だ」とA・Jはいう。

「この小細工は、もう通用しませんね」

ウェイターは、袖がふくらんだ白いシャツを着ているが、黒眼鏡やソフトモヒカンにはまったく似合わない。その外見は、このごろの海賊オタクといったところだ。「ほーい、おかもの衆」とウェイターがそっけなくいう。「オリジナル・カクテルはいかが？」

「いつもはオールド・ファッションドなんだけど、オリジナル・カクテルと聞いては、逆らえないわねえ？」と彼女はいう。「クイークェグをひとつ、おねがい」彼女はウェイターの手をつかむ。「待って、それって、おいしいの？」

「うーん」とウェイターはいう。「観光客がお好みのようで」

「そう、観光客がお好みならね」と彼女はいう。

「えーと、それじゃはっきりさせましょう、このカクテルをお望みか、お望みでないか？」

「お望みですとも」とアメリアはいう。「なにはともあれ」彼女はウェイターにほほえみかける。「ひどいものでも、あんたに文句はいわない」

A・Jはハウス・ワインの赤をたのむ。

「嘆かわしいこと」とアメリアはいう。「クイークェグを飲んだことがないんですね、ここに住んで、本を売っていて、『白鯨』だってお好きでしょうに」

「きみは、ぼくよりずっと進歩しているな」

「ええ、そうなんです。このカクテルを飲んだら、きっとわたしの全人生が変わるんじゃないかしら」

飲み物がくる。「わあ、見て」とアメリアがいう。「エビが小さな銛に突き刺してある。これは思いがけないお楽しみ」彼女は携帯をとりだして写真をとる。「あたし、自分の飲み物はいつも写真にとるんです」

「家族みたいなものか」とA・Jはいう。

「家族よりよっぽどまし」彼女はグラスをあげ、A・Jのグラスとかちんと合わせる。

「どう?」とA・Jは訊く。

「味はちょっと塩気があって、フルーティで、魚の匂いがして。シュリンプ・カクテルが、ブラッディ・マリーと愛しあったら、こんな感じじゃないかしら」

「愛しあうっていうのは、いいな。味のほうは胸くそわるそうだけど」

彼女はもう一口飲んで肩をすくめる。「あたしに馴染んできたみたい」

「小説にちなんだレストランだったら、どんなレストランで食事したいですか?」A・Jが彼女に訊く。

「わ、それはやっかい。こんな話、わけがわからないでしょうけど、わたしがまだ大学にいたころ、『収容所群島』を読んでいると、いつもほんとにおなかが空いてくるんですよ。ソビエトの刑務所のパンとスープのあのこまかい描写ときたら」

「きみは変わったひとだなあ」とA・Jはいう。

「それはどうも。あなたなら、どこにいらっしゃりたいですか?」とアメリアが訊く。

「これはレストランの話じゃないけど、ぼくは、ナルニア国のターキッシュ・ディライトを食べてみたいといつも思っていた。子供のころ『ライオンと魔女』を読んでね、エドマンドがターキッシュ・ディライトのために家族を裏切るくらいだから、きっとすごくおいしいものなんだと思っていた」とA・Jはいう。「妻にきっとこのことを話したんですね、ある年のこと、休暇用にとニックがあれを一箱くれたんですよ。ところが開けてみると、粉をまぶしたねばねばのお菓子だった。ぼくの人生であれほどがっくりきたことはなかったなあ」

「あなたの子供時代は、そのとき正式におわったわけですね」

「その後のぼくはがらりと変わったな」とA・Jはいう。

「白い魔女のは、ちがっていたかもしれませんよ。きっと魔法のお菓子はもっとおいしいかも」

「あるいはルイスがいいたかったのは、エドマンドが家族を裏切るのに、それほど甘い言葉はいらなかったということかな」

「たいそうシニカルな解釈ですね」とアメリアはいう。

「ターキッシュ・ディライトを食べたことはあるの、アメリア？」

「いいえ」と彼女はいう。

「ぜひ食べさせたいな」と彼はいう。

「あたしが好きだったら、どうします？」と彼女は訊く。

「きみに対する評価がたぶん下がると思う」

「あら、あなたに好かれようと思って嘘をつくつもりはありませんよ、A・J。わたしのもっともよい性質のひとつは、正直なことですから」

「さっきは、ここで食べるのを逃れるために、シーフードのアレルギーのせいにしようかといっていたひとがね」とA・Jはいう。

「ええ、でもあれは、お客さんの気持ちを傷つけたくないから。ターキッシュ・ディライトみたいに重要なことでは、ぜったい嘘はつきませんから」

ふたりは料理の注文をし、アメリアは冬季カタログをトートバッグからとりだす。「ではナイトリーを」と彼女はいう。

「ナイトリーを」と彼はくりかえす。

彼女は冬季カタログにざっと目を通し、彼がほしがりそうもない本はぱっぱとのけていき、出版社が多大な期待をもっているものは前に押し出し、自分の好きなものには、もっとも華々しい形容詞を用意しておく。その本に推薦文がついていれば、顧客によっては、それをそのまま伝えるが、それはたいてい裏表紙に刷りこまれた大作家先生の大仰な推薦文であることが多い。A・Jはそういうたぐいの顧客ではない。ふたりが二度目か三度目に会ったとき、彼はそうした推薦文を、「出版業者の不当取引《ブラッド・ダイアモンド》」だといったものだ。いまでは前より多少彼のことを知っているし、いうまでもなくこうした取引のやりとりも苦痛ではなくなっている。彼は前よりわたしを信頼している、と彼女は思う、あるいは単に父親になったために、性格が丸くなったのかもしれない（こういうことは胸におさめておくほうが賢明だ）。A・Jは、プルーフを何冊か読むことを約束する。

「四年以内におねがいします」とアメリアはいう。

「三年以内にはぜったい読みますよ」彼は口をつぐむ。「さあ、デザートを注文しよう。〈鯨なみ大盛りサンデー〉なんていうのがあるかもしれない」

アメリアはうめく。「まったくとんだご愛嬌ですね」

「それで、こんなこと、訊いてもよければだけどね、カタログにあった『遅咲きの花』はなぜきみのお気に入りだったのだろう？　きみは若いのに」

「そう若くはありませんよ。三十五ですから」

「それでもまだ若い」とA・Jはいう。「つまり、おそらくきみはフリードマン氏が描いたようなことはほとんど体験していない。こうしてきみを見ていると、あの本を読んだぼくには、なんでまたきみがあの本に感銘を受けたか不思議なんだ」

「おやおや、フィクリーさん、それはとても個人的なご質問ですね」彼女は二杯目のクィークェグの最後の一口をすする。「あの本が大好きな主な理由は、むろん、作品の質でした」

「もちろん。だけどそれだけじゃないでしょ」

「じゃあこういっておきましょうか、『遅咲きの花』がたまたまわたしのデスクにのるまでに、わたしはたくさん、たくさん、ひどいデートをしてきたって。わたしはロマンチックな人間ですけど、現代はわたしにとってはロマンチックじゃないんです。『遅咲きの花』は、どんな歳になっても素晴らしい愛を見つけ出せるという話です。陳腐ないい方ですけどね」

A・Jはうなずく。

「それであなたは？　あなたはなぜあれが気に入ったんですか？」とアメリアが訊く。

「散文体の質とか、などなどなど」

「わたしたち、そんないい方はしてはならないと思ってましたけど！」とアメリアはいう。

「ぼくの哀しい話なんか聞きたくないでしょう？」

「聞きたいですよ」と彼女はいう。「わたし、哀しい話って大好きですから」

彼は、ニックの死をかいつまんで語る。「フリードマンは、だれかを失うことがどういうことか、ある特別な掘り下げ方をしている。それは単にひとつの事象ではないということ。それがどんなふうに、失って、失って、どこまでも失うことになるかということについて書いている」

「いつ亡くなられたんですか？」とアメリアが訊く。

「しばらく前。当時のぼくは、きみよりちょっと年をくっていた」

「それならだいぶ前のことでしょう」と彼女はいう。

彼は、アメリアの厳しい指摘を無視する。「『遅咲きの花』は、売れていたかもしれませんね」

「そうですね。あの本の一節を、自分の結婚式でだれかに読んでもらおうと思っているんです」

A・Jは口をつぐむ。「結婚するんですか、アメリア。おめでとう。その幸運な男はだれです？」

彼女は、銛の形をした楊枝で、クイークェグのトマト・ジュース色になった液体をかきまわし、職務離脱《AWOL》したエビをつかまえようとしている。「名前は、ブレット・ブルーワー。彼とネット上で出会ったときは、結婚なんてもうあきらめていたんです」

A・Jは、二杯目のワインのにがいおりを飲みほす。「もっと話して」

「彼は軍人で、海外勤務でアフガニスタンにいます」

「それはでかした。きみは勇敢なるアメリカン・ヒーローと結婚するんだ」とA・Jはいう。

「そうらしいです」

「ああいう連中は苦手だなあ」と彼はいう。「まったく敗者の気分にさせられるんでね。彼のいやなところをなにか話してくださいよ。こっちの気分がよくなるから」

「そう、彼はあまり家にいません」

「じゃあずいぶん淋しいでしょう」

「ええ。でもたくさん本が読めますから」

「それはいい。彼も本は読むの？」

「いいえ、ちっとも。読書家じゃないんです。でもこれって、面白くありません？　つまり、ええと、興味の対象が自分とまったくちがうひとといっしょになるというのは。わたし、どうして――興味――なんていってるのかしら。要するに、彼はいいひとなんです」

「きみを大切にしてくれるんだね」

彼女はうなずく。

「それは大事なことだ。とにかく完全な人間なんていないから」とA・Jはいう。「おそらくだれかが、高校時代、彼に『白鯨』を読ませたんだな」

アメリアはエビを突き刺す。「つかまえた」と彼女はいう。「あなたの奥さまは……読書家でしたか？」

「しかも作家。ぼくならそんなことは気にしないな。読書は食傷気味でね。テレビのいい番組を見なさい。《トゥルーブラッド》みたいなやつ」

「あら、からかってるんですね」

「ふん！　本なんておバカどものためのもんですよ」とA・Jはいう。

「わたしたちみたいなおバカども」

勘定書がくると、こういう場合は営業担当が支払うのが慣習だが、A・Jが支払う。

「いいんですか?」とアメリアが訊く。

A・Jは、つぎにお支払いくださいと彼女にいう。

レストランの外に出ると、アメリアとA・Jは握手をし、ふだんどおり職業的な挨拶をかわす。彼女は背を向けて、フェリーのほうに歩きだす。一瞬、意味深長な間をおいて、彼も背を向けて店にむかって歩きだす。

「ねえ、A・J」と彼女がさけぶ。「本屋であることは、一種、勇気あることですよ、それに子供を養子にするというのもある種の勇気があるということです」

「できることをやってるだけですよ」彼は頭を下げる。頭を下げながら、自分にはさっと一礼するような器用なまねはできないと気づく。「ありがとう、アメリア」

「友だちは、エイミーって呼びます」と彼女はいった。


マヤは、A・Jがこれほど夢中になっているのを見たことがない。「パパ」と彼女は尋ねる。「なんでそんなにたくさん宿題があるの?」

「これは課外活動ってやつでね」と彼はいう。

「課外活動ってなあに?」

「パパなら調べるな」

カタログ一冊に載っているすべての本を読むことは、それがナイトリー・プレスのような小さな出版社のカタログであっても、おしゃべりな幼稚園児の相手をしながら、ささやかな商売もしなければならない人間にとっては、多大な時間的拘束となる。ナイトリーの出版物を一冊ずつ読みおえるたびに、彼はアメリアにメールで感想を送る。お許しは得たのに、あの愛称〈エイミー〉をメールに使うことができない。ときどきひどく感応するものがあるときは、電話をかける。その本が嫌いならメールを送る。わたしむきではない。彼女の側からいうと、顧客先からこれほどたくさんのご意見をいただいたことはいまだかつてない。

〈ほかの出版社の本は読まなくていいんですか？〉とアメリアは彼にメールする。

A・Jは、その返事を書くために長いこと考える。〈きみのようにぼくがたいそう気に入っている営業さんはほかにはいない〉というのが、最初の下書きだが、これは、アメリカン・ヒーローの婚約者がいる女性にはいかにも失礼だと却下する。彼はもう一度下書きを書く。〈これはナイトリー・プレスにしては賞賛に値するカタログだと思う〉

A・Jは、アメリアの上司でさえ気づくほど、ナイトリーの本をどっさり注文している。

「アイランドみたいな小さな得意先が、うちの本をこんなに仕入れるなんて聞いたことがないよ」とボスはいう。「オーナーが変わったの？」

「同じひとですよ」とアメリアはいう。「でもはじめに会ったときとは、ひとが変わったみたいなんです」

「そりゃあ、きみがたっぷりいためつけたにちがいないな。とにかく売りたくないものは仕入れないひとだからね」とボスはいう。「ハービーだって、アイランドからこれほどの注文をとったことは一度もなかったよ」

とうとうA・Jは最後の本にたどりつく。それはA・Jがこれまでずっと好きだったカナダの詩人の作品で、母親であることと、スクラップブックを作ることと、物書きの暮らしを描いた魅力的な回想録だ。たった百五十ページの本だが、読み終えるのに二週間かかった。どうやら一章も読みおえないうちに眠ってしまったり、マヤに邪魔されたりするらしい。読みおえたときも、どうも感想をじっくり書くことができない。文体は十分洗練されている、店によくやってくるご婦人がたには受けるだろう。問題はむろんこういうことだ、アメリアにこの返事を送ると、ナイトリー・プレスの冬季カタログはすべて読みおえたことになり、したがって、夏季カタログができるまでは、アメリアと連絡をとる理由がなくなる。彼はアメリアが好きだ、彼女も自分を好きかもしれない、初対面のときのあのひどい応対にもかかわらずである。だが……A・J・フィクリーは、ほかの男の婚約者を盗んでもいいと考えるような人間ではない。彼は〈唯一のひと〉など信じてはいない。世界には何十億という人間がいるではないか。そこまで特別なひとがいるわけがない。そのうえ彼はアメリア・ローマンのことはほとんどなにも知らない。もしもだ、彼女をなんとか盗むことができたとしても、ベッドの相性が悪かったらどうする？

アメリアからメールがくる。〈どうなさいましたか？　お好みではありませんでしたか？〉

〈ぼくの好みではない、残念ながら〉と、A・Jはメールする。〈ナイトリー・プレスの夏季カタログに期待します。ではまた、A・J〉

この返信は、アメリアには、いやに事務的で素っ気ない感じがした。電話をかけようと思うがやめにする。メールを送った。〈お待ちいただくあいだに、《トゥルーブラッド》をぜったい見てください〉。《トゥルーブラッド》はアメリアのお気に入りのテレビ・ドラマだ。《トゥルーブラッド》を見さえすれば、A・Jもきっとヴァンパイアが好きになるというのが、ふたりのあいだのジョークみたいなものになっていた。アメリアは自分が、主役のスーキー・スタックハウスに似ていると思っている。

〈まっぴらごめんです、エイミー〉とA・Jは書く。〈では三月に〉

三月は四カ月半も先だ。それまでには、自分のちょっとしたのぼせあがりも冷めるだろう、あるいは少なくとも休眠状態にはなるだろうとA・Jは考える。

三月は四カ月半も先だ。

マヤが、どうかしたのとA・Jに訊く。友だちにしばらく会えないから淋しいんだと彼は答える。

「アメリアね？」とマヤが訊く。「あのひとのこと、なんで知ってるの？」

マヤは目玉をぐるりと上にむける、そんな表情をマヤはいつどこで覚えたんだろうとA・Jはいぶかる。

その晩、ランビアーズが、店で開いた〈署長特選読書会〉の司会をする（選んだものは、『LAコンフィデンシャル』）。終わったあとは、しきたりに従い、彼とA・Jはボトルを開ける。

「あるひとに出会ったんですがね」とA・Jは、一杯のグラスでほろ酔いになりながらいう。

「いいニュースだ」とランビアーズがいう。

「問題は、そのひとがもうほかのやつと婚約していることなんだ」

「タイミングが悪い」とランビアーズが断言する。「おれは警官を二十年もやっているがね、いいかい、人生でたいてい悪い目が出るのは、タイミングが悪かった結果なんだよ、いいことというのは、タイミングがよかった結果なんだ」

「それはまたひどく単純化したものだなあ」

「考えてごらんよ。もし『タマレーン』が盗まれなかったら、あんたは、店のドアを開けてはおかなかっただろう、そしてマリアン・ウォレスは赤ん坊を店にはおいていかなかった。よいタイミングとはこういうことさ」

「なるほど。だけど、ぼくは四年も前にアメリアに会っているんだ」とA・Jはいいかえす。「二カ月前までは、彼女のことなんか気にもとめていなかった」

「それも悪いタイミングだね。奥さんが死んでいた。それからマヤがきた」

「それは、たいして慰めにはならないな」とA・Jはいう。

「だけどさ、あんたのハートがまだ動いていることがわかってよかったじゃないか？　おれがだれか世話してやろうか？」

A・Jはかぶりをふる。

「いいじゃないか」とランビアーズはいいはる。「町のもんなら、おれはみんな知ってるからな」

「不幸なことに、とても小さい町ですからね」

ためしにランビアーズは自分の従妹をA・Jに紹介する。従妹の髪の毛は黒い根元がのぞいているブロンド、眉毛は抜きすぎ、顔はハート形で、マイケル・ジャクソンみたいな甲高い声。襟ぐりの深いブラウスに、プッシュアップブラをしているが、それは、ネーム・ネックレスがのるくらいの小さい哀れな棚をこしらえている。名前はマリア。モッツァレラのスティックを食べているとちゅうで話題がつきる。

「いちばん好きな本はなんですか？」A・Jは彼女から話をひきだそうと努める。

彼女はモッツァレラのスティックをかじりながら、ネーム・ネックレスをロザリオのようにつかんでいる。「これってテストみたいなもんなの？」

「いや、これには間違った答えというものはない」とA・Jはいう。「興味があるんですよ」

彼女はワインを飲む。

「あるいは、あなたの人生にもっとも大きな影響をあたえた本でもいい。あなたのことを少しでも知りたいものだから」

彼女はまたちょっぴりワインを飲む。

「あるいは最近読んだものとか？」

「最近読んだのは……」彼女は眉をよせる。「最近読んだのはこのメニューよ」

「そしてぼくが最近読んだのは、あなたのネックレスの名前ですよ」と彼はいう。「マリア」

そのあとの食事はまことに心あたたまるものだった。マリアがなにを読んでいるか、決してわからないだろう。

次は店のマージーンが、自分の近所の女性を紹介する。ロージーという元気のいい女消防士。ロージーは、青いすじの入った黒い髪、腕の筋肉は尋常ではなく、大声で笑い、赤く染めた短い爪にはオレンジ色の小さな炎が描かれている。ロージーは大学ではハードルの元チャンピオン、スポーツの歴史を読むのが好きで、とくにアスリートの回想録が大好きである。

　三度目のデートのとき、彼女が、ホゼ・カンセコの『禁断の肉体改造』のドラマチックなくだりを説明している最中に、A・Jはそれをさえぎる、「あれを書いたのはみんなゴースト・ライターだって知ってる？」

　ロージーは知っているといい、まったく気にもかけない。「ああいう高い技能をもった人間は、トレーニングや訓練に忙しいんだもの。本の書き方なんて学ぶ時間がいつあるっていうのよ？」

「でもああいう本は……ぼくがいいたいのはね、あれはそもそも嘘だということ」

　ロージーはA・Jのほうに首をかしげ、炎の爪でテーブルをたたく。「あんたってひとりよがりなんだよね、わかってる？　おかげで失うものが多いわよ」

「前にもそんなことをいわれたな」

「人生のすべては、スポーツ回想録のなかにありよ」と彼女はいう。「一生懸命練習して、そして成功する、でもしまいには肉体が音《ね》をあげて、それで一巻のおわり」

「フィリップ・ロスの後期の作品みたいだね」と彼はいう。

　ロージーは腕組みをする。「お利口ぶって、そういうことをいうのよね？」と彼女はいう。「でもほんとは、相手が自分はばかだと思わされるの」

その晩ベッドで、レスリングみたいなセックスをすませたあと、ロージーは彼からごろんとはなれてこういった。「また会いたいかどうかなあ」

「さっききみの気持ちを傷つけたとしたら、すまなかった」彼はパンツをはきながらいう。

「回想録のこと」

彼女は片手をふる。「あれなら気にしないで。あんたがそういうひとだってことはどうにもならないもの」

彼女のいうとおりだろう。自分はひとりよがりで、こういう関係には適していない。娘を育て、店を経営し、自分の好きな本を読む、それで十分すぎるくらいだ、と彼は思う。

イズメイの強いすすめで、マヤはダンスのレッスンを受けることになる。「あなたは、マヤをよそにとられるのがいやなんでしょ？」とイズメイがいう。

「もちろん、いやですよ」とA・Jはいう。

「けどね」とイズメイはいう、「ダンスは大切よ、体の面だけじゃなく、社会的にもね。発育のとまった子になっちゃいやでしょ」

「どうだろう。小さな女の子にダンスを習わせるという考えは。これは一種の旧式な女性差別じゃないかな」

マヤにダンスの適性があるかどうかA・Jにはわからない。六歳なのに、マヤは思索的だ――いつも本を抱え、家にいても店にいても満ち足りている。「あの子は発育がとまっているわけじゃない」と彼はいう。「児童書だって読んでますよ」

「そりゃたしかに知的な発育はとまってはいないけど」とイズメイはなおもいう。「でもあの子はどうも、ほかのだれよりもあなたといっしょにいるのが好きらしいわね、これはちょっと健康的とはいえないな」

「なんでそれが健康的じゃないんです？」いまやA・Jは、背骨にざわざわするものを感じる。

「行く末はあなたみたいになるわよ」とイズメイはいう。

「それのどこが悪いんですか？」

答えは明らかといわんばかりに、イズメイは彼を見る。「ねえ、A・J、あなた方ふたりは、自分たちの小さな世界にひきこもっている。あなたはデートもしないし――」

「してますよ」

「旅行もしたことがないし――」

A・Jがさえぎる。「ぼくのことなんかどうでもいい」

「喧嘩腰になるのはやめて。あなたはあたしに、ゴッドマザーになってくれといったのよ、だからあたしは、あなたの娘をダンス教室に入れなさいといってるの。月謝はあたしが払います。だからもう逆らわないで」

アリス島にダンス・スタジオは一つしかない、それも五、六歳の女の子のためのクラスが一つあるだけだ。経営者兼教師は、マダム・オレンスカ。もう六十を越えている。太りすぎではないが、皮膚は垂れ、その骨も長年のあいだに縮んでしまったらしい。いつも何本かの指に宝石をいっぱいはめているから、指はどれも節がひとつよけいあるように見える。子供たちは、彼女に惹かれてもいるし、怖がってもいる。A・Jも同じ気持ちだ。マヤをはじめて送っていったとき、マダム・オレンスカがこういった。「フィクリーさん、あなたはこの二十年のあいだに、このスタジオに足を踏みこんだ最初の男性よ。お役にたっていただかないとね」

ロシア訛りでこういわれると、まるで、ある種の性的なお誘いを受けたような気がするが、彼女が必要としているのは、主に肉体労働なのだ。冬休みの発表会のために、彼は、大きな木箱にペンキを塗って子供の積み木に見えるようなものを作り、ホット・グルー・ガンで、大きな目玉や、鈴や、たくさんの花をくっつけ、きらきら光るモールでひげや角《つの》をこしらえる（爪の下に入りこんだキラキラするものは二度ととれないのではないか）。あの冬、A・Jは自由時間の大半をマダム・オレンスカとともに過ごし、彼女について さまざまなことを学んだ。たとえば、マダム・オレンスカのスター級のお弟子は、ブロードウェイのショウで踊っている彼女の娘だが、マダム・オレンスカはこの十年間、この娘と口をきいたことがない。彼女は節が三つある指を彼に向かって振りたてる。「あなたも、そんなことになってはなりません」彼女は芝居がかったしぐさで窓の外を眺めにいき、それからゆっくりとA・Jのところにもどってくる。「あなた、プログラムに本屋さんの広告を出してくれるね、もちろん」それは質問ではない。アイランド・ブックスは、『くるみ割り人形とルドルフと友人たち』の単独のスポンサーになる。そして店の冬休みシーズン用割引券がプログラムの裏に刷りこまれる。A・Jはそれにくわえて福引きの賞品にダンスがテーマの本を入れたギフト・バスケットを提供し、ボストン・バレエ団の公演の切符が抽選で当たるようにする。

福引きのテーブルの前にすわって、A・Jは舞台を見るが、すっかりくたびれて、なんだか風邪っぽい感じがした。技能に従って配役がきまるので、マヤのグループは一幕目。マヤはとくに優美なネズミというわけではないが、とにかく気合が入っている。思い切りちょろちょろ走りまわる。さもネズミらしく、鼻にしわをよせている。モールのしっぽを振りまわしているが、このしっぽはA・Jが苦心してらせん状に巻いたものだ。将来マヤがダンスで成功する見込みはないと、彼にもわかっている。

彼と同じテーブルにすわっているイズメイが、彼にクリネックスをさしだす。

「風邪なんですよ」と彼はいう。

「そのようね」とイズメイはいう。

その夜のおわりに、マダム・オレンスカはいう。「ありがとう、フィクリーさん。あなたはいいひとだね」

「たぶんぼくはいい子に恵まれたんですね」これから彼のネズミを、楽屋からひっぱってこなければならない。

「そうね」と彼女はいう。「でもそれだけじゃだめ。あなたは自分でいい女性を見つけるべきです」

「ぼくは、いまの生活が好きなんですよ」とA・Jはいう。

「あなたは子供がいればじゅうぶんと思ってる、でも子供は大人になる。あなたは仕事でじゅうぶんと思ってる、でも仕事は温かな体じゃない」マダム・オレンスカはすでにウォッカを二、三杯あおっているのではないかとA・Jはあやしむ。

「楽しい冬休みを、マダム・オレンスカ」

マヤといっしょに家路につきながら、彼はダンス教師の言葉をじっと考えている。彼はもう六年近く独り身である。悲しみは耐えがたいが、独りでいることは苦にはならなかった。それに、温かい大人の体ならどれでもいいというわけにはいかない。大きなハートをもち、かっこうわるい服を着ているアメリア・ローマンがほしいと思う。少なくとも彼女のようなひとが。

雪が降りはじめる。雪片がマヤのひげにとまる。写真にとりたいと思うが、写真をとるために立ち止まるのはいやだ。「ひげが似合うね」とA・Jはマヤにいう。

ひげへの賛辞がきっかけで、発表会についての報告が奔流のようにあふれだすが、A・Jはうわの空である。「マヤ」と彼はいう。「パパがいくつか知ってるかい？」

「うん」とマヤはいう。「二十二」

「パパは、もっと年上なんだ」

「八十九？」

「パパは……」彼は両の手のひらを四回あげ、それから指を三本つきだす。

「四十三？」

「よくできました。パパは四十三歳です、これまでに、パパはひとを愛したり、失ったり、そしてなんたらかんたらしたほうがいいってことを学んだんだよ。そしてね、ほんとうに好きでもないひとといっしょにいるより、独りでいるほうがいいってことも学んだんだよ。きみは賛成かい？」

マヤはしかつめらしくうなずく。ネズミの耳がおっこちそうになる。

「でもね、このごろぼくは学ぶってことにうんざりしてきたんだ」彼は娘の怪訝《けげん》そうな顔を見下ろす。「足が濡れてるんじゃないか？」

マヤはうなずく。マヤが背中によじのぼれるように、彼は地面にしゃがみこむ。「両方の手をパパの首にしっかりまきつけなさい」マヤが背中によじのぼると、彼はちょっとよろめきながら立ちあがる。「ずいぶん大きくなったもんだ」

マヤはA・Jの耳たぶをつかむ。「これってなに？」とマヤが訊く。

「ピアスをつけていたんだ」と彼はいう。

「どうして？」とマヤが訊く。「海賊だったの？」

「若かったのさ」と彼はいう。

「あたしの年ぐらい？」

「もっと年上さ。女の子がいてね」

「あまっこが？」

「女性だよ。彼女は〈ザ・キュアー〉というバンドが好きでね、ぼくの耳にピアスの孔をあけたらかっこいいと思ったんだ」

マヤはそのことを考える。「オウムを飼ってた？」

「飼ってない。ガールフレンドがいた」

「そのオウムはしゃべれた？」

「いいや、だってオウムなんていなかったもの」

マヤは彼をからかう。「そのオウムはなんていう名前だったの？」

「オウムなんて飼ってなかったよ」

「でももし飼ってたら、彼の名前はなんだったでしょう？」

「そのオウムが彼だって、なんでわかるの？」と彼は訊く。

「わっ！」彼女は口に片手をあて、うしろにのけぞろうとする。

「首にしっかりつかまってないと、おっこちるぞ。彼女はエイミーと呼ばれていたのかな？」

「オウムのエイミー。やっぱりね。船はもってた？」とマヤが訊く。

「船には本が積んであってね、ほんとは、海洋観測船っていったほうがいいね。ぼくたちいっぱい勉強したんだよ」

「パパったら、このお話をぶちこわしてるよ」

「事実なんだよ、マヤ。海賊には人殺しをする海賊と、調査をする海賊がいるんだ。きみのパパはあとのほうだった」


アイランド・ブックスは、冬のあいだはあまりひとが寄りつかないが、この年のアリス島はとくべつ寒さが厳しい。道路はスケート・リンクで、フェリーの運航は何日も中止になる。ダニエル・パリッシュでさえ、家にとどまらざるをえない。彼は小説を少しばかり書き、妻を避け、残りの時間はA・Jとマヤといっしょに過ごす。

おおかたの女性と同じように、マヤもダニエルが大好きだ。彼は店にやってくると、マヤが子供だからとバカにして話しかけるようなまねはしない。六歳でも、いばらない大人には敏感に反応する。ダニエルはいつも、いまなにを読んでいるのとか、なにを考えているのとか彼女に尋ねる。眉毛はふさふさしたブロンドで、声はダマスク織りみたいな感じがする。

ある日の午後、元日から一週間ほどたったころのこと、マヤがダニエルといっしょに店の床にすわりこんで本を読んでいるとき、彼女はダニエルのほうをむいてこういった。

「ダニエルおじちゃん、質問があるの。おじちゃんは働きにいかないの？」

「いま働いているじゃないか、マヤ」とダニエルはいう。

マヤは眼鏡をはずし、シャツの裾でそれを拭く。「働いてるみたいに見えないな。本を読んでるみたいに見える。お仕事するところがないの？」マヤは一心に説明する。「ランビアーズは警察のお巡りさんでしょ。パパは本屋さんでしょ。おじちゃんはなにするひとなの？」

ダニエルはマヤを抱きあげ、アイランド・ブックスの地元作家のセクションに連れていく。義兄に対する礼儀上、A・Jはダニエルの作品は全冊を店においてある。ただしこれまで売れたのは第一作の『りんごの木の子供たち』だけだが。ダニエルは本の背表紙の名前を指さす。「これはぼくだよ」と彼はいう。「これがぼくの仕事さ」

マヤの目が大きくなる。「ダニエル・パリッシュ。あなたは本を書いているのね」と彼女はいう。「あなたは」――彼女は崇拝の念をこめてこういう――「作家なのね。これはどんなお話なの？」

「これは人間の愚かな行為について書いたものさ。ラブ・ストーリーで悲劇なんだよ」

「それじゃ、とってもおおざっぱ」とマヤがいう。

「いろいろなひとの世話をずうっとしてきた看護婦さんの話なんだよ。その看護婦さんが車の事故にあって、それでこんどはまわりのひとたちが、この看護婦さんの世話をしなくちゃならなくなるんだよ」

「なんだか読みたくなるようなお話じゃないなあ」とマヤがいう。

「いささか、お涙ちょうだいかな、ええ？」

「ちーがーう」マヤはダニエルの気持ちを傷つけたくない。「でもあたしね、もっといろんな事件が起こる本が好きなの」

「もっと事件が起こる、だと？　ぼくもさ。いいこと教えてあげようか、ミス・フィクリー、ぼくは読書しているあいだも、どうやってうまく書くか研究しているんだよ」とダニエルは説明する。

マヤはそれについて考える。「あたしもそのお仕事やりたいな」

「たくさんのひとがそう思っているんだよ、お嬢さん」

「どうすればやれるの？」とマヤが訊く。

「読書だよ、さっきいったように」

マヤはうなずく。「それはやってる」

「いい椅子も」

「そういうの、あたしもってる」

「じゃあ、もう仕事についたも同然だ」ダニエルはそういいながらマヤを床におろす。

「ほかのことはあとで教えてあげよう。きみはほんとにいい仲間だね、そうだろ?」

「パパもそういうの」

「頭のきれる男。幸運な男。善良な男。それに賢いおちびさんとくる」

A・Jが夕食だと、マヤを二階に呼ぶ。「いっしょに食べていきませんか?」A・Jが訊く。

「おれにはちょっと早いね」とダニエルがいう。「それにやるべき仕事もありまして」彼はマヤにウインクする。


とうとう三月になる。道路の氷は溶けて、どこもかしこもぬかるみになる。フェリーの運航が再開され、同時にダニエル・パリッシュの放浪もはじまる。出版社の営業担当たちが、夏のおすすめ本をもって町にやってくる。そしてA・Jは、彼らをあたたかく迎えようと努力する。彼がネクタイをするのは、パパは仕事中で、家にいるのとはちがうというマヤへの合図だ。

たぶんそれは、彼のもっとも心待ちにしていたミーティングなので、アメリアのセールスは、いちばん後回しにする。アメリアとのデートの二週間前ぐらいに、彼女にメールを送る。〈ピーコッドでオーケーですか？　それともどこか新しい店に行ってみますか？〉〈クイークェグはこんどはわたしのおごりで〉と彼女からメールが返ってくる。《トゥルーブラッド》をもう見ましたか？〉

冬のあいだは、世間とのつきあいもいっこうにご無沙汰だったので、A・Jは、夜マヤが眠ったあとに、《トゥルーブラッド》の四シーズン分を通して見ることにした。このもくろみはあまり時間はとらなかった、というのは思いがけずこれが気にいったからである。フラナリー・オコナーの南部版ゴシックと、「アッシャー家の崩壊」ないしは「カリギュラ」の折衷版といったところだった。アメリアが町にやってきたときに、自分の《トゥルーブラッド》の知識をさりげなく示して驚かしてやろうと企んでいた。〈お出での節にはわかるでしょう〉と書いたが、〈送信〉のボタンは押さない、この文言はあまりにも挑発的に思えたからだ。アメリアの結婚式がいつなのか知らなかったし、したがって彼女はすでに人妻ということもありうる。〈来週の木曜日に会いましょう〉と彼は書く。

水曜日に、彼は見覚えのない番号の電話を受ける。かけてきたのは、かのアメリカン・ヒーロー、ブレット・ブルーワーだったが、まるで《トゥルーブラッド》のビルみたいな声だ。A・Jには、相手の訛りがわざとらしく聞こえるが、アメリカン・ヒーローが南部訛りをわざわざまねる必要はないだろう。「フィクリーさん、ブレット・ブルーワーが、アメリアにかわってお電話しとります。彼女が事故にあって、そちらと会う日を変えなくちゃならんと、そう伝えてくれとたのまれました」

A・Jはネクタイをゆるめる。「おおごとじゃないんでしょうね」

「彼女にはいつも、あの長靴は履くなといっとったのにね。あれは雨にはいいですが、氷には危険でしょう。それが、プロビデンスの凍った階段ですべったんですよ、危ないぞと注意しとったんですが、足首の骨を折りまして。いま手術中なんです。大怪我じゃないですが、ちょっとばかり、寝てないといかんのです」

沈黙。A・Jは、電話が切れたのかと思う。「そう伝えます」ブレット・ブルーワーは

「あなたのフィアンセによろしくお伝えください」とA・Jはいう。

そういって電話を切った。

A・Jは、アメリアの怪我がたいしたことはないと聞いてほっとしたものの、彼女が来られないというのでがっかりした（その上アメリカン・ヒーローが、いまだしっかりとその座におさまっているという事実にも）。

アメリアに花か本でも送ろうかと思うが、けっきょくメールを送ることにする。彼女を笑わせるような、《トゥルーブラッド》の台詞を探してみる。グーグルで検索した台詞はどれもたいそう挑発的に思われた。彼はこう書く、〈お怪我なさったとうかがいました。

ナイトリーの夏季カタログを首を長くして待っていましたが。すぐにも日程を組みなおせればいいですね。こんなことをいうのは苦痛ですが――〝ジェイソン・スタックハウスにヴァンパイアの血をあたえるのは、糖尿病患者に甘いホーホー・ケーキをあたえるようなものだ〟〉

六時間後にアメリアから返信がくる。〈見たんですね！！！〉

A・J：〈見ましたよ〉

アメリア：〈カタログのお話は電話かスカイプでしましょうか〉

A・J：〈スカイプとはなに？〉

アメリア：〈なにもかもお教えしないとだめなんですね⁉〉

アメリアがスカイプというものを説明し、ふたりはその方法で会うことにする。

A・Jは、モニターの画面であろうと、彼女に会えるのがうれしい。彼女がカタログを見せてくれているあいだ、A・Jはほとんどそれに集中できないのに気づく。彼は、背後のフレームのなかにあるもののアメリアらしさに目をうばわれている。萎れたひまわりがたくさん挿してある広口ガラス瓶《メイソン・ジャー》、バッサー大学（と書いてあるらしい）卒業証書、ハーマイオニー・グレンジャーのボブル・ヘッド人形、額縁に入った少女時代のアメリアと両親とおぼしきひとたちの写真、水玉模様のスカーフがかけてあるランプ、キース・ヘリングのフィギュアみたいなホチキス、古い版のなにかの本、表題まではA・Jには見えない。

きらきら光るマニキュアの壜、ぜんまい仕掛けのロブスター、ヴァンパイアのプラスチック製の牙の一揃い、上等のシャンパンの未開封のボトル、それに――

「A・J」とアメリアが口をはさむ。「聞いているんですか？」

「ああ、もちろん。ぼくは……」きみのまわりにあるものを偵察していた？ 「スカイピングには慣れていないものだから。スカイプは動詞として使えるの？」

「オックスフォード《O》英語《E》辞典《D》が、その問題を検討しているとは思いませんけど、それでいいと思うわ」と彼女はいう。「申し上げたように、ナイトリー・プレスの夏季カタログには短篇集は一冊だけじゃなく二冊ご用意しております」

アメリアは、短篇集の説明をはじめる。そしてA・Jは、ふたたび偵察にとりかかる。あの本はなんだろう？ 聖書よりも、辞書よりも薄い。身をのりだして、それをもっとよく見ようとするが、古ぼけた金箔の文字が薄れていて、ビデオ会談の画面ごしでは解読はできない。ズームするとか、角度を変えるとか、それができないのがもどかしい。彼女はもう話していない。あきらかに、A・Jの返事を待っている。

「ああ、それはぜひとも読みたいな」と彼はいう。

「よかった。今日か明日に郵便でお送りします。それじゃ、秋季カタログまで、こんなところですね」

「ご本人に来てもらえるとありがたいんですけどね」

「うかがいます。きっとうかがいます」

「あの本はなんですか？」とA・Jが訊く。

「どの本？」

「きみのうしろのテーブルにのっている、電気スタンドにたてかけてある古い本」

「お知りになりたいんですか？」と彼女はいう。「わたしの愛読書です。大学を卒業したとき父がプレゼントしてくれたものなんです」

「だから、なんの本？」

「プロビデンスまでおいでくだされば、お目にかけます」と彼女がいう。

A・Jは彼女を見つめる。なんだかお誘いのようにも受け取れるが、彼女は書いているメモから顔をあげようともしない。

「ブレット・ブルーワーは、いい男ですね？」とA・Jはいう。

「えっ？」

「きみが怪我をして来られないという電話をくれたけど」A・Jは説明する。

「そうでしたね」

「《トゥルーブラッド》のビルの声にそっくりだったな」

アメリアは笑う。「いったいどうなさったんですか、《トゥルーブラッド》をさりげなくもちだしたりして。こんどブレットに会ったら、そういってやります」

「ところで、結婚式はいつ？　それとももうすんだとか？」

彼女は顔をあげてA・Jを見る。「止めたんです、ほんとに」

「それは残念」とA・Jはいう。

「しばらく前になりますけど。クリスマス休暇のあいだに」

「ぼくはてっきり、彼が電話をしてきたものだから……」

「あのときは、彼がうちに押しかけてきていたんです。わたしは、もとカレたちとは友だちづきあいをしているんで」とアメリアはいう。「わたしって、そういう人間なんです」

詮索がましいとは思うが、A・Jはこう訊かずにはいられない。「なにがあったの？」

「ブレットは立派なひとだけど、悲しいかな、共有するものがあんまりなかったんです」

「感性を共有することは大事ですよ」とA・Jはいう。

アメリアの電話が鳴る。「母だわ。電話に出ないと」と彼女はいう。「二カ月ぐらいのうちにお目にかかりましょう、いいかしら？」

A・Jはうなずく。スカイプがかちりと切れる。アメリアの送受信状態はオフに変わる。

彼はブラウザを開き、次の語句をグーグルする。ロード・アイランド州プロビデンスに近い、家族向き教育的アトラクション。検索の結果、たいした成果はない。子供博物館、人形博物館、灯台、あとはボストンでも簡単に見つかりそうなものばかりである。彼は、ポーツマスにあるグリーン・アニマルズ・トピアリー・ガーデンにきめる。彼とマヤは、しばらく前に、この装飾庭園《トピアリー・ガーデン》の植木を刈り込んで作った動物たち《トピアリー・アニマルズ》のことを絵本で読み、マヤはことに、その動物たちに興味をそそられたようだった。この際、島をはなれるのもいいのではないか？　マヤにその動物を見せてやり、それからちょっとプロビデンスのほうに足をのばして怪我をした友を見舞うというのは。

「マヤ」夕食のときに彼はいう。「植木でこしらえた大きな象を見にいきたくないか？」

彼女はA・Jをちょっと見つめる。「パパの声、なんだかへん」

「すてきだと思うよ、マヤ。装飾庭園《トピアリー・ガーデン》が出てくる絵本を読んだろう？」

「つまり、あたしが小さかったころの話ね」

「そう。それでこの植木を動物の形に刈りこんだ庭園《トピアリー・アニマル・ガーデン》がある場所を見つけたんだよ。どっちみちプロビデンスに友人のお見舞いに行かなくちゃならないから、あっちにいるあいだに、このトピアリー・ガーデンを見物するのは楽しいと思うんだけど」彼はパソコンをとりだし、トピアリー・アニマルののっているウェブサイトをマヤに見せる。

「いいわよ」とマヤは真顔でいう。「それはぜったい見たいな」それから彼女は、トピアリー・ガーデンの所在地はプロビデンスではなく、ポーツマスだと書いてあるよと指摘する。

「ポーツマスとプロビデンスはとっても近いんだ」とA・Jはいう。「なにしろロード・アイランドは、この国でいちばん小さい州だからね」

しかしながら、ポーツマスとプロビデンスはそれほど近くないことが判明する。バスはあるが、そこまで行くもっとも簡単な方法は車なのだ。A・Jは運転免許をもっていない。

彼はランビアーズに電話をし、いっしょに行ってくれないかとたのむ。


「あの子がトピアリー・ガーデンに夢中なんだな、ええ？」とランビアーズが訊く。

「あの子はあれにのぼせてて」とA・Jはいう。

「子供がそんなものに夢中だなんて、変わってるんだねえ」

「変わった子ですよ」

「だけど、真冬が、庭園めぐりにいちばんいい時期なのかねえ？」

「もうじき春ですよ。それにマヤは目下トピアリーに夢中でね。夏まで興味があるとはかぎらないし」

「子供はすぐに気が変わるもんな。それはたしかだ」とランビアーズはいう。

「あの、行ってくれなくともいいんですけど」

「いいや、おれは行く。でっかい緑色の象を見たくないってやつがいるかい？　だけど問題はだね、人間てやつは、これこれこういう旅に出たいといっておきながらだよ、それがほかの種類の旅だったりするもんでね、おれのいう意味わかるよね？　ほんとうはどういう種類の旅におれさまが出かけるのか知っておきたいわけよ。トピアリー・アニマルに会いにいくのか、なにかほかのものに会いにいくのか？　もしかしてあんたのご婦人のお友だちじゃないのか、ええ？」
Ａ・Ｊは息を吸いこむ。「ついでにアメリアのお見舞いに寄れるかもしれないと、ふっと思いついたんで、ええ」
Ａ・Ｊは次の日、アメリアにメールを送る。〈いいわすれましたが、マヤとぼくは次の週末にロード・アイランドに行く予定です。ゲラを郵送してくださらなくても、ぼくが取りにうかがいます〉
アメリア：〈ここにないんです。ニューヨーク市《NYC》から送らせます〉
ずさんな計画はこれまでということか、とＡ・Ｊは思う。
二分後、アメリアが次のメールを送信してくる。〈ところでロード・アイランドではなにをなさるんですか？〉
Ａ・Ｊ：〈ポーツマスのトピアリー・ガーデンに行くつもり。マヤがトピアリー・アニマルが大好き！〉（その感嘆符が少々照れくさい）
アメリア：〈そんなものがあるとは知りませんでした。ごいっしょできたらいいな、でもいまだ半可動のからだです〉
Ａ・Ｊは、二分ほどおいて送信する。〈そちらは、見舞い客を必要としていますか？ぼくたちが寄ってもいいですよ〉
彼女はすぐには返信してこない。必要な見舞い客は間に合っているということだなと、

A・Jは、彼女の沈黙をそう解釈する。

翌日、アメリアから返信がある。〈もちろん。うれしいです。食べてこないで。あなたとマヤのためになにか作ります〉

「爪先立ちになって塀ごしにのぞいてみれば、なんとか見えると思うけど」とA・Jはいう。「ほら、遠くのほうに！」彼らは朝の七時にハイアニス行きのフェリーでアリス島を出て、ポーツマスまで二時間かけて車を走らせてきたのだが、あいにくトピアリー・ガーデンは、十一月から五月まで閉園ということが判明した。

A・Jは娘ともランビアーズとも目を合わせることができない。気温は零下二度だが、恥ずかしさのために体じゅうが熱くなる。

マヤは爪先立ちをして、それでも見えないとわかると、こんどはぴょんぴょん跳びあがってみる。「なんにも見えない」とマヤはいう。

「おい、おれが肩車をしてやろう」とランビアーズがいってマヤを肩にのせる。

「ちょっとは見えるかなあ」とマヤは疑わしそうにいう。「だめ、ぜんぜんなんにも見えない。みんな覆いがかぶせてある」マヤの下唇が震えはじめる。悲しそうな目でA・Jを見る。彼はもうこれ以上耐えられないと思う。

ふいに娘がA・Jに明るい笑みを見せる。「でもさあ、パパ？　ゾウがあの毛布の下でどんなかっこうしてるか、あたし想像できるよ。それからトラも！　それからユニコーンも！」マヤは父親にむかって、したり顔でうなずいてみせる。こういう想像力の訓練をするのが、真冬にあたしをここに連れてきたほんとの目的なんでしょ。

「そのとおりだよ、マヤ」彼は世界じゅうでいちばん悪い親だと感じているが、マヤの信頼はどうやら取り戻せたらしい。

「見て、ランビアーズ！　ユニコーンがふるえてるよ。毛布をかぶせてもらってよろこんでる。あれが見える、ランビアーズ？」

A・Jが警備員詰め所に歩みよると、警備員は同情的な表情をみせる。「しじゅうあるんですよ」と彼女はいう。

「じゃあぼくが、娘の心に一生消えない傷を残したと、あなたは思わないんですね」とA・Jは訊く。

「ぜったい」と警備員はいう。「そんなことをやってしまうことがあったとしても、きょうのことが原因じゃないと思うわ。トピアリー・アニマルを見られなかったからといって悪い子になったりしませんよ」

「その子の父親のほんとうのお目当てが、プロビデンスにいるセクシーな女性だったとしても？」

警備員の耳に、この部分は聞こえなかったらしい。「かわりのおすすめは、ヴィクトリア朝風のお屋敷めぐり。子供はよろこびますよ」

「そうですか？」

「よろこぶ子もいるのよ。ほんと。ほんとですとも。おたくのお子さんもきっと気に入りますよ」

そのお屋敷を見て、マヤは『クローディアの秘密』を思い出す、あいにくランビアーズはこの本を読んでいない。

「あら、読むべきよ、ランビアーズ」とマヤがいう。「きっと好きになるから。女の子とその弟が、ふたりで家出して――」

「家出なんて、冗談じゃない」とランビアーズは眉をひそめる。「警官としていうがね、がきどもの路上暮らしなんて、ろくなことはないんだよ」

マヤはつづける。「ふたりはね、ニューヨーク市のこういう大きな博物館にきて、そこに隠れるの。そこは――」

「そいつは犯罪だぞ」とランビアーズはいう。「なんたって不法侵入だ。おそらくどこかを壊して入りこむんだから」

「ランビアーズ」とマヤがいう。「話の要点がわかってないのね」

お屋敷で法外に高い昼食をすませると、ホテルにチェック・インするためにプロビデンスに車を走らせる。

「あんたは、アメリアのところに行けよ」とランビアーズがA・Jにいう。「おれとこの子は、町にある子供博物館に行くからさ。博物館に隠れるなんて実行不可能だということをとことんわからせてやりたいからな。すくなくとも、9・11後の世界ではね」

「そんなことをする必要はないですよ」A・Jはマヤもいっしょに連れていこうと思っていた、そうすればアメリア訪問はいかにもさりげないものになる(そう、彼は愛する娘を道具に使うような下劣さは持ち合わせてはいないかというと、そうではない)。

「うしろめたそうな顔をしなさんな」とランビアーズがいう。「そのためにゴッドファーザーがいるんだよ。交代要員《バックアップ》がさ」

A・Jは五時前にアメリアの家に着く。彼はアメリアのために、シャーレイン・ハリスの小説を数冊、マルベックの上等なボトルとひまわりのブーケなどが詰まったアイランド・ブックスのトートバッグをもっている。ドアのベルを鳴らしたあとで、花束は見えすいているような気がして、ポーチのぶらんこのクッションの下におしこむ。

彼女がドアを開く、その膝は、小さな車のついた金属フレームに支えられている。ギプスはピンク色で、学校でいちばん人気のある子が卒業アルバムにしてもらうサインくらいたくさんの名前がサインしてある。ネイビー・ブルーのミニドレスを着て、赤い模様のスカーフをスマートに結んでいる。まるで航空会社のキャビン・アテンダントのようだ。

「マヤはどこ？」とアメリアが訊く。

「友人のランビアーズがプロビデンスの子供博物館に連れていったんですよ」

アメリアは首をかしげる。「これって、デートじゃありませんよね？」

A・Jは、トピアリー・ガーデンが閉園していた顛末を説明しようとする。だがこの話はいかんとも説得力がない――半分まで話したところで、彼はトートバッグをほうりだして逃げようかと思う。

「からかったのよ」と彼女はいう。「お入りになって」

アメリアの家は散らかっているが清潔だ。紫色のベルベットのカウチ、小型のグランド・ピアノ、十二人すわれるダイニング・テーブル、友人や家族の額縁入りのたくさんの写真、さまざまな生育状態の鉢植えがいくつか、どろ足にがえもん《パドルグラム》という名前の片目のとら猫、そしてむろんいたるところに本がある。家のなかは、彼女が料理しているものの匂いがする、どうやらラザニアとガーリック・ブレッドらしい。家のなかに泥のあとをつけないようにブーツを脱ぐ。「きみの住まいは、きみみたいだね」と彼はいう。

「乱雑で、ミスマッチ」と彼女がいう。

「偏らず、魅力的」彼は咳払いをし、耐えがたいくらい陳腐な台詞だと思わないようにする。

食事をおえて、ワインの二本目のボトルを開けようというとき、A・Jはようやく、ブレット・ブルーワーと彼女のあいだになにがあったのかと尋ねる勇気を奮いおこす。

アメリアはかすかに笑みをうかべる。「ほんとのことを話しますけど、誤解しないでくださいね」

「しない。約束する」

彼女はワインを飲みほす。「去年の秋は、ずうっと連絡しあっていて……あのね、あなたのせいで彼と別れたと思わないでくださいね、そうじゃないんですから。あたしが彼と別れたのは、あなたとお話ししてて、思い出したんですよ、ひとと感性を共有することが、情熱を共有することが、どれほど大切かということを。なんだかばかみたいでしょ」

「いいや」とA・Jはいう。

彼女はきれいな茶色の目を細める。「はじめて会ったとき、あなたはとっても意地悪だったわ。あたし、まだ許してませんから」

「忘れてもらいたかったのに」

「忘れてないの。記憶力は抜群なのよ、A・J」

「ぼくはひどかったね」とA・Jはいう。「弁解すると、ちょうど辛い時期を耐えているところだったから」彼はテーブルに身をのりだし、ブロンドのカールを彼女の顔から払いのける。「きみをはじめて見たとき、タンポポみたいだと思った」

彼女ははにかんだように髪の毛を軽くたたく。「髪の毛には苦労しちゃうの」

「ぼくの大好きな花なんだ」

「あれは雑草でしょ」と彼女はいう。

「きみはとても魅力的だ」

「学生のころは、ビッグバードって呼ばれてたの」

「それはそれは」

「もっとひどいあだ名だってあるわ」と彼女はいう。「母にあなたのこと話したの。母ったら、その口ぶりじゃ、すてきなボーイフレンドでもなさそうだねっていったのよ、A・J」

「そうか。それは残念。ぼくはきみのことがとっても好きなのに」

アメリアは吐息をつき、テーブルを片づけようとする。

A・Jは立ち上がる。「だめだよ、ぼくにやらせて。きみはすわっていなさい」彼は皿を積み重ね、それを食洗機に入れる。

「あの本がなんだか知りたい？」と彼女がいう。

「なんの本？」A・Jはラザニアの皿を水につけながら訊く。

「あたしの仕事部屋にある本、このまえ訊いたでしょ。それを見るためにおいでになったのでは？」彼女は立ち上がり、ローラーつきの押し車を松葉杖にする。「あたしの仕事部屋は、寝室を通りぬけるの、ちなみに」

Ａ・Ｊはうなずく。そして無遠慮に思われないように、寝室のなかをきびきびと歩いていく。仕事部屋のドアの近くまでくると、アメリアが自分のベッドに腰をおろしてこういう。「待って。本はあしたお見せします」彼女はベッドの自分のとなりを軽くたたく。「足首が痛いので、あたしの誘惑も、いつものような繊細さには欠けますけど、許してね」

彼はアメリアのベッドのほうに引き返し、クールになろうと努めるが、Ａ・Ｊはいまだかつてクールだったためしはない。

アメリアが眠ってしまうと、Ａ・Ｊは足をしのばせて仕事部屋に入る。

あの本は電気スタンドにたてかけてあり、ふたりがパソコン越しに話をした日から動かされてはいない。実物を見ても、表紙は色あせて判読しがたい。本の扉を開けてみる。フラナリー・オコナー著『善人はなかなかいない』。

「かわいいエイミー」と本に書かれている。「これはきみが大好きな作家だとママがいう。表題作の作品を読んだが、かまわないね。ちょっと暗いような気がするが、でも愉しめた。卒業おめでとう！　きみが誇らしい。いつも愛している。パパ」

Ａ・Ｊは本を閉じ、ふたたびスタンドにたてかける。

彼はメモを残す。「愛するアメリア、ナイトトリー・プレスの秋季カタログまでアリス島には行かないといわれても、ぼくはとても待ちきれない。A・J・F」

ジム・スマイリーの跳び蛙

マーク・トウェイン
1865年

賭けごとが好きな男とその秘蔵っ子の蛙というプロト・ポストモダニズムのお話。プロットはさほどのことはないが、話術の権威であるトウェインがふざけて書いているのが面白いから読んでおきたまえ（トウェインを読むと、彼はぼくより愉しんでいるんじゃないかと疑ってしまうね）。
「跳び蛙」はいつも、レオン・フリードマンが町にやってきたときのことを思い出させる。おぼえているかな、マヤ？　もしおぼえていなかったら、エイミーにたのんで、いつかその話をしてもらいなさい。

ドアのむこうに、きみたちふたりが、エイミーの古ぼけた紫色のカウチにすわっているのが見える。きみは、トニ・モリスンの『ソロモンの歌』を読んでいる、彼女はエリザベス・ストラウトの『オリーヴ・キタリッジの生活』を読んでいる。とら猫のパドルグラムが、きみたちのあいだにいる、ぼくがこれほど幸せだったことはいまだかつてなかったと思う。

――A・J・F

あの春アメリアは、ぺったんこの靴ばかり履くようになり、気がついてみれば、アイランド・ブックスには、厳密にいえば顧客が必要としている以上にセールスの電話をかけている。上司はそれに気づいていても、なにもいわない。出版というものはいぜん紳士淑女のビジネスであり、それにくわえて、A・J・フィクリーは、ナイトリーの出版物を大量に店においてくれ、その数量たるや、ボストンからニューヨークに至る人口稠密地帯のどの書店より多いのだ。上司は、その数量が愛情の発露によるものか、あるいは商売熱心のせいなのか、あるいはその両者なのかということは気にしない。「そうだ」と上司はアメリアにいう。「ナイトリーの出版物を並べた店の正面テーブルにスポットライトをあてるよう、フィクリー氏に進言したらどうかね？」

あの春A・Jは、アメリアがハイアニスにもどるフェリーに乗る寸前にキスをして、こういう。「きみはこの島に基地をおくわけにはいかないね。仕事でほうぼうに出張しなければならないもの」

彼女は伸ばした両手を相手の肩において笑いかける。「そう、でもそれってあたしにアリス島に移ってこいというあなた流のお申し出かしら？」

「いいや、ぼくはただ……まあ、いつもきみのことを考えているんだ」とA・Jはいう。

「きみがアリス島に移ってくるのは実際的じゃない。そうぼくはいいたいんだ」

「ええ、そうだわね」と彼女はいう。そして彼の胸に、蛍光色のピンクに塗った爪でハートマークを描く。

「それはなんという色？」とA・Jが訊く。

「ばらいろの眼鏡《ローズ・カラード・グラシズ》よ」出帆の合図が鳴って、アメリアはフェリーに乗りこむ。

あの春、グレイハウンド・バスを待つあいだ、A・Jはアメリアにいう。「アリスには三カ月ごとにしか来られないんだよなあ」

「アフガニスタンに通勤するより楽だったわよ」と彼女はいう。「こんな話をバスの停留所で持ち出すところがいいな」

「ぎりぎりのときまで、考えないことにしているからね」

「それもひとつの戦略ね」

「つまりいい戦略じゃないってことだね」彼はアメリアの手をつかむ。彼女の手は大きいが形がいい。ピアニストの手。女性彫刻家の手。「きみの手は芸術家の手だ」

アメリアは目玉をぐるりと上にむける。「そしてあたしの心は、本のセールスマン」

彼女の爪は、濃い紫色に塗られている。「こんどはなんの色？」と彼は訊く。

「ブルース・トラベラー。爪の色のことはひとまずおいて、こんどアリスに来たときに、マヤの爪を塗ってもいいかしら？　ずうっとたのまれているの」

あの春、アメリアはマヤをドラッグストアに連れていき、彼女の好きな色を選ばせる。

「どうやって選ぶの？」とマヤがいう。

「ときどき、自分がどう感じているか、自分に訊いてみるの」とアメリアはいう。「あるときは、どう感じたいか自分に訊いてみる」

マヤは、ずらりと並んだガラス壜を眺めまわす。赤を選んで、それをまたもとにもどす。虹色にかがやくシルバーを棚からとる。

「わあ、きれい。ここは最高の棚よ。どの色にも名前がついてるの」とアメリアが教える。

「壜をひっくりかえして」

マヤはそうする。「本みたいに題がついてる！　パーリイ・ライザー《真珠のように起きるひと》」と彼女は読む。

「あなたのはなんていう名前？」

アメリアはペール・ブルーを選んでいた。「キーピング・シングス・ライト《なんでも気楽にやりましょう》」

あの週末、マヤはA・Jについて波止場に行く。彼女は両手をアメリアの首にまきつけて、帰らないでという。「あたしだって帰りたくないの」とアメリアはいう。

「じゃあ、どうして帰らなくちゃいけないの？」とマヤが訊く。

「だってここに住んでいないもの」

「どうしてここに住まないの？」

「だってお仕事が、別の場所にあるから」

「うちのお店で働けばいいじゃない」

「それはむり。あなたのパパにきっと殺されちゃう。それに、あたしは自分の仕事が好きなの」彼女はA・Jを見る。彼は携帯をチェックするふりをしている。船の警笛が鳴る。

「エイミーにさよならをいいなさい」とA・Jはいう。

アメリアは、フェリーの上から大声でA・Jに呼びかける。「あたしは、プロビデンスから出るわけにはいかない。あなたはアリスから出るわけにはいかない。この情況は解決不能」

「そうだ」と彼は同意する。「きょうはどんな色を塗っていたっけ？」

「キーピング・シングス・ライトよ」

「それはなにか意味があるの？」

「ない」と彼女はいう。

あの春、アメリアの母親はいう。「こんな関係はあなたにとって不公平よ。あなたはもう三十六なの、これから若くなるわけじゃない。ほんとにベビーがほしいなら、こんな将来性のない関係をつづけて時間を浪費してちゃだめよ」

そしてイズメイはA・Jにこういう。「そのアメリアというひとに人生の大半を捧げているなんて、マヤに対してフェアじゃない、あなたが本気じゃないとしたらね」

そしてダニエルがA・Jにいう。「女のために生き方を変えるべきではない」

あの六月、快い天候が、A・Jにもアメリアにも、そうしたさまざまな反論を忘れさせる。アメリアは秋季カタログを売り込みにやってきて、アリスに二週間滞在する。彼女はシアサッカーのショーツに、ひなぎくの花飾りのついたゴムぞうりをはいている。「この夏はあんまり会えないかもしれない」と彼女はいう。「出張があるし、八月には母がプロビデンスにやってくるの」

「ぼくが会いにいってもいい」とA・Jが提案する。

「ほんとにうちに落ち着いていられないの」とアメリアがいう。「八月を除いては。それに母には長いあいだに染みついた好みというものがあるし」

A・Jは、アメリアのがっしりした柔らかな背中に日焼け止めクリームを塗りながら、とても彼女なしではいられないと思う。彼女がアリス島に来なければならない理由をなんとか考えだすことにする。

彼女がプロビデンスに戻った瞬間に、A・Jはスカイプする。「ずっと考えていたんだけど。八月の、観光客が町にいるあいだに、レオン・フリードマンを招んで、店でサイン会をしたいと思うんだ」

「観光客は嫌いでしょ」とアメリアがいう。A・Jが、アリス島の季節滞在者たちについて暴言を吐くのを一度ならず聞いている。キャプテン・ブーマーの店でアイスクリームを買ってから彼の店にやってきて、チビどもに店のなかを駆けずりまわらせ、なんでもおかまいなしに触らせる家族たち、げらげらと大声で笑う演劇フェスティバルの関係者ども、週に一度海岸にいけば自分の健康管理はじゅうぶんと思っている冬期の避寒客などなど。

「本音をいえばちがうんだ」とA・Jはいう。「文句はつけたいけど、あの連中にはどっさり本を売っているからね。それに、ニックがよくいってたけど、世間の常識とは反対に、著者のイベントは八月が絶好のときなんだよ。みんな、そのころになると退屈しきっていてね、気晴らしならなんでもとびつく、たとえ作家の朗読会でもね」

「作家の朗読会」とアメリアはいう。「やれやれ、最低の娯楽だわね」

「《トゥルーブラッド》にくらべればね」

彼女はA・Jを無視する。「実をいえば、朗読は好きなの」彼女が出版社の仕事に踏み出したころ、ボーイフレンドが、九二番街Yで開かれたアリス・マクダーモットの朗読会に彼女をむりやり連れだした。アメリアは、『チャーミング・ビリー』は好きではなかったが、マクダーモットが、その一節を読むのを聞いたとき――彼女の腕の動かし方、ある言葉を強調する読み方などに接して――自分がこの小説をまったく理解していなかったことに気づいた。帰りの地下鉄のなかで、ボーイフレンドが謝った。「ごめん、どうやらあれは失敗だったね」一週間後、アメリアは、彼とのつきあいをやめた。自分がいかに若かったか、自分がどれだけ高い水準を要求していたか、といまは思えてならない。

「いいわ」とアメリアはA・Jにいう。「広報担当に通しておきましょう」

「きみもくるよね？」

「努力します。母が八月にうちにくるので――」

「お母さんを連れておいでよ！」とA・Jがいう。「お母さんにぜひ会いたい」

「母に会っていないから、そんなことをいうのよ」とアメリアはいう。

「かわいいアメリア、きみは出席すべきだ。きみのためにレオン・フリードマンを招ぶんだから」

「あたし、レオン・フリードマンに会いたいなんていったおぼえはありません」とアメリアがいう。だがこれがスカイプのすばらしいところだ、とA・Jは思う――彼女がほほえんでいるのが見える。

月曜日の朝一番にA・Jは、ナイトリー・プレスのレオン・フリードマンの広報担当に電話をいれる。彼女は二十六歳、例によってピカピカの新入りだ。彼女はレオン・フリードマンをグーグルで検索し、本の題名を突き止める。「わおっ、あなたは、あたしが担当になってから、『遅咲きの花』の著者のイベント依頼をしてきた最初のひとだわ」

「あの本は、ほんとに店の一押しでね。ずいぶんたくさん売りましたよ」とA・Jはいう。

「おたく、レオン・フリードマンのイベントを企画した最初のひとかもしれませんよ。ほんとに、はじめてじゃないかな、よくわかんないけど」広報担当は一息いれる。「本人にイベントをやる気があるかどうか、担当の編集者に確かめてみますよ。あたしは、会ったことはないんですよ、でもいま著者の写真を見てますけど、彼は……熟年かな。折り返しお電話さしあげてもいいですか？」

「旅行がむりなほどのお年寄りではないと仮定して、夏の滞在客が島を去る前の、八月の末を予定したいんですがね。そうすれば、本ももっと売れますよ」

一週間後、広報担当は、レオン・フリードマンがまだ死んではおらず、八月にアイランド・ブックスにいくことは可能、という伝言を残す。

A・Jは、この数年、作家を招いたことはない。その理由は、彼にはそうした手はずを整える才覚がないからだ。アイランドが作家のイベントを開いたのは、ニックがまだ生きているころ、彼女が万事采配をふるっていた。彼女がやったことを、A・Jは思い出してみる。

作家の本を注文し、店のなかに、レオン・フリードマンの年老いた顔ののったポスターをつるし、関係のあるメディアにプレス・リリースを送り、友人や店員たちにも同様のことをたのむ。それでも努力が足りないような気がする。ニックのサイン会は、いつも気のきいた演出があったので、A・Jもそういうものを考えだそうと頭をひねる。レオン・フリードマンは老人、本の売れ行きは不振。いずれの事実も、イベントを開く弾みにはならない。本の内容はロマンチックだが、きわめて重苦しいものだ。A・Jはランビアーズに電話をしてみる。彼はコストコの冷凍エビを仕入れたらと提案するが、どうやらこれは、パーティを催すとき必ずする提案らしい。「なあ」とランビアーズはいう。「いまイベントをやるんなら、おれは、ジェフリー・ディーヴァーに会いたいねえ。アリス警察署《PD》じゃ、みんなが彼の大ファンだぞ」

A・Jはそこでダニエルに電話をすると、彼はこう答える。「よいサイン会に必要なのは、なんたってふんだんな酒だね」

「イズメイを電話に出してください」とA・Jはいう。

「まあ文学的というわけでもないし、素晴らしいともいえないけど、ガーデン・パーティなんかどう？」とイズメイはいう。「『遅咲きの花』。花が咲く。わかる？」

「わかりますよ」と彼はいう。

「みんなが、花を飾った帽子をかぶるの。そして作家には、帽子のコンテストみたいなものの審査をおねがいする。雰囲気が華やかになるわよ、あなたのお友だちのお母さんたちはたぶんみんな集まってくる、ばかげた帽子をかぶった自分たちの写真を撮りあうまたとないチャンスというだけで」

A・Jは考えこむ。「なんとも恐るべきものだなあ」

「単なる提案でした」

「しかしよくよく考えてみると、おそらく、いい意味での恐ろしさかな」

「お褒めのお言葉、いただいておきます。それでアメリアはくるの？」

「そう願ってますよ」とA・Jはいう。「このいまいましいパーティは彼女のために開くんですから」

あの七月、A・Jとマヤは、アリス島に一軒しかない宝石店におもむく。A・Jは、シンプルな台に真四角の石がはまっている古風な指輪を指さす。

「地味すぎる」とマヤがいう。彼女は、リッツ・ホテルぐらい大きい黄色のダイアを選ぶが、それはざっと、新品同様の『タマレーン』の初版ほどの値段だと判明する。けっきょくふたりは、エナメルの花びらでできた台のまんなかにダイアがはめこまれている、一九六〇年代の指輪にきめる。「ひなぎくみたい」とマヤがいう。「エイミーは、お花とか楽しいものが好きなの」

この指輪はいささか派手すぎるとA・Jは思うが、マヤのいうとおりだとも思う――アメリアならこれを選ぶだろう、これは彼女を楽しませるものだ。少なくとも、この指輪は彼女のゴムぞうりによく似合うだろう。

店まで歩いてもどる途中、A・Jはマヤに、アメリアはノウというかもしれないと警告する。「それでもあのひとはぼくらの友だちだよ」とA・Jはいう。「たとえあのひとがノウといってもね」

マヤはうなずく、何度も何度もうなずく。「どうしてノウというの？」

「うーん……じっさい、たくさん理由があるだろうな。きみのパパは、ぜんぜん掘り出しものじゃないもの」

マヤは笑う。「バカみたい」

「それにぼくたちが住んでいる場所は、来るのもたいへんだしね。エイミーは仕事でほうぼう旅しなくちゃならないし」

「サイン会で、プロポーズするの？」とマヤが訊く。

A・Jはかぶりを振る。「いいや、あのひとを困らせたくないもの」

「なんでそれが困らせることになるの？」

「そうだねえ、まわりに大勢ひとがいるからイエスといわなきゃならない羽目になったら気の毒だもの、わかるだろう？」彼が九歳のときだった、父親がニューヨーク・ジャイアンツのフットボール・ゲームに連れていってくれた。ふたりはある女性のとなりにすわる羽目になった。その女性は、ハーフタイムのとき、巨大スクリーン《ジャンボトロン》でプロポーズされたのだ。イエス、とその女性は、カメラが自分に向けられたとき、そう答えた。だが第三クォーターがはじまったとき、彼女はこらえきれずに泣きだした。A・Jは、そのあと、フットボールが大嫌いになった。「たぶんパパも恥ずかしい思いをするのはいやだな」

「パーティのあと？」とマヤがいう。

「うん、たぶん、勇気をふるいおこせたらね」彼はマヤを見る。「ところできみのほうは、いいのかい？」

マヤはうなずき、それからTシャツで眼鏡を拭く。「パパ、あたしね、トピアリーのときのこと、あのひとに話したの」

「いったいどんなふうに？」

「あたしは、トピアリーなんかぜんぜん好きじゃないって、それから、あのときあたしたちは、あなたに会うためにロード・アイランドに行ったんだと思うって」

「そんなことをなんであのひとに話したの？」

「あのひとがね、二カ月前にいったんだ、パパは、ときどき心が読めなくなるひとだって」

「どうもそれはほんとうらしいよ」

作家というものは、著者近影にはあまり似ていないものだが、A・Jがレオン・フリードマンに会ったとき、まっさきに頭にうかんだのは、彼がその写真にまったく似ていないということだ。写真のレオン・フリードマンは、もっと細身で、髭もきれいに剃り、鼻すじもすっと通っている。じっさいのレオン・フリードマンは、年老いたアーネスト・ヘミングウェイとデパートのサンタクロースのあいだといったところだ。大きくて赤い鼻と腹、ふさふさした白い髭、いたずらっぽく光る目。じっさいのレオン・フリードマンは、写真より十歳は若く見える。度を越した体重と髭のせいではないかとA・Jは思う。「レオン・フリードマン。非凡なる小説家」とフリードマンは自己紹介をする。A・Jをがっちりと抱きしめる。「お会いできてうれしい。あんたがA・Jだな。ナイトリーの女の子が、あんたはわたしの本が大好きなんだといっとった。いわせてもらえば、あんた、なかなかいい趣味しとるな」

「あなたが、あの本を小説といわれるのは興味深いですね」とA・Jはいう。「あれは小説だと思われますか、それとも回想録でしょうか？」

「ああ、そうだな、それについてとことん議論をしたらどうですかね？　ところでわたしが飲めるものはありませんかね。安ワインがちょっぴりあれば、こういうイベントも楽にこなせるというもので」

イズメイは、小さなサンドイッチと紅茶を用意してあったが、アルコールはない。イベントは、日曜日の午後二時の予定だったので、イズメイは、アルコールが必要だとは思わなかったし、このパーティの雰囲気にも合わないと思っていた。A・Jはワインのボトルを二階に取りにいく。

階下にもどってみると、マヤがレオン・フリードマンの膝の上にすわっている。

「あたし、『遅咲きの花』が好きなの」とマヤがいっている。「でもあたしって、この本が対象にしてる読者かどうか、わかんないけど」

「ほう、ほう。それはまことに興味深い見方であるな、お嬢ちゃん」とレオン・フリードマンが応ずる。

「あたし、本っていっぱい読むのよ。知り合いの作家も、あとひとりいるの、ダニエル・パリッシュ。彼のこと、知ってる？」

「さあ、知らんなあ」

マヤはためいきをつく。「あなたって、ダニエル・パリッシュより話しにくいなあ。あなたの好きな本はなあに？」

「そんなものがあるかどうかなあ。それより、クリスマスにはなにがほしいか、どうして教えてくれないのかな？」

「クリスマス？」とマヤはいう。「クリスマスまであと四カ月もあるわよ」

A・Jは娘にフリードマンの膝からおりるように命じ、そのかわりに彼にワインのグラスをわたす。「ありがとさんよ」とフリードマンはいう。

「恐れ入りますが、朗読の前に、店の在庫の本にサインをおねがいできないでしょうか？」A・Jは、フリードマンを店の奥に案内する、そこには、ペイパーバック一箱とペンが用意してある。フリードマンが、本の表紙にサインしようとするのを、A・Jはあわててとめる。「ふつう、著者の署名は、扉にしていただくことになっています、よろしいですか」

「ごめんよ」とフリードマンは答える。「こんなことははじめてでね」

「どういたしまして」とA・Jはいう。

「あそこで、いったいどんなことをやればいいのか、教えてもらいたいんだが」

「そうですね」とA・Jはいう。「まずわたしがあなたをご紹介します、それからあなたはご本の紹介をなさってください、この本を書くきっかけはなんであったかとかいうようなことです、それから本のなかの数頁を読んでいただいて、それからたぶん参加者との質疑応答ですね、もし時間があればですが。それからこのご本に敬意を表して、帽子のコンテストをいたしますので、優勝者をきめていただけると光栄なんですが」

「それはまた奇想天外な」とフリードマンはいう。「フリードマン。F - R - I - E - D - M - A - N」彼は声に出しながらサインをする。「どうもIの字を忘れるんだよ」

「そうですか？」とA・Jがいう。

「ここはIではなく、もう一つEを入れるべきではないのかね？」

作家というものは風変わりな人種だからと、A・Jは聞き流すことにする。「子供がお好きなようですね」とA・Jはいう。

「ああ……クリスマスには、地元のメイシーズで、サンタクロースの役をよくやるんだよ」

「ほう？　それはまたご奇特な」

「あれをやるコツは心得ておるんだ」

「つまり——」A・Jは、次にいおうとしていることが、フリードマンを怒らせるかどうかきめかねて、口をつぐむ。「つまり、あなたはユダヤ人でいらっしゃるから、というつもりで」

「そうともさ」

「ご本のなかではその点をおおいに強調なさっていますね。宗教から逸脱したユダヤ人。こういういい方は正しいんでしょうか？」

「あんたの好きなようにいえばいい」とフリードマンはいう。「なあ、ワインより強いものがないかねえ？」

フリードマンは、朗読をはじめる前にもう二杯は飲んでいた。著者が、なにやら長い固有名詞や外国語のフレーズをもごもごとつぶやいたのはそのせいだとＡ・Ｊは思う。チャプクワ、あとは野となれ山となれ《アプレ・モア・ル・デリュージ》、ハダサー慈善団体、乾杯《ラ・ハイム》、ハッラーなどなど。作家のなかには朗読は苦手とするひとたちがいる。質疑応答では、フリードマンの応答は短い。

Ｑ　奥さまが亡くなられたときは、どんなお気持ちでしたか？
Ａ　みじめ。くそみじめってもんさ。
Ｑ　あなたの愛読書は？
Ａ　聖書。それか『モリー先生との火曜日』。けど、たぶん聖書だろう。
Ｑ　お写真よりお若く見えますね。
Ａ　そりゃ、どうも！
Ｑ　新聞社のお仕事はいかがでしたか？
Ａ　両手がしじゅう汚れてたな。

彼は、もっともよい帽子を選ぶときと、サインを求めるひとたちの行列を前にしたときのほうが、気楽にくつろいでいる様子だ。Ａ・Ｊはかなりの人数を招集することができたので、行列は店の外まで伸びている。「メイシーズでやるように、柵をこしらえたほうがよかったんじゃないかね」とフリードマンが助言する。

「柵なんて、うちのような店ではめったに必要ありませんのでね」とＡ・Ｊはいう。

アメリアとその母親は、いちばん最後にサインをもらう。

「お会いできてとても光栄です」とアメリアがいう。「あなたのご本がなかったら、わたしとわたしのボーイフレンドとの出会いはなかったでしょう」

A・Jは、ポケットのなかのエンゲージ・リングを探る。いまが、そのときではないか。いいや、それじゃジャンボトロンもいいところだ。

「ハグして」とフリードマンがアメリアにいう。彼女はテーブルの上に身をのりだす。老人がアメリアのブラウスをのぞきこむのを、A・Jは見たような気がする。

「それが小説の力というものだな」とフリードマンがいう。

アメリアは彼をまじまじと見つめる。「あのう」彼女は口をつぐむ。「ただあれはフィクションじゃない、そうですよね？　じっさいにあったことですから」

「そうだよ、嬢ちゃん、そうだとも」とフリードマンはいう。

A・Jが口をはさむ。「おそらく、フリードマンさんは、あれは語りの力だといわれるつもりだったんでしょう」

アメリアの母親、バッタほどの背格好で、カマキリの性分をもつ母親はこういう。「たぶんフリードマンさんは、こうおっしゃりたいんだわ、本好きというだけで成り立っているような関係は、たいした関係じゃないとおっしゃりたいのよ」アメリアの母親は、そうしてフリードマンに手をさしだす。「マーガレット・ローマンです。あたしの連れ合いも、二年前に亡くなりました。娘のアメリアが、チャールストン未亡人読書クラブであなたのご本を読むように申しましてね。これは傑作だとだれもが申しました」

「おお、そりゃけっこう。そりゃそりゃ……」フリードマンはミセス・ローマンににっこりと微笑みかける。「そりゃ……」

「はい？」とミセス・ローマンは聞きかえす。

フリードマンは咳払いをし、眉と鼻ににじみだした汗をぬぐう。顔が赤くなった彼はますますサンタクロースのように見える。話をするかのように口を開けると、サインしたばかりの本の山や、アメリアの母親のフェラガモのベージュのパンプスの上に、げえっと吐く。「どうやら、飲みすぎたようだ」とフリードマンがいう。そしてげっぷをする。

「たしかにね」とミセス・ローマンがいう。

「ママ、A・Jの住まいはここの二階なの」アメリアは、母親に階段のほうを指さす。

「お店の上に住んでいるの？」とミセス・ローマンは訊く。「あなた、教えてくれなかったわね、こんなうれしい情報を――」その瞬間、ミセス・ローマンは、みるみる広がっていく嘔吐物に足をとられる。とっさに体勢をたてなおすものの、佳作賞をとった彼女の帽子は、もう救いようがない。

フリードマンはA・Jのほうをむく。「すみませんな。どうやら、だいぶ飲みすぎたようで。煙草と新鮮な空気をちょっと吸えば、たいがい腹も落ち着くんですがね。どなたか出口を指さしてくれれば……」A・Jは、フリードマンを裏口に連れていく。

「どうしたの？」とマヤが訊く。フリードマンの話が、自分には興味のないものとわかると、マヤは、『パーシー・ジャクソンとオリンポスの神々 盗まれた雷撃』に目をもどしていたのだ。サイン用のテーブルに近づいて、ゲロを見たとたん、マヤもげえげえやりだした。

アメリアがマヤに駆けよる。「だいじょうぶ？」

「あそこであんなもの、見るなんて思ってなかった」とマヤはいう。

いっぽう、レオン・フリードマンは、店のわきの路地でまたもやげえげえやっている。

「食あたりなんでしょうか？」とA・Jが訊く。

フリードマンは答えない。

「気分が悪くなったのは、フェリーに乗ったせいかもしれませんね？ それともあの騒ぎのせいで？ この暑さかな？」自分が、なぜこうべらべら喋っているのか、A・Jにはわからない。「フリードマンさん、なにか食べるものを用意しましょうか？」

「ライターをもってるかね？」フリードマンが嗄れた声でいう。「自分のやつは、なかにおいてきたバッグに入っているんだが」

A・Jは、店のなかに駆けこむ。フリードマンのバッグは見あたらない。「ライターがいるんだ！」と彼はさけぶ。彼はめったに大声をあげることがない。「たのむよ、ぼくにライターをもってきてくれる人間は、ここにはいないのか？」

だがみんな帰ってしまった、残っているのは、レジのところで仕事をしている店員と、サイン会の居残り組の客がふたりだけだ。アメリアと同じ年ごろの、着こなしのいい婦人が、大きな革のハンドバッグの口をあける。「あるかもしれないわ」

Ａ・Ｊはかっかとしながら突っ立ったまま、婦人がバッグをかきまわしているのを見ている。ハンドバッグというより旅行かばんといったほうがいい。これだから作家を店のなかに入れてはならないんだとＡ・Ｊは思う。婦人はから手で近づいてくる。「ごめんなさい」と彼女はいう。「父が肺気腫で亡くなってからは、煙草はやめたんですけどね、ライターはまだもっていると思ったから」

「いや、けっこうです。二階に自分のがありますから」

「あの作家の方はどうかなさったの？」と婦人が訊く。

「毎度のことで」とＡ・Ｊはいって、二階にあがっていく。

住まいのほうには、マヤがひとりでいた。その目が濡れているように見える。「あたしも吐いちゃった、パパ」

「ごめんよ」Ａ・Ｊは引き出しにライターを見つける。引き出しをぴしゃりと閉める。

「アメリアはどこ？」

「プロポーズするの？」とマヤが訊く。

「いいや。こんなときにはしない。あの大酒飲みに、ライターを届けなくちゃならない」

マヤはこの情報をじっくり考えてみる。「いっしょに行ってもいい？」とマヤは訊く。

A・Jはライターをポケットに入れると、やむをえずマヤを抱きあげる。ほんとうはもう抱くには大きすぎるのだが。

ふたりは階段をおり、店のなかを通って、A・Jがフリードマンをおいてきた外にいく。フリードマンの頭は煙の暈《かさ》をかぶっている。その指からものうげにたれたパイプが、じゅうじゅうと奇妙な音をたてている。

「あなたのカバンは見つかりませんでした」とA・Jはいう。

「ずっとあったんだがな」とフリードマンがいう。

「それ、どういう種類のパイプなの？」とマヤが訊く。「そんなパイプ、見たことない」

A・Jはまずマヤの目をおおいたい衝動に駆られるが、つい笑いだしてしまう。フリードマンは、ドラッグの道具一式をもって飛行機に乗ってきたのか？　彼は娘のほうをむく。

「マヤ、去年パパといっしょに『不思議の国のアリス』を読んだときのこと、おぼえているかい？」

「フリードマンはどこにいるの？」とアメリアが訊く。

「イズメイのSUVのバックシートで酔いつぶれてる」とA・Jは答える。

「気の毒なイズメイ」

「あのひとは慣れたものさ。ダニエル・パリッシュのために著者付き添いを長年つとめているからね」Ａ・Ｊは顔をしかめる。「ぼくがふたりに付き添っていくのがいいと思うんだよ」最初の計画は、イズメイがフリードマンを車で送りフェリーに乗せ、それから空港まで送っていく予定だったが、Ａ・Ｊは、義姉にそんなことはさせられない。

アメリアが彼にキスする。「えらい。マヤと留守番しながら、ここをきれいにしておくわ」と彼女はいう。

「ありがとう。それにしてもひでえもんだ」とＡ・Ｊがいう。「町で最後の夜なのに」

「でもね」と彼女はいう。「少なくとも忘れがたい夜だった。レオン・フリードマンを招んでくださってありがとう、あたしが想像してたのと、ちょっとちがっていたけど」

「ほんのちょっとね」彼はアメリアにキスし、それから眉をよせる。「ほんとうはもっとロマンチックな展開になるはずだったんだけど」

「とってもロマンチックだったわよ。好き者の酔っぱらいのおやじが、あたしのブラウスのなかをのぞきこむなんて、こんなロマンチックなことはないじゃない？」

「酔っぱらいどころじゃない……」Ａ・Ｊはマリファナを吸う万国共通のゼスチュアをする。

「もしかすると癌かなにかなんじゃない？」とアメリアがいう。

「もしかするとね……」

「イベントが終わるまでがまんしてたのが、せめてもね」と彼女がいう。

「そんなことになってたら、イベントは散々だったと思うよ」とA・Jはいう。

イズメイが車のホーンを鳴らす。

「ぼくを呼んでる」とA・Jはいう。「今夜はホテルで、お母さんといっしょに過ごす必要があるの?」

「そんな必要はありません。あたしはおとなですからね、A・J」とアメリアはいう。

「ただ、あしたは朝早くプロビデンスに発たなくちゃならないの」

「ぼくはお母さんにいい印象をあたえたとは思えないんだ」とA・Jはいう。

「みんなそう」と彼女はいう。「あたしは心配してません」

「じゃあ、帰るまで待っていてくれないか、できればね」イズメイのホーンがふたたび鳴る。A・Jは車のほうに走っていく。

アメリアは店のなかの掃除にかかる。まず嘔吐物から手をつけ、マヤには、あまり不快ではない残骸、花びらやプラスチックのコップのたぐいを集めさせる。うしろのほうの席に、ライターをもっていなかったあの女性がすわっている。グレイの柔らかそうなフェドーラ帽をかぶり、絹のようなマキシドレスを着ている。その服は、見たところ中古品販売店で買ったもののように見えるが、中古品販売店でじっさい買い物をしているアメリアには、それが高価なものだとわかる。「朗読会のためにいらしたんですか?」とアメリアが訊く。

「ええ」と女は答える。

「ご感想はいかがですか?」とアメリアが訊く。

「あの方、たいそう元気がよかったわね」と女はいう。

「ええ、ほんとに」アメリアはスポンジをバケツのなかにしぼる。「ただ、期待どおりだったとはいえませんけど」

「なにを期待してらしたの?」と女が訊く。

「もっと知的な方かと。きざな言い方ですね。きっと正しい表現じゃないんだわ。たぶん、もうすこし賢いひとかと」

女はうなずく。「ええ、わかるわ」

「期待が大きすぎたんでしょう。わたし、彼の本を出した出版社のものです。ほんと、いままで売った本のなかではいちばん好きなんですよ」

「どうしてそんなにお好きだったの?」と女が訊く。

「わたしは……」アメリアは女をじっと見る。親切そうな目をしている。アメリアは、親切そうな目にときどき騙される。「わたし、しばらく前に父を亡くしました。あの方の声に父を思い出させるものがあったんだと思います。それにあの本のなかには、とてもたくさんの、ほんとうの、ほんとうのことが書いてありました」アメリアは、床の掃除にとりかかる。

「あたし、お邪魔かしら？」と女が訊く。

「いいえ、そこにいらしてけっこうです」

「眺めているだけじゃ、申しわけないわね」と女がいう。

「わたし、お掃除が大好きなんです。そんなすてきなドレスを着ていらっしゃる方に手伝ってはいただけないわ」アメリアは、室内をリズミカルに大きく掃く。

「朗読会のあとは、出版社のひとにお掃除をさせるんですか？」と女が訊く。

アメリアは笑う。「いいえ。わたしは、あの書店主のガールフレンドですから。きょうはお手伝いなんですよ」

女はうなずく。「いまごろになって、レオン・フリードマンを招くなんて、きっとあの本の大ファンなんですね」

「ええ」アメリアは声をひそめる。「じつをいいますとね、わたしのためにこの会を開いてくれたんですよ。ふたりとも好きになった最初の本でしたから」

「あら、かわいいこと。はじめていったレストランとか、はじめてダンスをしたときの歌とか、そういうようなものなのね」

「まさにそのとおりです」

「きっとあなたにプロポーズするつもりじゃないかしら？」と女はいう。

「わたしも、ふっとそう思いましたけど」

アメリアは、ちりとりの中身をゴミ箱にあける。

「あなたはなぜあの本が売れなかったと思う？」と女は、ちょっと間をおいて尋ねる。

「『遅咲きの花』が？　それはまあ……世の中、競争ですから。本がよいものであっても、それだけじゃうまくいかないことがあるんです」

「厳しいんですね」と女はいう。

「なにか書いていらっしゃるんですか？」

「書いてみたことはあります、ええ」

アメリアは口をつぐんで女を見つめる。長い茶色の髪はきちんとカットされ、見事にストレートだ。彼女のハンドバッグは、アメリアの車の値段ほどはするだろう。アメリアは、自己紹介しようと女に手をさしだす。「アメリア・ローマン」

「レオノーラ・フェリス」

「レオノーラ。レオンみたい」マヤが声をはりあげる。ミルクセーキを飲んで、元気になっている。「あたし、マヤ・フィクリー」

「アリス島の方ですか？」アメリアがレオノーラに訊く。

「いいえ、この日のために来たのよ。朗読会のために」

レオノーラは立ち上がり、アメリアは女の椅子をたたんで壁ぎわにはこぶ。

「あなたも、あの本の大ファンなんですね」とアメリアはいう。「さっきもいいましたけど、わたしのボーイフレンドはここに住んでいるんですよ、わたしの経験からいうと、アリス島は、そうたやすく来られるところじゃありませんものね」

「ええ、そうね」レオノーラはいいながら、バッグをとりあげる。

ふいにアメリアの頭にある考えがうかぶ。彼女はくるりと向きなおり、大声でいう。

「目的もなく旅をする者はいない。迷子になる者たちは、迷子になることを望んでいる」

「『遅咲きの花』の引用ね」レオノーラは、長い間《ま》をおいてからいう。「ほんとうにあれが好きだったのね」

「そうです」とアメリアはいう。「〝若かったころ、自分が若いと感じたことはなかった〟たしかこんなふうでした。このあとを覚えていらっしゃいますか？」

「いいえ」とレオノーラはいう。

「作家は、自分の書くものをぜんぶ覚えてはいないんですね」とアメリアはいう。「そんなことできっこありませんね？」

「お話しできてよかった」レオノーラは、ドアのほうに歩きはじめる。

アメリアは、レオノーラの肩に手をおく。

「あなたが、彼なんですね？」とアメリアがいう。「あなたがレオン・フリードマンなんですね」

レオノーラはかぶりをふる。「真実はそうじゃないの」

「どういう意味ですか？」

「むかしむかし、ひとりの少女が小説を書いた、それを売りこもうとしたけれども、だれも買ってはくれなかった。それは妻を亡くした老人の話だった。そこには神秘的な存在も出てこないし、語るべき深遠な思想もなかった、そこで少女は、その本の題名を変えて、回想記とすれば、売りこみやすくなると思った」

「それは……それは……嘘だわ」アメリアは口ごもる。

「いいえ、嘘じゃないの。あのなかに書かれていることは、文字どおり真実ではなくても、気持ちは真実なのよ」

「それじゃ、あのひとはだれなんです？」

「人材派遣会社に電話したの。あのひと、ふだんはサンタクロースの役をしているのよ」

アメリアはかぶりをふる。「わたしにはわかりません。なぜ朗読会をなさるんです？　わざわざお金を使って、なぜこんなことをなさるんですか？　なぜこんな危険を冒すんですか？」

「あの本はまさしく失敗作だった。でもときどき知りたいじゃありませんか……自分の作品がだれかの役に立っているのを、自分の目でたしかめてみたいじゃありませんか」

アメリアはレオノーラを見つめる。「なんだか騙されたみたい」と彼女はやっとの思いでいう。「あなたはすぐれた作家ですよ」

「わかっていますとも」とレオノーラはいう。

レオノーラ・フェリスは通りの向こうに姿を消し、アメリアは店のなかにもどる。

マヤが彼女にいう。「とっても変てこな日だったね」

「まったく」

「あの女のひと、だれだったの、エイミー？」とマヤが訊く。

「話せば長い話なの」とアメリアはマヤにいう。

マヤは顔をしかめる。

「あのひとは、フリードマンさんの遠い親戚なの」とアメリアはいう。

アメリアはマヤをベッドに寝かしつけてから、グラスに酒を注ぎ、それからレオノーラ・フェリスのことをA・Jに話そうか話すまいかと思案する。作家のイベントというアイディアを思いついたA・Jを落胆させたくはない。それにまた、自分が彼の目に阿呆のように映るのはごめんだし、自分の職業上の信用をおとすのもいやだ。自分が彼に売りつけた本が、まがいものだったとわかった。たぶんレオノーラ・フェリスは正しいのだ。あの本の内容が、厳密に真実であるかどうかは問題はない。文学論を履修した大学二年のときのセミナーを思い出す。真実とはなにか？　と大学院生の助手はみんなに訊いたものだ。

回想録というものは、しょせん構築したものではないのか？　このクラスではいつも居眠りしていたが、居眠りするのも楽じゃない、なにしろクラスには九人しかいなかったから。これほど長い年月が経っているのに、アメリアはいまだに、あのときのことをとりとめもなく思い出す。

Ａ・Ｊは十時ちょっとすぎに家にもどってくる。「ドライブはいかがでしたか？」とアメリアが訊く。

「ぼくにせいぜいいえるのは、フリードマンはほとんど前後不覚だったということぐらいだね。ぼくは、二十分かけてイズメイの車のバックシートを掃除した」

「さあて、次の作家のイベントをおおいに期待しているわ、フィクリーさん」とアメリアはいう。

「あれはそれほどの大失敗でしたかね？」

「いいえ。みんな、ほんとに愉しんだと思うわよ。それにお店は本がたくさん売れたし」アメリアは、帰ろうと立ち上がる。いまここを出なければ、Ａ・Ｊに、レオノーラ・フェリスのことを話してしまいそうだ。「ホテルに戻らなくちゃ。あしたは朝早く発つ予定だから」

「いや、待って。もうちょっとここにいて」Ａ・Ｊは、ポケットのなかの小箱をさぐる。彼は、なにがあろうと、彼女にプロポーズしないままこの夏を終わりたくはない。いまその機会を失おうとしている。ポケットから小箱をつかみだすと、彼女にそれを投げつける。

「急いで考えて」と彼はいう。

「なあに？」彼女は振りむきながらいう。指輪の小箱が彼女の額のまんなかにばしっとあたる。「いたっ。いったいなんなの、A・J？」

「きみが帰らないようにしたんだ。受けとめてくれると思ったのに。ごめん」彼はアメリアに近づき、頭にキスをする。

「狙いが高すぎたわね」

「きみはぼくより背が高いから、ときどき背丈をじっさいより高めに考えてしまうんだよ」

彼女は小箱を床から拾いあげ、蓋を開ける。

「それはきみに」とA・Jはいう。「それは……」彼は片膝をつき、アメリアの手を握り、芝居を演ずる役者のようなわざとらしさを意識しないようにする。「結婚しよう」苦しげな表情で彼はいう。「ぼくはこの島から動けない、ぼくは貧乏で、シングルファーザーで、それに商売は不景気だ。きみのお母さんはぼくを嫌っているし、作家のイベントを主催させれば、どうしようもないあほたれだ」

「変わったプロポーズだこと」と彼女はいう。「あなたの得意な分野で攻めたらどうなの、A・J」

「ぼくにいえるのは、ただ……いえるのは、ぼくたちはうまくやっていけるということだ、誓うよ。本を読むときは、きみにもいっしょにその本を読んでもらいたい。アメリアがその本をどう思うか、ぼくは知りたい。どうかぼくのものになってほしい。きみに約束できるのは、本と会話とそしてぼくのハートのすべてだよ、エイミー」

彼がいうことは真実だと彼女にはわかっている。彼がいまあげた理由を考えると、彼は、自分とも、ほかのだれとも釣り合わない。この先の道のりは悲惨なものになるだろう。この男、このA・Jは、怒りっぽくて手に負えない。自分はぜったい誤りを犯さないと思いこんでいる。たぶんぜったい誤りは犯さないだろう。

だがその彼が誤りを犯していた。決して誤ることのないA・Jが、レオン・フリードマンがいかさまだと気づかなかった。なぜこのことがいま問題になるのか、彼女にもよくわからないが、たしかに問題にはなる。これは、彼の幼稚で妄想的な部分を実証するものだからだ。彼女は顔を上げた。このことは内緒にしておこう、だってあたしはあなたを愛しているから。レオン・フリードマン（レオノーラ・フェリス？）はかつてこう書いた。

〝よい結婚は、少なくともその一部は陰謀だということだ〟

彼女は眉をよせている。きっとノウというのだとA・Jは思う。「善人はなかなかいない」とようやく彼女がいう。

「オコナーの短篇だね？　きみの机にのっていたあの本。こんなときに持ち出すにはひどく暗い話だけど」

「ううん、あなたのことをいっているの。あたし、ずうーっと探してきた。それが、電車が二本、船一隻で来られるところにいたのよ」

「車でくれば、電車に何本も乗らずにすんだのに」とA・Jがいう。

「あなたに、車の運転のなにがわかるの？」とアメリアが訊く。


翌年の秋、木の葉が色づくころ、アメリアとA・Jは結婚した。

息子の同伴者としてやってきたランビアーズの母親はこういう。「結婚式はどれもいいものだけど、二人のおとなが結婚しようときめたなんて、ほんとにすてきだねえ？」ランビアーズの母親は、息子がいつか再婚するのを心待ちにしている。

「いってることはわかるよ、母ちゃん。あのふたりは、目をつぶって飛び込んでいくような真似はしそうもないな」とランビアーズはいう。「彼女が完璧だと、やつは思っていない。やつがまったく完璧じゃないことは彼女にもわかってる。ふたりとも、完璧なんてものが存在しないことはわかっているんだよ」

マヤは、指輪持ちの役を選んだ、なぜならその役のほうが花を撒く係より責任が重いからだ。「花はなくしても、また新しい花をもらえるでしょ」とマヤは理屈をつける。「もし指輪をなくしたら、みんなが一生悲しむわ。指輪持ちのほうがずっと強い力をもってるの」

「ゴラムみたいなことをいうね」とA・Jはいう。

「ゴラムってだれ？」マヤは知りたい。

「あなたのパパが大好きな、とってもおバカなやつよ」とアメリアがいう。

式がはじまる前にアメリアはマヤにプレゼントをわたす。〈この本はマヤ・タマレーン・フィクリーのもの〉と書かれた蔵書票の入った小さな箱だ。こういう年頃にさしかかったマヤは、自分の名前がついているものが好きだ。

「あたしたち、家族になれてうれしい」とアメリアがいう。「あたし、ほんとにあなたが大好きなの、マヤ」

マヤは、いま読んでいる本、『オクタビア少年の驚くべき生活』にもらったばかりの蔵書票を貼るのに夢中だ。「うん」と彼女はいう。「あ、まって」彼女は、ポケットからオレンジ色のマニキュアの壜をとりだす。「あなたに」

「オレンジ色はもってないの」とアメリアはいう。「ありがとう」

「わかってる。だからこれを選んだの」

エイミーは、壜をさかさにして、底にある文字を読む。よいオレンジ色《マンーダリン》はなかなか見つからない。

A・Jは、結婚式にレオン・フリードマンを招待してはと提案したが、アメリアは拒む。

式の際、アメリアの大学時代の友人のひとりに、『遅咲きの花』の一節を読んでもらうという案にふたりは同意する。

〝自分たちに魅力がないから孤立するという事実は、秘めたる恐怖である〟とその一節はつづく。〝しかし孤立するのは、自分たちには魅力がないと思いこんでいるからである。いつか、それがいつとはわからぬが、あなたは道路を車で走っているだろう。そしていつか、それがいつかはわからぬが、彼、あるいはきっと彼女が、その道のどこかに立っているだろう。そしてあなたは愛されるはずだ、なぜなら、生まれてはじめて、あなたはもうひとりぼっちではないのだから。あなたは、ひとりぼっちではない道を選ぶことになったのだから〟

アメリアの大学時代の友人たちは、この一節を読んでいる女性に見覚えがないが、それがかくべつ奇妙だとはだれも思わない。バッサーは小さな大学だが、たしかに、だれもが顔なじみになれるところではない、そしてアメリアはいつもさまざまな分野のひとたちと友だちになるコツを心得ていた。

夏服を着た女たち

アーウィン・ショー
1939年

男が妻ではない女たちに興味をそそられている。妻は気に入らない。結末は、すばらしいオチ、どんでん返しといっていい。きみは賢い読者だから、おそらくこの結末は予想しているだろう（そうだとしたら、このオチには満足がいかないのではないか？　予想できないオチというのは、構成のまずさのあらわれだろうか？小説を書くにあたっては、こうしたことも十分に考えるべきだ）。

こんなことを書くのは時期尚早かもしれないが……いつかきみが、結婚を考える日がくるかもしれない。この部屋にいるのはきみだけだと考えるひとを選びなさい。

――A・J・F

イズメイは、自宅の玄関の間で待っている。組んでいる脚は、片足がもう一方の足のふくらはぎに巻きついている。ニュース番組のキャスターがそういう格好ですわっているのを彼女はいつか見たことがあり、それが強く印象に残っている。そういう形ですわるには、ほっそりとした脚と柔軟な膝が必要である。この日のために選んだこのドレスは薄すぎるような気がする。布地は絹、夏はもうおわりなのに。

携帯を見る。午前十一時、ということは式はすでにはじまっているだろう。彼をおいて出かけたほうがいいのかもしれない。

もう遅れてしまったのだから、ひとりでいく意味もないと思いかえす。ここで待っていれば、あらわれた彼をどなりつけることもできる。愉しみは、見つけられるところで見つけるものだ。

ダニエルは十一時二十六分に玄関のドアから入ってくる。「ごめん」と彼はいう。「うちのクラスのがきどもが、飲みにいこうというんでね。それからいろいろとあってさ、どんなものかおわかりでしょうが」

「ええ」と彼女はいう。もうどなる気もしない。沈黙のほうがましだ。

「研究室に泊まりこんでさ。背中が痛くてたまらないよ」彼はイズメイの頬にキスをする。

「素敵だよ」ひゅうっと口笛を吹く。「その脚はまだまだすばらしいね、イジー」

「着替えてよ」と彼女はいう。「酒屋みたいにぷんぷん臭う。自分で運転してきたの？」

「おれは酔ってないぜ。二日酔いさ。正確にいえばね、イズメイ」

「まだ生きてるのが驚きよ」と彼女はいう。

「そうかもしれないな」彼はそういいながら二階へあがっていく。

「おりてくるとき、あたしのショールももってきてくださらない？」と彼女はいうが、彼に聞こえたかどうかわからない。


結婚式は、結婚式、いつに変わらぬ結婚式だとイズメイは思う。ブルーのシアサッカーのスーツを着たA・Jはだらしなく見える。タキシードが借りられなかったのかしら？ここはアリス島で、あのジャージー・ショアじゃあないんだから。それにアメリアは、あのすさまじいルネッサンス祭り風のドレスをいったいどこで見つけたのだろう？　白というより黄色といったほうがいい、あんなものを着た彼女は、まるでヒッピーみたいだ。ふだんはヴィンテージドレスを着ているけれど、決してそれに見合った体型じゃない。髪に飾ったあの大きなガーベラで、いったいだれを騙そうというの——二十歳の小娘じゃあるまいし。にっこり笑うと歯茎がむきだす。

いったいあたしはいつからこんなに意地悪になったの、とイズメイは思う。あのふたりの幸福が、自分の不幸というわけではなし。それが不幸でなければの話だが。いついかなるときも、この世の幸福と不幸の配分がイコールだとしたらどうだろう？　もっとやさしくならなくては。四十を越えると憎しみが面《おもて》にあらわれるとは、だれしもがよく知る事実だ。それにアメリアは魅力的だし、たしかにニックみたいな美人じゃないけれど。ほら、マヤがあんなににこにこ笑ってる。歯がまた一本抜けた。そしてA・Jはとても幸せそう。あの幸運なやつが、泣くまいと堪えているのをようく見てごらん。

イズメイも、A・Jを思うと幸せになる、それがどんな意味であろうと。だがこの結婚式そのものはひとつの試練だ。この式典は、妹を死者としていよいよ遠ざけ、自分のさまざまな失望を否応なしに思い出させる。彼女は四十四歳。超ハンサムな男と結婚したが、もう愛してはいない。この十二年のあいだに七回も流産した。かかりつけの婦人科医によれば閉経期に入っている。はい、それでおしまいということだ。

彼女は、式場の向かい側にいるマヤを見る。なんて可愛いんだろう、それに頭もいい。

マヤに向かって手をふるが、マヤは本に顔をうずめたまま気づく様子はない。この少女が、これまでイズメイにとくべつ親しみをみせることはなかった。それは奇妙なことだとだれもが思っている。だいたいマヤは大人を相手にするのが好きなのに。そして二十年も学校で教えているイズメイは、子供の扱いは上手なはずだ。二十年か。やれやれ。気づかぬうちに、男子生徒ならつい見とれてしまう素敵な脚の持ち主の明るい新人教師から、学校の演劇のベテラン指導者パリッシュ先生になっていた。彼女が演劇の指導にいくら熱意を注ごうが、それは愚かしいことだとだれしも思っている。みんなが、彼女の熱意を過大評価しているのもたしかだ。あと何年、凡庸な舞台を、ひとつまたひとつと指導していけるのか。毎年顔ぶれはちがっても、生徒たちがメリル・ストリープになる気づかいはない。

イズメイはショールを脱ぎ、ショールを肩に巻きつけ、ちょっと歩いてみようと思う。桟橋をおりると、キトン・ヒールを脱ぎ、ひと気のない浜辺を歩いていく。九月も末、そして空気は秋の感触。ある女が海に入っていき、最後は自殺してしまうという筋の本の題名を思い出そうとしてみる。

とっても簡単そう、とイズメイは思う。海に入っていく。しばらく泳ぐ。遠くまで来すぎる。戻ろうとはしない。肺が水であふれる。ちょっと苦しいかもしれない、でもそれでおしまい。二度と苦しい思いはしない、意識ははっきりしている。汚いものはなにも残さない。おそらくいつかは死体が浜に打ち上げられる。打ち上げられないかもしれない。ダニエルは彼女を探しもしないだろう。いや探すだろうけれど、真剣には探さないだろう。そうそう！　あの本は、ケイト・ショパンの『目覚め』だ。十七のとき、彼女はあの小説がどれほど好きだったことか。

　マヤの母親も、同じような形で命を絶った、そしてイズメイは、マヤの母親、マリアン・ウォレスが、『目覚め』を読んでいたかどうか、再々考える。マリアン・ウォレスのことを、この数年ずっと考えつづけている。

　イズメイは水のなかに入っていく、思っていたより冷たい。これならあたしにもできると、彼女は思う。ただ歩きつづければいい。

　あたしは、ほんとにやるかもしれない。

「イズメイ！」

　心ならずも、イズメイはふりかえる。ランビアーズだ。A・Jの友だちのあのうるさい警官。イズメイの靴をぶらさげている。

「泳ぐには冷たすぎるだろ？」

「ちょっとね」と彼女は答える。「頭をすっきりさせようと思って、ここに来たのよ」

　ランビアーズが近づいてくる。「なるほど」

　イズメイの歯がかちかち鳴っている。ランビアーズは自分の上着を脱ぐと、彼女の肩に着せかける。「辛いだろうね」とランビアーズはいう。「A・Jが、あんたの妹をさしおいて、ほかのやつと結婚するのを見るのは」

「ええ。でもアメリアはいいひとらしいから」イズメイは泣きだす、日はとっぷり暮れていたから、泣き顔がランビアーズに見えるかどうかわからない。

「結婚式ってやつは」と彼はいう。「ひどく淋しい思いをさせるよなあ」

「ええ」

「おれも失礼なことはいいたくないんだ、おたがいにそれほどよく知っているわけじゃないから。だけど、なあ、あんたの旦那はあほだね。もしおれが、あんたのような別嬪《べっぴん》の職業婦人を奥さんに――」

「失礼よ」

「すまない」とランビアーズはいう。「おれは礼儀知らずでね」

イズメイはうなずく。「あなたが礼儀作法も知らないというつもりはないわ」と彼女はいう。「上着を貸してくれたんですもの。お礼をいうわ」

「アリス島の秋は早いからね」とランビアーズはいう。「なかに入ったほうがいいよ」

ダニエルは、ピーコッドの鯨がぶらさがっているバーで、アメリアの付き添いだった女性と大声で話している。鯨には、この日のために色電球がぐるぐると巻きつけられている。

ヒッチコック・ブロンドで眼鏡をかけているジャニーンは、アメリアといっしょに出版社の地位を着実にのぼってきた。ダニエルは知らないが、ジャニーンは、この大作家がはめをはずさないように気をつけるという大役を仰せつかっている。

結婚式のために、ジャニーンは、黄色のギンガムのドレスを着ている。アメリアが自腹を切って選んだものだ。「こんなもの、あなたは二度と着ないわよね」とアメリアはいったのだ。

「着こなすにはむずかしい色だね」とダニエルがいう。「それでもきみは素晴らしい。ジャニーン、だね？」

彼女はうなずく。

「花嫁の付き添い役ジャニーン。お仕事はなにかとお尋ねすべきでしょうか？」とダニエルはいう。「それともそんなことは、パーティ用の退屈な会話かな？」

「わたしは編集者です」と彼女はいう。

「セクシーでスマート。どんな本を担当しているの？」

「わたしが編集したハリエット・タブマンについての絵本は、二年ほど前にコールデコット賞をいただきました」

「すばらしい」とダニエルはいったものの、実をいえばがっかりしている。彼は、自分の著作を刊行してくれる新しい出版社を探している。本の売れ行きは、以前のようなわけにはいかない。馴染みの出版社の連中は自分の本を売る努力をしていない、と彼は思っている。あちらにほうりだされる前に、自分のほうからほうりだしてやりたい。「それは一等賞だね？」

「一等賞ではないんです。佳作賞でした」

「きみは優秀な編集者だね」と彼はいう。

「なにを根拠に？」

「だってさ、自分の本が佳作賞しかとれなかったのに、一等賞をとったような顔はしなかったもの」

ジャニーンは腕の時計を見る。

「ジャニーンが時計を見る」とダニエルがいう。「彼女はおいぼれ作家に退屈している」

ジャニーンはにっこり笑う。「二番目のセンテンスは削除して。読者にはいわずともわかります。描写して語らず」

「そんなことをいわれちゃあ、こいつは酒がいるなあ」ダニエルは、バーテンダーに合図する。「ウオッカ。グレイグースだ、もしあるならね。それに炭酸水を少々」彼はジャニーンのほうをむく。「きみは？」

「ロゼをグラスで」

「描写して語らずとは、くそくだらねえたわごとさ、花嫁の付き添い役のジャニーンちゃん」ダニエルは説教をたれる。「そいつはシド・フィールドのシナリオ教本の引用だけどね、そりゃあ小説作法にはあてはまらないのさ。小説は、すべてを語るんだ。すくなくとも最上の小説はね。小説はシナリオの模倣じゃないのさ」

「あなたのご本は中学のときに読みました」とジャニーンはいう。

「ほう、いってくれるね。なんだかよぼよぼのじいさんみたいな気分だ」

「母の愛読書でした」

ダニエルは、心臓を射ちぬかれたようなゼスチュアをする。イズメイが彼の肩をたたく。

「帰るわよ」と彼女はダニエルの耳もとでささやく。

ダニエルは彼女のあとについて車までいく。「イズメイ。待てよ」

イズメイが運転する、ダニエルは飲みすぎていて運転はできない。ふたりはクリフスに、アリス島ではもっとも地価の高いところに住んでいる。どの家も眺望がよく、そこへ通ずる道路は上り坂で、見通しも悪い、暗いカーブがたくさんあり、注意を喚起する黄色の標識がずらりと並んでいる。

「あのカーブ、ちょっとスピードの出しすぎだったよ、ダーリン」とダニエルがいう。

イズメイは、車もろとも道路を飛び出し、海に飛びこんでやろうかと考える。そう考えるだけで幸せな気分になる、自分ひとりで自殺するよりずっと幸せな気分になれるだろう。その瞬間、彼女は死にたくないと思っている自分に気づく。ダニエルに死んでもらいたい。少なくともいなくなってもらいたい。そう、いなくなって。いなくなってくれれば、ひとまずがまんしよう。

「あんたなんか、もう愛してない」

「イズメイ、なにをばかなことをいうんだ。結婚式に出るといつもこうなんだから」

「あんたは善人じゃない」とイズメイはいう。

「おれは複雑な人間なんだよ。そりゃ善人じゃないだろうが、極悪人でもない。まったく平凡な結婚にけりをつける理由にはならないね」とダニエルはいう。

「あんたはキリギリス、あたしはアリ。あたしはアリでいることにうんざりしてるの」

「そいつはまた幼稚なたとえだねえ。もっとましなたとえがあるぜ」

イズメイは車を路肩によせる。両手が震えている。

「あんたはひどい男よ。もっと許せないのは、あんたのおかげで、あたしが悪い女になってしまったことよ」と彼女はいう。

「いったいなにをおっしゃるやら」一台の車が鋭い音をたてて通りすぎるが、あまりにも近くを通っていったので、SUVの車体の側面ががたがたと振動した。「イズメイ、こんなところに車を止めるなんて、頭がどうかしてる。議論したいなら、家に帰って徹底的にやろうや」

「A・Jとアメリアといっしょにいるあの子を見るたびに、気分が悪くなるのよ。あの子は当然あたしたちのものなのに」

「なんだって？」

「マヤよ」とイズメイはいう。「あんたがまっとうなことをしていれば、あの子はあたしたちのものになったのよ。でもあんたは、あんたはなんだって真剣に取り組めないのよ。そして、そんなあんたをあたしはだまって見過ごしてきた」彼女はじっとダニエルを見つめる。「マリアン・ウォレスがあんたのガールフレンドだったことは知ってるのよ」

「それはちがう」

「嘘つき！　あの子は、あんたの目の前で自殺するためにここにやってきた。あんたにマヤを残していったのよ。でもあんたは、とんでもない不精者か、とびっきりの腰抜けか、あの子をわが子と認められなかった」

「それが事実だと思ったら、なんできみがどうにかしなかったんだよ？」とダニエルが訊く。

「だって、それはあたしの仕事じゃないでしょ！　あたしは妊娠してたのよ、あんたの浮気の尻拭いをする責任はないわよ」

また一台スピードをあげて車が通りすぎる、もう少しで側面をこすられそうになる。

「でもあんたに勇気があって、あたしに相談していたら、あたしはあの子を養女にしたわよ、ダニエル。あんたを許して、あの子を受け入れていたわ。いついいだすかと待っていたのに、あんたはなにもいわなかった。あたしは、何日も、何週間も、何年も待ちつづけてきたのよ」

「イズメイ、きみがどう思おうと勝手だけど、マリアン・ウォレスは、おれのガールフレンドじゃなかった。朗読会にやってきたファンだったのさ」

「あたしがどこまで間抜けだと思ってるの？」

ダニエルはかぶりをふる。「あれは朗読会にやってきた子で、たった一度寝たことがあるだけさ。あの赤ん坊がおれの子だと、なんでわかるんだ？」彼はイズメイの手をとろうとするが、彼女は手をひっこめる。

「変ね」とイズメイはいう。「あんたへの愛情の最後のひとかけらが、いま消えた」

「おれはまだきみを愛してるよ」とダニエルはいう。その瞬間、ヘッドライトがバック・ミラーにうつる。

衝撃は背後からやってきて、車を道路の中央に突き飛ばし、車体は二本の車線をまたぐ形になる。

「おれはだいじょうぶらしい」とダニエルがいう。「きみはだいじょうぶか？」

「脚が」とイズメイはいう。「骨が折れたかもしれない」

さらにいくつかのヘッドライトが、こんどは道路の反対側から。「イズメイ、車を動かさなきゃ」彼がふりむくと、いきなりトラックが目に入る。小説でいえば、これがひねり《ツイスト》というやつだ、と彼は思う。

ダニエルのかの有名なデビュー作の第一章で、主人公が、大惨事となる自動車事故にあう。ダニエルはこの部分で苦労した。無惨な自動車事故について彼が知っていたことは、すべて読んだ書物か、観た映画で得たものだったということに思い当たったからである。五十回にものぼる試行錯誤をくりかえした末に、やっとたどりついた描写も、彼をさほど満足はさせなかった。モダニズムの詩人のスタイルを借りたいくつかの断片。たぶんアポリネールかブルトンかといったところだろうか、だがそのいずれにもとうてい及ばなかった。

光は、彼女の眼球を膨脹させるほど眩く。
警笛は、弱々しく遅きに失する。
薄紙のようにひしゃげた金属。
肉体に痛みはない、肉体はもうどこかに
消えていたから。

そう、あんな感じだなと、ダニエルは衝撃の直後、死の寸前、そんなふうに考える。あの一節は、思っていたより悪くなかった。

第二部

父親との会話

グレイス・ペイリー
1972年

死を迎えようとしている父親と、その娘が、短篇小説を創る最良の方法について論じあっている。きみはこの話が気に入るだろうね、マヤ、きっと。ぼくはいますぐ下におりていって、きみの手のなかにこれを押しこむかもしれない。

——A・J・F

マヤの創作クラスの課題は、自分がもっと知りたいと思っている人物についての物語を書くことだ。〈私の遺伝上の父親は、私にとっては亡霊である〉と彼女は書く。書き出しはいいと思うけれど、この先をどう書いていけばいいだろう？　書いた二百五十語と午前中いっぱいをむだにして、彼女はようやく敗北を認める。そもそも語るものがなにもない、だって彼女はその人物についてなにも知らないのだから。彼女にとってはほんとうに亡霊なのだ。失敗はそもそもその構想にあった。

A・Jは、マヤにグリルド・チーズ・サンドイッチをもっていってやる。「調子はどうだい、ヘミングウェイ？」

「いつだってノックしないんだから」とマヤがいう。サンドイッチを受け取ると、ドアを閉める。店の上の住まいが好きだったのに、いまはマヤも十四、アメリアもいっしょに暮らしているから、住まいがとても狭く感じられる。それにうるさいし。お店に出入りするお客の物音が一日じゅう聞こえる。こんな環境で、だれが書けるというのだろう？

絶望したマヤは、アメリアの猫のことを書く。

〈パドルグラムは、自分がプロビデンスからアリス・アイランドに移るとは、夢にも思わなかった〉

彼女は書き直す。〈パドルグラムは、自分が本屋に住むとは夢にも思わなかった〉

単なる受けねらいだ、とマヤは思う。創作クラスのバルボニ先生ならそういうだろう。

彼女はすでに、雨の視点と、とても古い図書館の本の視点から語った話を書いている。「発想は面白い」とバルボニ先生は、図書館の本の話についてはこう記している。「でもこんどは人間というものについて書いてみてはどうだろう。きみはほんとうに擬人化を自分のものにしたいのか？」

彼女は、いいえ、自分のものにはしたくないとはっきりいう前に、まず〈擬人化〉という言葉を辞書で調べなくてはならなかった。そう、こんなものは自分のものにしたくない。そうはいっても、もしそれを専門にしたら、非難されるものなのか？　子供のころは、本を読んだり、店のお客さんの生活を想像したり、ときには、ティーポットとか、本のしおりを並べる回転台とか、生命のないものの暮らしを想像したものだ。孤独な子供時代ではなかったが、彼女が親しんでいたのは、どちらかというと現実的でないものが多かった。

ほどなくアメリアがノックをする。「お勉強中？　ひとやすみしない？」

「入って」とマヤがいう。

アメリアはベッドの上にどすんとすわる。「なにを書いてるの？」

「わからない。それが問題なの。いいアイディアがうかんだと思ったんだけど、うまくいかない」

「それは問題ね」

マヤは課題のことを説明する。「だれか大切なひとについて書けということよね。死んだひととか、たぶん、もっとよく知りたいと思うひとのこととかね」

「あなたのお母さんのことなら書けるんじゃない？」

マヤは首をふる。アメリアの気持ちを傷つけたくはないけれど、それではあたりまえすぎるような気がする。「お母さんのことだって、遺伝上の父親と同じくらい、少ししか知らないんだもの」と彼女はいう。

「二年間、お母さんといっしょに暮らしていたのよ。名前も知っているし、お母さんの過去については少しは知っているでしょ。そこからはじめられるんじゃないかしら」

「あのひとのことは、あたしが知りたいと思うことはみんな知ってる。あのひとにはいろんな可能性があった。それをなにもかも台なしにしてしまった」

「それは真実じゃないわ」とアメリアがいう。

「あのひと、あきらめたんでしょ？」

「たぶんいろいろな事情があったのよ。彼女はできるかぎりのことをやったんだと思うな」アメリアの母親は二年前に死んだ。ふたりの関係は、うまくいかないときもあったけれども、亡き母が恋しいという気持ちは、思いがけないほどはげしい。たとえば、母親は死ぬまでひと月おきに新しい下着を送ってきてくれた。アメリアはこれまで一度も下着というものを買ったことがなかった。近ごろは、ふと気づくと、いつのまにかT・J・Maxxの下着売り場に立っている。そしてパンティが重なっている棚をかきまわしながら、泣きだしてしまう。あれほどあたしを愛してくれるひとは二度とあらわれないだろう。

「死んだひとねえ？」とA・Jが夕食の席でいう。「ダニエル・パリッシュのことを書いたら？　きみは彼とは仲好しだったよ」

「子供のころはね」とマヤはいう。

「きみが作家になろうと思ったのも彼のおかげだろう？」とA・Jはいう。

マヤは目玉をぐるりと天井にむける。「ううん」

「小さいころは彼にのぼせていたんだよ」とA・Jはアメリアにいう。

「パーパア！　そんなのうそよ」

「あなたが最初に惚れこんだ作家は大物だったか」とアメリアがいう。「あたしは、ジョン・アーヴィングだったわよ」

「うそつけ」とA・Jがいう。「アン・M・マーティンだろう」

アメリアは笑いながら、ワインをもう一杯グラスにつぐ。「うん、たぶんそう」

「よかった、ふたりには、これがとってもおかしいことなのよね」とマヤはいう。「あたしはたぶん落第して、最後はたぶんあたしのお母さんみたいになるんだ」彼女はテーブルから立ちあがり、自分の部屋に走っていく。彼らの住まいは、劇的な退場にふさわしいようには作られていない。彼女は本棚に膝をぶつける。「ここは狭すぎるんだから」とマヤはいう。

マヤは自分の部屋に駆けこむと、ドアをぴしゃりと閉める。

「追いかけていくべきかね？」とA・Jは声をひそめていう。

「だめ。あの子にはスペースが必要なの。もう十代の少女なんだもの。しばらくかっかとさせておきましょうよ」

「あの子のいうとおりかもしれない」とA・Jはいう。「ここは狭すぎる」

ふたりは、結婚してからこのかた、ネットでずっと家を探している。マヤが十代になったいま、浴室がひとつしかない屋根裏の住居は、覿面《てきめん》に狭くなった。A・Jが用をたすとき、二度に一度は、マヤやアメリアとぶつからないように、店の客用のトイレを使う。あのふたりより、客のほうがずっと礼儀正しい。商売のほうも順調なので（すくなくとも安定している）、思い切って住居部分をよそに移せば、そのあとを読みきかせのスペースをもつ児童書売り場、あるいはギフトやグリーティング・カードを並べるスペースにすることができる。

アリス島で、彼らの予算内で買える家は、新婚夫婦が最初に買うような家だが、A・Jは、自分はもうそんな家を買うような年齢はとっくに過ぎていると思っている。風変わりなキッチンや間どり、小さすぎる部屋、家の土台に関する不気味な言及などなど。家探しがはじまるまでは、A・Jが『タマレーン』のことを後悔の念とともに考えた回数は、五本の指で数えられるほどだったのだが。

その夜おそく、マヤは、自室のドアの下に紙片を見つける。

マヤ

もし行き詰まっているなら、読書が役に立つ。アントン・チェーホフの「美女」、キャサリン・マンスフィールドの「人形の家」、J・D・サリンジャーの「バナナフィッシュ日和」、ZZパッカーの「ブラウニーズ」と「ドリンキング・コーヒー・エルスホエア」、エイミー・ヘンペルの「アル・ジョルソンが埋葬されている墓地にて」、レイモンド・カーヴァーの「でぶ」、アーネスト・ヘミングウェイの「インディアンの村」。

ぜんぶ、階下の店にあるはずだ。見つからないものがあったら訊きなさい、いや、きみのほうがぼくよりなにがどこにあるかぜんぶ知っているね。

愛してる、
パパより

彼女はリストをポケットにつっこんで階下におりていく、夜なので店は閉まっている。本のしおりの回転台をぐるっとまわす——あーら、こんにちは、回転台さん！——それから大人向けの小説のほうにくるっと右折する。

マヤは、自分の作品をバルボニ先生に手わたすとき、不安な気持ちで、ちょっと興奮もしていた。

「『海辺への旅』か」先生はタイトルを読む。

「砂の視点で書いてます」とマヤはいう。「これはアリス島の冬で、砂は海水浴客がいないので淋しいんです」

バルボニ先生は身じろぎをし、ぴっちりとした黒のレザーパンツをきゅっきゅっといわせる。先生は、生徒の作品のよいところを指摘して生徒たちを元気づけると同時に、学識豊かな鋭い批評眼で作品を読もうとしている。「なるほど、それだけでもう効果的な描写になっているようだ」

「冗談です、バルボニ先生。擬人化はやめようと思ってますから」

「早く読みたいものだ」とバルボニ先生はいう。

翌週、バルボニ先生は、ある作品を朗読すると告げ、だれもがちょっと背筋を伸ばす。たとえ批評の対象にされるのであっても、選ばれるというのは、胸がわくわくするものだ。

「みなさんは、どう思いますか？」先生は読みおえるとクラス全員に尋ねる。

「そうですね」とサラ・ピップがいう。「悪口いうつもりじゃないんですけど、会話がよくないと思います。あのう、その人物がなにをいいたいのかはわかりますけど、作者はなぜもっと短縮形を使わないんですか？」サラ・ピップは自分のブログ〝ペイズリー模様のユニコーン書評〟で本の批評をしている。出版社からせしめる無料の本がご自慢だ。「それからなぜ三人称なんですか？　なぜ現在形なんですか？　文章がなんだか幼稚っぽく見えます」

ビリー・リーバーマンがいう、彼は虐待された男子の主人公たちが、超自然的なものと、親という障害に打ち勝つという話を書いている。「結末はどうなったのかということが、ぼくにはさっぱりわかりません。とてもわかりにくいです」

「それは多義的表現ということだと思う」とバルボニ先生はいう。「先週、みんなでそれについて話し合ったね」

マギー・マーカキス、数学と討論法のスケジュールがかちあったので、やむなくこの選択科目をとっている彼女は、この作品が好きだという、もっともこの作品の金銭的な要素の矛盾は認めている。

アブナー・ショシェットは、複数のテーマに異議をとなえる。登場人物たちが嘘をつく話は好まない（「ぼくは、信用できない語り手にはもううんざりです」――この考えは二週間前にすでに持ち出されていた）、さらに困ったことに、彼はなにも起こらないと思っている。これはマヤの気持ちを傷つけはしない、なぜなら、アブナーの作品はどれも、すべては夢だったという同じオチで終わっているからだ。

「この作品でよいと思った点はありませんか？」とバルボニ先生が訊く。

「文の構造」とサラ・ピップがいう。

ジョン・ファーネスがいう。「とても悲しい話で、そこが好きです」ジョンは、茶色の睫毛が長く、髪型はポップ・アイドルばりのオールバック。彼は祖母の手をテーマにした話を書き、それはあの無情なサラ・ピップの涙すら誘った。

「わたしもだよ」とバルボニ先生がいう。「読者としていえば、諸君が異議を唱えたところについては、その大部分を好ましいと思った。やや形式ばった文章スタイルと、多義的表現も気に入った。信頼のおけない語り手というコメントはうなずけない。このテーマについてはもう一度話し合ってみる必要があるね。わたしは金銭上の問題の扱いがまずいとは思わない。あらゆることを考えた上で、これはジョンの作品「祖母の手」とともに、今学期の最優秀作品にあげてよいと思う。この二作品は、アリスタウン高校の代表作品として郡の小説コンテストに参加することになるだろう」

アブナーがうめく。「先生は、もうひとつのほうはだれが書いたかいいませんでした」

「ああ、そうだった。これはマヤです。ジョンとマヤのために拍手を」

マヤはあまりうれしそうな顔をしないようにする。

「こいつはびっくり仰天じゃないか？　バルボニ先生がぼくらを選ぶなんてさ」授業が終わったあと、ジョンがいう。彼はマヤのロッカーのところまでついてくるが、マヤにはなぜだかわからない。

「うん」とマヤはいう。「あんたの話、よかった」マヤは彼の話が好きだった、でもほんとうは優勝したいと思っている。一等の賞金は百五十ドルのアマゾンのギフト券とトロフィーだ。

「もし優勝したら、なにを買いたいの？」とジョンが訊く。

「本じゃないわよ。本はパパからもらえるから」

「きみはラッキーだね」とジョンはいう。「ぼくも本屋に住んでいればなあ」

「本屋の上に住んでるのよ、本屋のなかじゃなく、でもそれほどいいところじゃないわよ」

「そうかなあ」

彼は目にかぶさってくる茶色の髪の毛をはらう。「会場まで、相乗りしたいかどうか、ママが訊いてこいって」

「でも今日わかったばかりよ」とマヤがいう。

「ママのことはわかってるんだよ。ママは相乗りが好きなんだ。きみのパパに訊いてみてよ」

「そうね、パパは行きたがると思うけど、パパは運転しないのよね。だからたぶんパパは、あたしのゴッドファーザーかゴッドマザーの車で送ってもらうと思う。あんたのママだって行きたいだろうし。相乗りはないんじゃない」マヤは、もう半時間も喋っているような気がする。

彼はマヤに微笑みかける。するとオールバックの髪の毛がひょいひょいと動く。「いいんだ。たぶんいつかきみをどこかに乗せてってやるよ」

授賞式は、ハイアニスの高校で行なわれる。そこはただの体育館なのに（二種類のボールのにおいがいまもただよっている）、そして式典はまだはじまっていないというのに、みんな、教会にでもいるように声をひそめて話をしている。文学に関するとても重要な行事がここで行なわれようとしている。

二十の高校から四十作品の参加があり、そのなかから、トップの三作品が朗読されることになっている。マヤはジョン・ファーネスといっしょに、自分の作品を読む練習をしてきた。もっと息つぎをして、もっとゆっくり読むようにと、彼は助言した。彼女は息つぎと朗読の練習をしたが、それは考えるほどやさしいものではない。マヤも彼の朗読を聞いた。マヤが彼にあたえたアドバイスは、ふだんの声を使うようにということ。彼はニュースキャスターの声色をまねていた。「きみはこの声色が好きだろう」と彼はいったものだ。いまやしじゅうその声色でマヤに話しかけてくる。その声を聞くと、マヤはひどくいらつく。

バルボニ先生が、どうみてもほかの学校の先生らしいひとに話しかけている。そのひとは、学校の先生らしい服を着ている——花模様のドレスに、雪の結晶が刺繍してあるベージュのカーディガンをはおっている。そしてバルボニ先生のいうことに大きくうなずいている。もちろんバルボニ先生は、レザーパンツをはいている。そして先生はお出かけなので、レザーのジャケットを着ている——つまりレザーのスーツというわけだ。マヤは先生を父親に紹介したい、なぜなら、バルボニ先生が自分をほめる言葉をA・Jに聞かせたいから。その一方では、A・Jが恥ずかしい親であっては困る。先月お店にきた国語の先生のミセス・スマイズをA・Jに紹介した。A・Jは、先生の手のなかに本を押しつけてこういった。「この小説は気に入りますよ。すばらしくエロチックですから」マヤは死にたいと思った。

Ａ・Ｊはネクタイを締め、マヤはジーンズをはいている。最初はアメリアが選んでくれたドレスを着たのだが、こんなドレスを着ていると、この式典にすごく真剣に気をつかっているように見えそうな気がして着るのをやめた。今週はプロビデンスにいるアメリアとは、現地で落ち合うことになっていたけれど、たぶん遅れて駆けつけるだろう。ドレスのことは、きっと悲しむにちがいないとマヤは思う。

バトンが演壇をたたく。雪の結晶のカーディガンを着た先生が、アイランド郡高校短篇小説コンテストにようこそという。先生は、応募作品は多岐にわたるものであり、いずれも感動を呼ぶものであると賞賛する。自分はこの役割を愛し、どのひとたちにも受賞してもらいたいと願っている。それから先生は一番目の決勝出場者を発表する。

もちろん、ジョン・ファーネスは、決勝出場者だ。マヤは椅子の背にもたれ、耳をすます。あの話は、彼女が思っていたよりよい話だ。お祖母さんのうす紙みたいな手の描写が、マヤは好きだ。Ａ・Ｊがどんな反応をしているかと、顔を見る。彼は遠くを見るような目つきをしている。それは退屈を示すものだとマヤにはわかる。

二番目の作品は、ブラックハート高校のバージニア・キムのものだ。「旅」は中国から養子にもらわれてきた子供の話。Ａ・Ｊは二度ばかりうなずく。彼は、「祖母の手」よりこの話のほうが好きだということがマヤにはわかる。

マヤは自分の名が呼ばれないのではないかと心配になる。ジーンズをはいてきてよかった。首をまわして、いちばん早く出られる出口をさがす。アメリアが、大講堂の出口の前に立っている。彼女はマヤに親指でサインを送る。「ドレス。あのドレスはどうしたの？」アメリアが口を動かす。

マヤは肩をすくめ、「旅」を聞くために前に向きなおる。バージニア・キムは白いピーターパン・カラーのついた黒いビロードのドレスを着ている。彼女はとても静かな声で、ときには囁きをかろうじて超える程度の声で読む。まるで、みんなに身をのりだして聴いてもらいたいとでもいうようだ。

残念なことに、「旅」はえんえんと続く。「祖母の手」より五倍も長く、マヤはとちゅうで聴くのをやめる。まさか飛行機で中国にいくほどの時間はかからないわよねとマヤは思う。

もし「海辺への旅」が、上位三人に入らなくても、レセプションでこの大会のロゴ入りのTシャツとクッキーはもらえるだろう。だけど入賞しなかったら、だれがレセプションなんかに出たいものか。

もし入賞すれば、優勝しなかったと悔しがることはないと思う。

もしジョン・ファーネスが優勝しても、彼を憎まないようにしようと思う。

もし自分が優勝すれば、商品券はチャリティに寄付しよう。たとえば、社会的に恵まれない子供たちとか、孤児院とかに。
もし落選したら、それはそれでいい。賞をとるために、あるいは、課題を果たすために
この話を書いたのではない。もし課題を果たすためなら、猫のパドルグラムのことを書い
てもよかった。創作コースの成績は、合格か落第かの評価しかない。
三番目の作品が告げられ、マヤはA・Jの手をつかむ。

バナナフィッシュ日和

J・D・サリンジャー
1948年

もしあるものがよいもので、たしかによいとあまねく認められるなら、それが嫌いだという理由にはならない（注：この文章を書くのに午後いっぱいかかった。ぼくの脳が、〈あまねく認められる〉という一節を目茶苦茶にかきまわしつづけたからだ）。「海辺への旅」、郡の短篇小説コンテストのきみの参加作品は、サリンジャーの小説をちょっぴり思わせる。ぼくがこんなことをいうのは、きみが一位になるべきだったと思うからだ。一位入賞の作品は、たしか「祖母の手」だったと思うが、あれは、文体の点においても、叙述の点においても、そして情緒的見地からいっても、きみのものよりずっと単純なものだ。元気を出しなさい、マヤ。本屋としては、賞をかちとることが、セールスにはかなり重要だが、小説の質に関しては、それはほとんど関係がない。

——A・J・F

追伸　きみの短篇小説について、ぼくがいちばん望みありと思う点は、あれが、共感というものを示しているからだ。ひとはなぜひとのやることをやるのか？　これこそが偉大な小説だという品質証明なのだ。

追追伸　あえてあら探しをするなら、おそらく、あの泳ぎのトピックはもっと早めに出しておくべきだったかもしれない。

追追追伸　それに、読者はATMがなんであるか知っているだろう。

海辺への旅

マヤ・タマレーン・フィクリー
指導教師　エドワード・バルボニ
高校一年　　　　　アリスタウン高校

メアリは遅刻している。自分専用の部屋はあるけれど、バスルームはほかの六人と共用で、いつもだれかがそれを使っているような気がする。バスルームからもどると、ベビーシッターが自分のベッドに腰かけている。「メアリ、あたし、もう五分もあなたの帰りを待ってたのよ」

「ごめんね」とメアリはいう。「シャワーを浴びたかったのに、なかに入れなかったの」

「もう十一時よ」とベビーシッターがいう。「あたしは、正午までの分しかもらってないわよ、それに十二時十五分までに行かなくちゃならないところがあるし。だから帰りは遅れないようにしてもらわないと」

メアリはベビーシッターにありがとうという。ベビーの頭にキスをして、「いい子にしててね」と彼女はいう。

メアリは、英文学部の建物まで校庭を走りぬける。階段を駆けあがる。着いたときには、先生はもう帰りかけている。「メアリ、帰ろうとしていたところだよ。きみがあらわれるとは思わなかった。まあ、お入り」

メアリは先生の部屋に入る。先生は、メアリの宿題をとりだして机の上におく。「メアリ」と先生はいう。「これまでの成績は、オールAだったのに、今学期は全課目の単位をおとしている」

「すみません」とメアリはいう。「もっとがんばります」

「なにかあったのか？」と先生が訊く。「きみはずっと優秀な学生だったのに」

「なにも」メアリは唇をかむ。

「きみはこの大学の奨学金をもらっている。困ったことになったね、ここのところ成績が落ちている。このことを大学側に伝えたら、奨学金が打ち切りになるか、少なくともしばらくのあいだ停学になるだろう」

「どうかそれはやめてください！」メアリは懇願する。「どこも行くところがないんです。奨学金のお金だけがたよりなんです」

「きみのためなんだよ、メアリ。家に帰って出直すんだね。あと二週間でクリスマスだし。ご両親はわかってくださるだろう」

メアリが、寮に帰りついたときは、すでに十五分遅れている。部屋に入っていくと、ベビーシッターが眉をしかめている。「メアリ」とベビーシッターはいう。「またまた遅刻じゃないの！　あなたが遅れると、こっちも用事に遅れちゃうのよ。ごめん。あたし、ほんとにこの子が好きだけど、これ以上あなたのところのシッターはできない」

　メアリはベビーシッターから赤ん坊を受けとる。「わかった」と彼女はいう。

「それに」とベビーシッターはつけくわえる。「三回分のお金、まだもらってないわよ。一時間十ドルだから、あと三十ドル」

「こんどじゃだめかな？」とメアリは訊く。「帰りがけに現金自動預払機（ATM）によろうとおもったんだけど、時間がなくて」

　ベビーシッターは顔をしかめる。「お金を封筒に入れて、封筒の表にあたしの名前を書いて、寮のあたしの部屋においていって。クリスマス前にそのお金がどうしてもほしいのよ。プレゼントを買わなくちゃならないの」

　メアリはうなずく。

「バーイ、ベイビー」とベビーシッターはいう。「すてきなクリスマスを」赤ん坊はキャッキャッと声をあげる。

「休みのあいだ、あんたたちふたり、特別な計画でもあるの？」とベビーシッターが訊く。

「たぶんこの子をつれてママのところにいく。ママは、コネチカットのグリニッチに住んでるの。いつも大きなクリスマス・ツリーを飾るのよ、それにおいしい夕食もつくってくれるし、それからあたしもマイラも、プレゼントをどっさりもらうのよ」

「すてきじゃない」とベビーシッターはいう。

メアリは赤ん坊をだっこ紐のなかに入れ、歩いて銀行にいく。ATMのカードの残高をしらべる。預金の残高は七十五ドル十七セント。そこから四十ドル引き出し、なかに入って両替をしてもらう。

三十ドルを封筒に入れ、封筒の表にベビーシッターの名前を書く。地下鉄のトークンを買い、終点まで乗る。このあたりは、メアリの大学のある地域ほどきれいなところではない。

メアリは通りを歩いていく。金網のフェンスが玄関前にめぐらされている荒れ果てた家にたどりつく。前庭の棒ぐいにつながれた犬がいる。犬は赤ん坊にむかって吠えたて、赤ん坊は泣きだす。

「だいじょうぶよ、ベイビー」とメアリはいう。「犬はあんたに跳びつけないから」

ふたりは家のなかに入る。家はとても汚くて、そこらじゅうに子供がいる。子供もみんな汚い。子供は騒がしくて、年ごろもまちまちだ。車椅子にすわっている子や、体に障害をもつ子もいる。

「こんちは、メアリ」と障害をもつ少女がいう。「なにしにきたの？」

「ママに会いにきたの」とメアリはいう。

「あのひとは二階。具合がわるいの」

「ありがとう」

「メアリ、それって、あんたの赤ちゃん？」と障害をもつ少女が訊く。

「ううん」とメアリはいう。そして唇をかむ。「友だちのかわりに世話してるだけ」

「ハーバードはどう？」障害をもつ少女が訊く。

「すごくいい」とメアリはいう。

「きっと、オールAでしょ」

メアリは肩をすくめる。

「すぐ謙遜するんだから、メアリは。いまでも水泳チームで泳いでるの？」

メアリはまた肩をすくめる。ママに会いに階段をのぼっていく。

ママは、病的に肥満した白人の女性。メアリはやせっぽちの黒人の少女。ママは、メアリと血のつながった母親ではない。

「こんにちは、ママ」とメアリはいう。「メリー・クリスマス」メアリは太った女の頬にキスをする。

「あら、メアリ。ミス・アイヴィー・リーグ。あんたが里親の家に戻ってくるなんて夢にもおもわなかった」

「ええ」

「それ、あんたの赤ちゃん？」とママが訊く。

メアリはためいきをつく。「ええ」

「なんてこった」とママはいう。「あんたみたいに賢い子が、自分の人生を台なしにするなんて。セックスはぜったいしちゃだめだって、あんたにいわなかったかい？　避妊具はちゃんと使うようにっていわなかったかい？」

「ええ、いったわよ、ママ」メアリは唇をかむ。「ママ、あたしとこの子と、しばらくここにおいてもらえないかしら？　生活を立てなおすために、休暇をとることにしたの。そうしてもらえるととても助かるんだけど」

「ああ、メアリ。そりゃ助けてやりたいよ、でもこの家はもういっぱい。あんたがいられる部屋はないんだ。あんたは年をくいすぎてるから、マサチューセッツ州からお手当てがもらえないし」

「ママ、あたし、ほかに行くところがないの」

「メアリ、あんたがやるべきことがあると思うけど。赤ん坊の父親と連絡とるべきだと思うよ」

メアリはかぶりをふる。「彼のこと、ほんとによく知らないの」

「それじゃあ、その赤ん坊を里子に出すんだね」

メアリはまたかぶりをふる。「どっちもできない」

メアリは寮の部屋に帰る。赤ん坊のものをバッグに詰める。ぬいぐるみのエルモもバッグに押しこむ。廊下の先の部屋の少女がメアリの部屋に入ってくる。

「あら、メアリ、いったいどこへ行くの？」

メアリはにっこりと笑う。「海辺まで旅をしようとおもうの」と彼女はいう。「ベビーが海辺が好きなの」

「海辺に行くにはちょっと寒いんじゃない？」と少女が訊く。

「そうでもないわよ」とメアリはいう。「ベビーもあたしも、いちばんあったかい服を着るもの。それに冬の海辺はとってもきれいなの」

少女は肩をすくめる。「そうかもね」

「あたしが小さいとき、パパがいつも海辺に連れていってくれたの」

メアリは、封筒をベビーシッターの寮の部屋においていく。電車の駅で、電車とアリス島行きの船の切符をクレジット・カードで買う。

「赤ん坊の切符はいらないんだよ」と窓口のひとがメアリに教える。

「よかった」とメアリはいう。

アリス島に着いて、メアリの目にまっさきに入ったのは本屋。あの店に入れば、自分も赤ん坊も体を温められるだろう。男のひとがカウンターにすわっている。むっつりとした表情で、コンバースのスニーカーをはいている。

クリスマスの音楽が店内に流れている。歌は「クリスマスを楽しんで」。

「この歌を聞くと、とっても悲しくなるのよねえ」とお客がいう。「こんな悲しい歌、聞いたことないわ。なんでこんなに悲しいクリスマスの歌をつくるのかしらねえ？」

「読むものを探しているんです」とメアリはいう。

カウンターの男のひとの表情がちょっぴりゆるむ。「どんな種類の本が好きなの？」

「ああ、どんな種類でも、でもあたしの好きなのは、主人公が辛い目にあうけれど、最後にはそれに打ち勝つというような本かな。人生はそうはいかないんですよね。だからそういう本が好きなのかもしれません」

本屋の主人は、あんたにぴったりの本があるといって本をとりにいくが、もどってみるとメアリはいない。「お嬢さん？」

彼は、メアリがもどってくるかもしれないと思って、その本をカウンターにおく。

メアリは海辺にいる、だが赤ん坊は連れてはいない。

彼女は水泳チームでよく泳いでいた。高校の州大会で優勝するくらいの選手だった。あの日は、三角波がたち、水は冷たく、メアリは練習不足。

彼女は泳ぎだし、灯台をすぎ、そしてもう戻ってはこない。

了

「おめでとう」とマヤは、レセプションでジョン・ファーネスに声をかける。彼女はくるくる巻いたTシャツを片手につかんでいる。アメリアがマヤの賞状をもっている。三位。

ジョンは肩をすくめる、髪の毛が前後にうごく。「きみが優勝すべきだと思っていたんだ、でもアリスタウンの二作品が決勝進出作品に選ばれたなんてさ、超すごいよな」

「たぶんバルボニ先生がいい教師なのよ」

「よければ、商品券を半分ずつにしてもいいよ」とジョンがいう。

マヤは首をふる。そんなことはしたくない。

「きみはなにを買うつもりだったの？」

「チャリティに寄付しようと思っていたの。恵まれない子供たちのために」

「本気で？」彼はニュースキャスターの声色を使う。

「あたしのパパは、ネットで買い物するのをいやがるから」

「ぼくが勝って口惜しくない？」とジョンがいう。

「ううん。あなたが勝って、あたしもしあわせよ。がんばれ、コネチカット・ホェールズ！」マヤは彼の肩をげんこでたたく。

「あいたた」

「じゃあ、またね。アリス島行きの自動車専用フェリーに乗らないとね」

「うちもだよ」とジョンがいう。「いっしょにぶらつく時間はたっぷりあるよ」

「あたしのパパは、お店が忙しいのよ」

「じゃ学校で」ジョンはふたたびニュースキャスターの声になる。

家にもどる車のなかで、アメリアは、マヤが入賞したこと、すばらしい小説を書いたことにお祝いの言葉を述べ、A・Jはなにもいわない。

A・Jはきっとがっかりしたんだわとマヤは思うが、車をおりる直前に、A・Jはいう。

「こういうものは決して公平にはいかないもんだよ。だれでも、自分の好きなものが好きなんだ。それはすばらしいことでもあり、ひどいことでもある。それはひとそれぞれの好みの問題で、ある特定の日のある特定のグループのひとたちによる評価なんだ。たとえば、三人の決勝進出者のうちの二人は女性だったね。それが、審査員を男性びいきにさせたかもしれない、ということさ。あるいは、審査員のなかに、先週お祖母さんが死んだひとがいて、そのためにあの小説が特別な効果を発揮したということかもしれない。なにが起こるかわかりゃしない。だけどぼくにわかっていることがひとつある。マヤ・タマレーン・フィクリーの「海辺への旅」は、作家によって書かれたものだということだ」彼がハグするのではないかとマヤは思ったが、彼はそうはせずマヤと握手をする、仲間に——おそらく店を訪れた作家に挨拶するように。

ある文章がマヤの頭にうかぶ。〝父がわたしと握手をしたとき、自分が作家になったことを知った〟

学年末の直前に、A・Jとアメリアはある家の購入を申し出る。その家は、店から十分の内陸寄りにある。寝室が四つ、バスルームが二つあり、若い作家が執筆をするのに必要とA・Jが考える静寂も保証されているが、だれにとっても夢の家と呼べるしろものではない。前の所有者はここで死んだ——彼女はこの家を去ることは望まなかったが、この五十数年のあいだ家の補修は怠ってきた。天井は低く、数代にわたって重ねて貼られた壁紙を剝がさなければならない。土台はがたがただ。A・Jはこれを〈十年がかりの家〉と呼ぶ。つまり〈十年以内には住めるようになるかもしれない〉という意味だ。アメリアはこれを〈プロジェクト〉と名づけ、さっそく仕事にとりかかる。最近、『指輪物語』三部作を読み終えたマヤは、この家を袋小路《バッグ・エンド》の屋敷と名づける。「だってホビットが住んでいそうな家だもの」

A・Jは娘の額にキスする。かくも素晴らしきおバカに恵まれたことがこの上なくうれしい。

告げ口心臓

E・A・ポー
1843年

ほんとうなんだ！

マヤ、たぶんきみは、アメリアの前に、ぼくに妻がいたことも、本屋になる前のぼくの職業がなんであったかも知らないだろう。かつてぼくはニコル・エバンズという名の女性と結婚した。彼女をとても愛していた。彼女は自動車事故で死に、その後長いあいだ、たぶんきみを見いだすまで、ぼくの大部分も死んでいた。

ニコルとぼくは大学で出会い、大学院に入る前の夏に結婚した。彼女は詩人を志していたが、その一方では、アドリエンヌ・リッチ、マリアン・ムーア、エリザベス・ビショップといった二十世紀の女性詩人の研究で博士号をとるべく惨めな努力をしていた。彼女はどれほどシルビア・プラスを憎んでいたことか。ぼくのほうは、アメリカ文学で博士号をとるというところまできていた。学位論文は、E・A・ポーの作品における疾病《しっぺい》の記述に関する研究だった。このテーマは、かくべつ好きだったわけではないが、そのうちにほんとうに嫌いになっていった。ニックは、文学とかかわりのある人生には、ほかにももっとましな幸せな道があるのではないかといった。ぼくは「ふうん、いったいどんな？」といった。

するとニックはいった。「書店の店主」
「もっと話して」とぼくはいった。

「あたしの故郷の町には本屋が一軒もないの、知っていた?」

「ほんとうに? アリスなら、一軒ぐらいなきゃいけない気がするけどね」

「そうよ」とニックはいった。「本屋のない町なんて、ほんとうの町じゃない」

そこでぼくたちは大学院をやめ、彼女の信託基金をとりくずしてアリスに引っ越し、のちに〈アイランド・ブックス〉となる本屋を開業した。

いうまでもなくぼくたちは、自分たちがいかなる事態に陥ろうとしているかということは知らなかった。

ニコルの事故のあと数年のあいだ、ぼくがもし博士課程を修了していたら、自分の人生はいったいどうなっていただろうかとよく想像したものだ。

いや、脇道にそれた。

これは、E・A・ポーの小説のなかで、まちがいなくもっとも世に知られた作品だ。エフェメラと記された箱のなかに、ぼくの数冊のノートと、二十五ページの学位論文(そのほとんどが、「告げ口心臓」に関するもの)が見つかるだろう。もしきみが、パパがもうひとつの人生でやったことについてもっと知りたいと思うようになったらだが。

——A・J・F

「小説のなかで、なによりいらつくのは、未解決のままでおわるやつですよ」と副署長のダグ・リップマンが、ランビアーズ提供のオードブルのなかから、四種類のミニ・キッシュを選びながらいう。〈署長特選読書会〉を何年も主催してきたランビアーズは、読書会でなにより大事なのは、手もとの本ではなく、食い物と酒だということを心得ている。

「副署長よ」とランビアーズはいう。「キッシュは三つだけだぞ、さもないとみんなにいきわたらない」

副署長は、キッシュをひとつ、トレイにもどす。「そいで、さあ、いったいぜんたいあのヴァイオリンはどうなったんですかね？　おれはなにか見落としているのかな？　とてつもなく高価なストラディヴァリウスが空中に消えるはずはないし」

「いい質問だ」とランビアーズがいう。「だれか？」

「あたしがすっごくやなのはですね」と殺人課のキャシーがいう。「すっごくやなのは、警察のお粗末な仕事ぶりですよ。ほら、だれも手袋をはめてないでしょ、あたしならどなりつけてやりますよ。ふざけんな、あんたら、犯行現場を汚染してるぞって」

「ディーヴァーの小説じゃ、そんなことはありえない」と無線係のシルビオがいう。

「みんながディーヴァーならなあ」とランビアーズがいう。

「だけど警察のお粗末な仕事ぶりよりもっといやなのは、なんでもさっさと解決されちゃうときですよ」と殺人課のキャシーがまた口をはさむ。「ディーヴァーだって、そいつはやるもんね。事件を解決するには時間がかかるんですよ。ときには何年も。ひとつの事件に長いことつきあわされることだってあるんですからね」

「いいとこ突くねえ、キャシー」

「ところで、このミニ・キッシュ、おいしいですね」

「コストコの」とランビアーズがいう。

「あたしは女のキャラクターがやだな」と消防署のロージーがいう。「婦人警官はいつだって警官の家系で、自分は元モデルなんだもの。そいで、欠点はひとつしかない」

「爪を噛む」と殺人課のキャシーがいう。「ぼさぼさ髪。大口をたたく」

消防署のロージーが笑う。「そんなの、警察のなかにいるレディはこうだという幻想《ファンタジー》だよね」

「さあね」とデイブ副署長がいう。「おれはファンタジーが好きだけどな」

「たぶん作者の狙いは、ヴァイオリンじゃないってことだろう？」とランビアーズがいう。

「もちろんそれが狙いですよ」とデイブ副署長がいう。

「たぶん狙いは、ヴァイオリンがいかにしてあらゆる人間の人生に影響をあたえるかということじゃないのか？」とランビアーズがつづける。

「はーんたーい」と消防士のロージーがいう。親指を下に突きつけるしぐさをする。「はーーんたーーーい」

カウンターのA・Jはみんなのやりとりを聞いている。アイランド・ブックスが主催する読書会は十いくつかあるが、〈署長特選〉は、これまでのところ彼のいちばんのお気に入りである。ランビアーズが彼に声をかける。「おれを援護してくれよ、A・J。あんたは、だれがヴァイオリンを盗もうがわからなくてもいいんだよな」

「ぼくの経験からいうと、わかれば、読者はおおいに満足するものですよ」とA・Jはいう。「ぼくとしては、曖昧であっても、いっこうにかまわないけど」

A・Jが、わかれば満足するといったとたんにどっとあがった一座の歓声がすべてをのみこむ。

「裏切り者め」とランビアーズがわめく。

その瞬間、ウインド・チャイムが鳴って、イズメイが店に入ってくる。一座は評議にもどるが、ランビアーズは、彼女を見つめないではいられない。イズメイはほっそりとしたウエストを強調するフレアスカートの白いサマー・ドレスを着ている。赤毛をふたたび長く伸ばし、それが顔の表情を和らげている。ランビアーズは、元妻が出窓にいつもおいていた鉢植えの蘭を思い出す。

イズメイはA・Jのところにいく。カウンターに一枚の紙をおく。「ようやく芝居の演目がきまったの」と彼女はいう。「『わが町』が五十冊はいるわね」

「あれは傑作ですよ」とA・Jがいう。

ダニエル・パリッシュの死の数年後、〈署長特選読書会〉が終わった半時間後、ランビアーズは、A・Jにある特別の質問をするのに、もう十分な時間が経過したと確信する。

「厚かましいとは思うが、あんたの義姉さんが、見てくれも悪くない警察官とデートをすることに興味があるかどうかあたってみてはくれまいか？」

「だれのことをいってるんですか？」

「おれ。見てくれも悪くない、という部分は冗談さ。自分が一等賞をもらった牛じゃないことぐらいわかってる」

「いや、だれに訊いてもらいたいのかということですよ。アメリアはひとりっ子だし」

「アメリアじゃない。つまり、あんたのもと義理の姉さん、イズメイだよ」

「ああ、なるほど。イズメイね」A・Jは口をつぐむ。「イズメイ？　ほんとに？　あのひと？」

「ああ。あのひとには、ずっと、なんていうか、気があったんだ。高校時代までさかのぼるとね。あのひとがこのおれに関心をもっててくれたわけじゃないけどね。どっちも、これから若くなるわけじゃなし、いまこそ当たってくだけろって気がしてさ」

A・Jはイズメイに電話をし、要請を伝える。

「ランビアーズ？」とイズメイは訊く。「彼？」

「いいひとですよ」とA・Jはいう。

「でもねえ……だって、これまで警官なんかとデートしたことないんだもの」とイズメイはいう。

「ずいぶんお高くとまってるように聞こえるけどなあ」

「そんなつもりでいってるんじゃないわよ、でもこれまでブルー・カラーは、あたしの好みじゃなかったから」

そういうわけで、あんたとダニエルは、うまくいっていたんだ、とA・Jは思うが、口にはださない。

「そりゃ、あたしの結婚はたしかに大失敗だったわよ」とイズメイはいう。

それから数日たったある晩、彼女とランビアーズは、エル・コラソンにいる。彼女はシーフードとステーキの合い盛りと、ジントニックを注文する。次のデートはないだろうとふんでいたから、女らしさを装う必要もない。

「たいした食欲だ」とランビアーズが意見を述べる。「おれも同じものをもらおう」

「それで」とイズメイはいう。「警官していないときは、なにしているの？」

「信じようが信じまいがかまわないけど」と彼は恥ずかしそうにいう。「本はたくさん読むんだ。たぶんあんたは、このおれがたいそうな読書家だとは思わないだろうけど。あんたは国語を教えているんだよね」

「なにを読むの？」とイズメイが訊く。

「なんでもちょっぴり。手はじめは、犯罪小説だった。まああたりまえだけど。ところがA・Jがほかの種類の本にひきずりこんでさ。文学、ってやつね。おれの好みからいうと事件が足りないんだけどね。恥ずかしながら、ヤング・アダルトが好きだな。あれは事件もどっさりだし、感情もたっぷりだしね。それからA・Jが読むものはなんでも読むよ。彼は、短篇小説が大好きで――」

「知ってる」

「それにマヤが読むものならなんでも。あのふたりと本の話をするのが楽しくてね。あれは本の虫だね。それからおれ、警官たちのための読書会をやってるんですよ。〈署長特選〉という張り紙を見たことあると思うけど？」

イズメイはかぶりをふる。

「ごめん、喋りすぎた。どうも緊張しちゃってね」

「だいじょうぶ」イズメイは酒を飲む。「ダニエルの本は読んだことある？」

「ああ、一冊。最初のやつ」

「気に入った？」

「おれには合わないな。でもとってもよく書けてたよ」

イズメイはうなずく。

「旦那が亡くなって、淋しいだろう？」とランビアーズが訊く。

「そうとはいえないわね」彼女はちょっと間をおいてからいう。「彼のユーモアがときどきなつかしくなることはあるけど。でも彼のいちばんよい部分は、彼の本のなかにあったの。寂しくなったら、いつでも彼の本を読めばいいのよ。ただ、どれも読みたいと思ったことはないけど」イズメイはちょっと笑う。

「じゃあ、なにを読むの？」

「戯曲、詩をあれこれとね。それから毎年生徒たちに教えている本があるわ。『テス』、『ジョニーは戦場へ行った』、『武器よさらば』、『オウエンのために祈りを』、ある年なんかは、『嵐が丘』、『サイラス・マーナー』、『彼らの目は神を見ていた』、『カサンドラの城』。こういう本たちは、古い友だちみたいなものよ。

なにか新しいものを選ぶときは、自分の好みを優先する、あたしのお気に入りのキャラクターは、遠い異国にいる女。インド。バンコク。あるときは、夫のもとを去る女性。あるときは、ずっと未婚を通した女性、彼女は賢明にも、結婚生活は自分にむいていないことを悟っていた。彼女が複数の恋人をもつのもいい。彼女が、白い肌を日射しから守るために帽子をかぶるのもいい。彼女が旅をして冒険をするのもいい。ホテルや、ラベルをいっぱい貼ったスーツケースの描写も好き。食べ物や衣服や宝石の描写も好き。ささやかなロマンスはいいけど、大ロマンスはごめん。話は古い時代がいい。携帯電話はだめ。SNSもだめ。インターネットはまっぴら。理想をいえば、一九二〇年代か一九四〇年代が舞台。たぶん戦争がはじまっているけど、それはたんなる背景。流血はごめん。セックスはまあいいけど、なまなましいのはたくさん。子供はごめん。子供はたいてい話をだいなしにするから」

「おれに子供はいない」とランビアーズがいう。

「現実の生活では子供もかまわないの。子供のことを本で読むのがいやなだけ。結末は幸せか、悲劇か、どちらでもかまわない。それが当然のなりゆきであれば、あとはどうでもいいの。生活を安定させて、ささやかな商売をはじめてもいいし、海で溺死してもいい。最後は、すてきな表紙がたいせつ。中身がいいかどうかはどうでもいい。醜悪なものを相手に時間をつぶしたくないの。あたしはどうも浅薄な人間らしいわね」

「あんたは、とてつもない美人だよ」とランビアーズはいう。

「並みですよ」と彼女はいう。

「とんでもない」

「美しいからといって、ひとをたやすく誘惑できるわけじゃないわよ。このことは、生徒たちにもしじゅういいきかせているの」

「それが、表紙がひどい本は読みませんという女性のいうことですかね？」

「あのねえ、あなたに警告しているの。あたしは、表紙はいいけど、中身がひどい本かもしれないのよ」

彼はうめく。「そんなことぐらい、おれだってちょっとはわかってる」

「たとえば？」

「おれの最初の結婚さ。女房は美人だったが、意地の悪い女でね」

「それであなたは、同じ過ちを二度くりかえそうと思ったわけ？」

「いんや、おれはあんたが本棚に並んでいるのを何年も見てきた。本のあらすじや宣伝文句を読んできた。学校じゃ面倒見のいい先生。ゴッドマザー。地域社会の立派なメンバー。妹の旦那や娘の面倒をみている。不幸な結婚をしたけど、きっと若すぎたんだ、でも最善はつくしてきた」

「うわべだけね」と彼女はいう。

「だけど、それだけでも、おれに先を読みたいという気を起こさせるね」彼はイズメイにほほえみかける。「デザートを注文しますかね？」

「もうほんとに長いことセックスはしてないの」とイズメイは、家に帰る途中の車のなかでいう。

「なるほど」とランビアーズはいう。

「セックスはしてみるべきだと思うの」イズメイは明言する。「あなたがお望みならだけど」

「お望みです」とランビアーズはいう。「でもそれが、あんたを二度目のデートに誘わないということなら、いやだな。あんたを手に入れるやつの、練習台になるのはごめんだ」

彼女は笑いとばし、彼を寝室に案内する。明かりをつけたままで、着ているものを脱ぐ。五十一歳の女の体がどういうものか、彼に見せたい。

ランビアーズは口笛を低く鳴らす。

「やさしいのね。でももっと前にあたしを見るべきだったわ」と彼女はいう。「傷跡がはっきり見えるでしょ」

長い傷跡が膝から腰にかけて伸びている。ランビアーズは親指でその痕をなぞる。それはまるで人形の縫い目のようだ。「ああ、見えるよ、だからといってなにかがなくなったわけじゃない」

彼女の脚は、十五カ所が骨折しており、右の骨盤と大腿骨の接合部を手術で交換しなければならなかったが、そのほかは無事だった。ダニエルは、生まれてはじめて衝撃の矢面に立ってくれたのだ。

「ひどく痛むの？」ランビアーズが訊く。「気をつけなければいけないかな？」

彼女は首をふり、服を脱ぐようにと彼にいう。


朝になると、彼女はランビアーズより先に目覚める。「朝食の用意をするわね」と彼女がいう。眠たげにうなずく彼の剃った頭にキスをする。

「こうして剃っているのは、禿げてきたから、それともこのスタイルが気に入っているから？」と彼女が訊く。

「両方ともちょっとずつ」とランビアーズは答える。

彼女はタオルをベッドにおいて部屋を出る。ランビアーズはゆっくり身支度をする。ナイトテーブルの引き出しを開け、そのなかのものをちょっとかきまわしてみる。彼女の匂いのする高そうなローションがある。自分の両手にそれをちょっとつけてみる。彼女のクロゼットを開ける。彼女の服はとても小さい。シルクのドレスがある、アイロンのきいたコットンのブラウス。ウールのタイトなスカート、それから紙のように薄いカシミアのカーディガン。どれも優雅なベージュとグレイ、衣服の状態はすべて完璧だ。クロゼットのいちばん上の棚をみる、そこには靴がもとの靴箱に入ったまきちんと並べられている。積み重ねられた靴箱の上に、子供用のプリンセス・ピンクの小さなリュックサックがのっているのに彼は気づく。

彼の警官の目は、その子供のリュックサックが場違いなことに気づく。いけないとはわかっているが、それをおろしてジッパーを開けてみる。なかに、クレヨンのジッパーつきケースとぬり絵帳が入っている。彼はぬり絵帳をひっぱりだす。表紙にマヤと書いてある。ぬり絵帳のかげにもう一冊本が入っている。うすっぺらなもので、本というよりパンフレットといったほうがいい。ランビアーズはその表紙をみる。

……………………
タマレーンとその他の詩
ボストン市民による
……………………

クレヨンの落書きが表紙を汚している。

ランビアーズは、これをどう考えていいかわからない。

彼の警官の頭脳がかちりと音をたてて動きだし、次の疑問を並べたてる。（1）これはA・Jの盗まれた『タマレーン』なのか？（2）なぜ『タマレーン』がイズメイの所有物になっているのか？（3）『タマレーン』の表紙にどうしてクレヨンが塗られたのか、だれのしわざか？ マヤか？（4）なぜタマレーンが、マヤの名前が書かれたリュックサックのなかに入っているのか？

彼は、イズメイに説明を求めるため階下に駆けおりようとして気を変える。

彼はその古書を何秒間か見つめる。

彼がすわっているところに、パンケーキのにおいがただよってくる。階下で彼女がパンケーキを焼いている姿が想像できる。きっと白いエプロンをして絹のようにやわらかなナイトガウンを着ているだろう。それともエプロンだけで、ほかにはなにも身につけていないかもしれない。それを見たら興奮するだろうな。きっとまたセックスができるかもしれない。キッチンのテーブルの上はごめんだ。映画ではたいそうエロチックに見えても、じっさいキッチンのテーブルでセックスするのは楽じゃない。たぶんカウチがいい。二階にもどるのもいい。ベッドのマットレスはとても柔らかで、あのシーツの繊維は極上にちがいない。

ランビアーズには善き警官としてのプライドがある。階下におりていき、なぜ暇乞《いとまご》いをしなければならないか、その口実を考えるべきだ。

だがあれは、オレンジジュースをこしらえている音ではないか？　シロップもあたためているんじゃないか？

本はどうせ台なしだ。

それもずっと昔に盗まれたものだ。もう十年以上も前のこと。A・Jは幸せな結婚をした、マヤは落ち着いている。イズメイは辛い目に遭った。

いうまでもなく、彼はこの女性がほんとうに好きだ。それにこれはランビアーズにはまったく関わりのないことだ。彼は本をリュックサックにもどしてジッパーを閉め、それを見つけた場所にもどす。

ランビアーズは、警官というものは、年を取るにつれ、二つの道のうちの一つを選ぶものだと信じている。彼らは、ますます独善的になるか、ならないかのどちらかなのだ。ランビアーズは、若い警官だったころほど、いまはおかたくはない。人間というものはいろいろなことをやるものだが、たいていそれなりの理由があるということもわかってきた。

彼は階下へいき、キッチン・テーブルの前にすわる。テーブルは丸く、これまで見たこともないような純白のテーブルクロスがかかっている。「いいにおいだな」と彼はいう。

「お料理をしてあげられるひとがいるのはすてき。ずいぶんごゆっくりだったわね」と彼女はいい、しぼりたてのオレンジジュースをグラスに注いでくれる。彼女のエプロンはターコイズ・ブルーで、黒のスポーツウェアを着ている。

「ねえ」とランビアーズはいう。「あんた、マヤのコンテストにだした短篇小説を読んだか？　あの子は楽勝すると思ってたよ」

「まだ読んでないの」とイズメイはいう。

「あれは、あの子の母親の人生の最後の日を、マヤなりの解釈で描いた話だよ」

「あの子はとても早熟なのよ」とイズメイはいう。

「マヤの母親がなぜアリス島を選んだのか、ずっと不思議だった」

イズメイはパンケーキをぽんとひっくりかえし、そしてもう一枚ひっくりかえす。「ひとがなぜそれをするのかなんて、だれにもわからないんじゃない？」

アイロン頭

エイミー・ベンダー
2005年

改めてここに記しておくが、すべての新しいものが、すべての古いものより悪いわけではない。

かぼちゃの頭部をもつ両親に、アイロンの頭部をもつ赤ん坊が生まれる。思うに、実に明らかな理由から、近ごろこの話をぼくはたびたび考えている。

――A・J・F

追伸　また気がつくとぼくは、トバイアス・ウルフの「脳内の銃弾」についても考えている。これも一度読むといい。

クリスマスがA・Jの母親を運んでくる、彼女はA・Jにはまったく似ていない。ポーラは小柄な白人の女性で、灰色の長い髪は、十年前にコンピューター会社を退職してからずっと切ったことがない。退職後はほとんどアリゾナで過ごしてきた。石ころに色を塗って宝石を作る。刑務所の囚人たちに読み書きを教える。シベリアン・ハスキーを救う。毎週ちがうレストランに行くようにしている。だれかとデートをする——女性でも男性でも。彼女はそれを大事件と騒ぐ必要も感じないまま、両性愛にするりと入っていった。七十歳、いつも新しいことに挑戦していなければ、死んだほうがましと思っている。家族のためにまったく同じ包装の同じ形のプレゼントをもってくる、家族三人にまったく同じプレゼントをもってきたのはじゅうぶん考えた上だという保証つきで。「これなら家族みんなが感謝して使ってくれると思ったからね」

マヤは、包み紙を開けおえないうちに中身がなにかわかっている。学校で見たことがあった。近ごろはみんながこれをもっているらしいのに、彼女のパパは許してくれない。マヤは包み紙を開くスピードを落として時間を稼ぎながら、祖母と父親をなるべく怒らせないような反応はないかと、一生けんめい考えている。

「電子書籍リーダーだ！　これって、ずーっと前から欲しかったの」マヤは父親にすばやい視線を投げる。彼はうなずくけれども、眉がぴくりとあがる。「ありがとう、おばあちゃん」マヤは祖母の頰にキスをする。

「ありがとう、マザー・フィクリー」とアメリアがいう。彼女はすでにリーダーを仕事に使っているが、それは内緒にしておく。

A・Jはプレゼントの中身を知るなり、包みを開ける手をとめる。包んだままにしておけば、だれかにそのまま進呈できる。「ありがとう、母さん」とA・Jはいい、舌を嚙む。

「A・J、しかめつらしているのね」母親が気づく。

「してませんよ」と彼はいいはる。

「ご時世に遅れないようにしないとね」と母親はつづける。

「なぜそうしなければならないんだ？　ご時世ってそんなにごたいそうなものなのか？」

A・Jはときどきそのことを考える、この世でもっともよいものが、肉から脂身が切り取られるように徐々に切り取られていくのではないかと。最初は、レコード店だった、それからビデオの店。それから新聞や雑誌の販売店、そしていまやチェーンの大型書店もいたるところで姿を消しつつある。彼の見方では、チェーンの大型書店のある世界よりもっと悪いのは、チェーンの大型書店がまったくない世界だ。すくなくとも大型書店は、売るものは本で、薬でも角材でもない！　すくなくともそういう店で働く連中の一部は、文学の学位をもっており、本の読み方や、ひとびとのために本を管理する方法を知っている！　すくなくとも大型書店は、出版社のくずを一万部売ることができる、それゆえアイランドも、文学作品を百部売れるというわけだ！

「老いこむもっとも簡単な方法は、テクノロジーにおくれをとることよ、A・J」二十五年間、コンピューター会社で働いたあげくに、A・Jの母親は、かなりの額の年金と、この意見を手に入れた、とA・Jは容赦なく考える。

A・Jは深呼吸をし、水をがぶがぶ飲み、もう一度深呼吸をする。脳が破裂しそうな感じがする。母親はめったにやってこないから、せっかくの時間を台なしにはしたくない。

「パパ、ちょっと顔が赤くなってる」とマヤがいう。

「A・J、気分が悪いの？」と母親が訊く。

彼はコーヒー・テーブルに拳をおろす。「母さん、あんたにはわからないのか、あのおぞましい器械が、人手を借りずにぼくの商売を破滅させるばかりか、もっとひどいのは、何世紀もつづいてきた活気あふれる書籍文化を、軽率にも急激な衰退へと導いているという事実が?」とA・Jは訊く。

「あなたは、おおげさなのよ」とアメリアがいう。「落ち着いて」

「なんで落ち着かなくちゃならないんだ? ぼくは今という時が嫌いなんだ。ぼくはあいつが好きになれない、わが家にあるこの三つも嫌なんだよ。うちの娘には、麻薬《クラック》用のパイプみたいな害の少ないしろものを買ってくれたほうがよっぽどましだ」

マヤがくすくす笑う。

A・Jの母親は、いまにも泣きだしそうに見える。「みんなを困らせるようなことはしたくはなかったんだけどねえ」

「いいんですよ」とアメリアがいう。「すばらしい贈り物ですもの。わたしたちみんな、本を読むのが大好きだし、みんなよろこんでこれを使うと思います。ほんとにA・Jときたらおおげさなんですから」

「わるかったわ、A・J」と彼の母親はいう。「あんたが、こういうものにそんなに強い反感をもっているとは知らなかった」

「訊いてくれればよかったんだ!」

「おだまり、A・J。謝ることはありませんよ、マザー・フィクリー」とアメリアがいう。「読書好きの家族にとっては完璧な贈り物だわ。たくさんの書店が、従来の紙の本といっしょに電子書籍も売ることを考えているんですよ。A・Jは自分がただ——」

A・Jが口をはさむ。「そりゃ、うそっぱちもいいとこだ、エイミー！」

「ほんとに失礼だわ」とアメリアはいう。「頭を砂に埋めて、電子書籍リーダーなんて存在しないってふりなんかできないのよ。そんなふうに物事をかたづけるものじゃないわ」

「焦げくさくない？」とマヤが訊く。

そのとたんに火災報知機が鳴りだす。

「わっ、たいへん！」とアメリアがいう。「牛の胸肉が！」彼女はキッチンに駆けこみ、A・Jもそのあとを追う。「携帯のタイマーをセットしておいたのに、鳴らなかった」

「クリスマスの邪魔をしないように、マナーモードにしておいたんだ！」とA・Jがいう。

「なんですって？　わたしの携帯にさわらないで」

「オーブンについてるタイマーをどうして使わないんだ？」

「わたしはあれを信用してないの！　あなたは気がついていないだろうけど、あのオーブンは、この家にあるあらゆるものと同じ、百歳はいってるわよ」アメリアは、炎をあげている胸肉をオーブンから出しながら叫ぶ。

胸肉が台なしになってしまったので、クリスマスのディナーは、すべて副菜のみとなる。

「あたしは、副菜がいちばん好きなの」とA・Jの母親がいう。

「あたしもよ」とマヤがいう。

「ものたりないね」とA・Jがつぶやく。「腹の足しにならない」頭痛がするので、赤ワインを何杯か飲んだけれども効き目がない。

「どなたか、A・Jにワインをまわしてくれるように頼んでくださいません？」とアメリアがいう。「どなたか、A・Jに、ボトルを独り占めしてるといってやってくださいません？」

「よく熟成している」とA・Jはいう。彼はアメリアのグラスにワインを注ぐ。

「ほんとのことといって、あれを試してみるのが待ちきれないのよ、おばあちゃん」とマヤがうちひしがれた祖母にささやく。「ベッドに入るまで待ってるつもりだけど」マヤはA・Jのほうに目をむける。「わかるでしょ」

「それがいいわね」とA・Jの母親がささやきかえす。

その晩、ベッドのなかで、A・Jはまた電子書籍リーダーのことをもちだす。「あの奇妙な仕掛けのほんとうの問題が、きみにはわかっているのか？」

「これからご説明くださるんでしょ」アメリアはペイパーバックから目を上げずにいう。

「だれもかれも、自分はよい好みをもっていると思っているけどね、たいていの人間がよい好みなんかもってないんだ。じっさい、ほとんどの人間がひどい好みをもっているといいたいね。連中の好きなようにさせておいたら——文字どおりやつらが好むままに器械で読むようになったら――みんなクソを読むばかりで、違いなんかわかりゃしないんだ」

「電子書籍リーダーのいいとこをご存じですか？」とアメリアが訊く。

「いいや、楽天家マダム」とA・Jがいう。「知りたくもないね」

「あのね、だんだん老眼になっていく夫をもつわたしどもにとって、まあ、だれさんとは申しませんけど。どんどん中年になっていって視力がおちていく夫をもつわたしどもにとって。いたましくも哀れな半人間を背負うわたしどもにとって――」

「さっさといえよ、エイミー！」

「電子書籍リーダーは、そういう罰当たりの生きものたちのために、本の文字を好きなだけ拡大してくださるのよ」

　A・Jは無言である。

　アメリアは本をおき、満足の笑みをむけようと夫のほうを見ると、夫はぴくりとも動かない。A・Jは、突発的な一時的発作に襲われている。この発作はアメリアの心配の種だが、あまり心配しないよう自分にいいきかせている。

　一分半後に、A・Jは回復する。「ぼくはずっと遠視気味だけどね」と彼はいう。「中年であることとは関係ない」

　彼女はクリネックスでA・Jの口もとの唾を拭きとってやる。

「えっ、ぼくは失神したのか？」とA・Jが訊く。

「そう」

A・Jはアメリアからティッシュをひったくる。彼はこんなふうに世話をしてもらうのを好むタイプではない。「どのくらいのあいだ?」

「九十秒くらい、かな」アメリアは口をつぐむ。「これは長かったの、それとも平均値?」

「たぶんちょっと長いかもしれないが、だいたい平均値だよ」

「検査を受けるべきだと思わない?」

「いや」とA・Jはいう。「もう、チャイヴ《えぞねぎ》のころから、やっているから」

「チャイヴ?」と彼女は訊く。

「チャイルド《こども》。ぼく、なんていったの?」A・Jはベッドから起き出し、バスルームにむかう、アメリアがそのあとについていく。「たのむ、エイミー。少しほっといてくれ」

「ほっとけない」と彼女はいう。

「オーケー」

「お医者に診てもらってちょうだい。感謝祭からこちら、三度もこういうことがあったのよ」

A・Jはかぶりを振る。「ぼくの健康保険はクズだもの、エイミーちゃん。それにドクター・ローゼンは、これはあなたが何年も前から起こしているものと同じものだというにきまっている。三月には、例年どおり定期検診を受けるつもりだから」

アメリアはバスルームに入る。「ドクター・ローゼンから、新しい薬がもらえるかもしれないでしょ？」彼女は、A・Jとバスルームの鏡のあいだに体をこじいれ、豊かな尻を、先月そなえつけたばかりのダブル・シンクの新しいカウンターにのせる。「あなたはとっても大事なひとなの、A・J」

「大統領じゃあるまいし」と彼はいいかえす。

「あなたはマヤの父親。それからあたしが命をかけた恋人。そしてこの土地に文化を提供するひと」

A・Jは目玉をぐるりと上にむけ、楽天家アメリアの口にキスをする。

クリスマスと新年がすぎ、A・Jの母親はめでたくアリゾナに帰る。マヤの学校がはじまり、アメリアも仕事がはじまる。休暇のシーズンのほんとうの贈り物は、それが終わることだ、とA・Jは思う。彼は日常の仕事が好きだ。朝食の用意をするのが好きだ。店までジョギングをするのが好きだ。

彼はジョギングウェアを着ると、いいかげんなストレッチをし、耳の上からヘッドバンドをし、バックパックを背負い、店まで走る用意をする。いまはもう店の二階に住んではいないので、彼のルートは、ニックが生きていたころ、マヤが赤ん坊だったころ、アメリアと結婚して一年目のころとは逆方向だ。

イズメイの家の前を走りすぎる、それは彼女が、かつてはダニエルと住んでいた、そしておよそ考えられないことだが、現在ランビアーズと同居している家だ。彼はまた、ダニエルが死んだ現場を駆けぬける。古いダンス・スタジオの前を走りぬける。あのダンス教師はなんという名前だったっけ？　彼女が少し前に、カリフォルニアに移ったことは知っている。だからダンス・スタジオは空き家だ。アリス島の小さな子供たちに、これからだれがダンスを教えてくれるのだろう？　マヤの小学校の前をすぎ、中学校の前をすぎ、高校の前を通りすぎる。高校。マヤにはボーイフレンドがいる。あのファーネス少年は作家だ。ふたりがしじゅう議論をしているのを聞いている。近道するために原っぱを走りぬけ、もうじき、キャプテン・ウィギンズ通りを走りぬけるというところで、彼は意識を失う。

気温は零下六度、意識がもどったときは、氷の上にのっていた手が紫色になっている。彼は立ちあがり、ジャケットで両手をこする。これまでジョギングの最中に意識を失ったことはない。

「マダム・オレンスカだ」と彼はいう。

ローゼン医師は、彼のためにあらゆる検査をする。A・Jは年齢のわりに健康だが、目に、医師が首をかしげるような異常があるらしい。

「ほかになにか異常はありませんでしたか？」と女性医師は訊く。

「そう……たぶん単に歳をとったということですが、近ごろときどき、言葉で失敗するんです」

「言葉で失敗する？」と彼女はいう。

「自分で気がつきます。それほどひどいわけじゃありませんが。ときどき言葉をまちがえるんです。チャイルド《こども》をチャイヴ《えぞねぎ》といったり。先週なんか、『グレイプス・オブ・ラース《怒りの葡萄》』をグレイプフルーツ・ラグ《グレープフルーツの芯》といったんですよ。こういうことは、わたしの仕事方面では問題が生じるわけです。どこまでも自分では正しいことをいっているつもりなんですが。妻は、発作止めの薬があるかもしれないといいましてね」

「失語症ね」と医者はいう。「なんだかいやな言葉だけど」A・Jの病歴を考え、医者は、彼をボストンの脳の専門医のところに送りこむことにする。

「モリーはどうしてます？」とA・Jは話題を変える。あの無愛想な店員が、彼の店にあらわれなくなってから六、七年経っている。

「なんとか入れてもらって……」そして医者は、創作コースの名前をあげるが、A・Jは聞く気もない。彼は自分の脳のことを考えている。そして正常に機能していないもののことを考えるために、機能していないものを使わなければならないのは奇妙だと気づく。

「……あの子は偉大なアメリカ小説を書くつもりでいるらしいわ。これはあなたとニコルの責任じゃないかしら」と医者はいう。

「百パーセント責任を負いますよ」とA・Jはいう。

多形性膠芽腫《こうがしゅ》（GLIOBLASTOMA MULTIFORME）。

「綴りを教えていただけませんか？」とA・Jは訊く。この面談には、だれも連れてはこなかった。確かなことがわかるまでは、だれにも知られたくはない。「あとでグーグルで調べたいので」

この悪性腫瘍《しゅよう》は非常に珍しく、マサチューセッツ総合病院の腫瘍専門医も、学術書で一度、あとは『グレイズ・アナトミー』というテレビ・ドラマで一度見ただけだった。

「学術書の症例はどうなりましたか？」とA・Jは訊く。

「死亡。二年後に」と腫瘍専門医はいう。

「生きる価値のある二年？」

「一年はまあまあといったところかな」

A・Jはセカンド・オピニオンを求める。「それでテレビ・ドラマのほうは？」

腫瘍専門医は笑う、耳ざわりなチェーンソーみたいなわざとらしい高笑いだ。ほら、癌てこんなに愉快なものですよ。「夜のメロドラマをもとに、将来の見通しをたてるべきだとは思いませんね、フィクリーさん」

「どうなりましたか？」

「患者は手術を受け、ドラマの一、二回分は生きている、患者はこれで全快したと思って、ガールフレンドのドクターにプロポーズする、そのあと脳の腫瘍とはまったく無関係な心臓発作を起こして次の回で死ぬ」

「はあ」

「わたしの妹はテレビ・ドラマの脚本を書いているんですけどね、テレビ作家は、こういうのを三話完結型ドラマと呼んでいるらしいですよ」

「するとわたしは、三話完結型ドラマの三回分の時間と二年という年月のあいだあたりまで生きのびられるわけですね」

腫瘍専門医のチェーンソーがふたたび笑う。「いいですね。ユーモアはなによりだ。その判断はほぼ正しいといってよいでしょう」腫瘍専門医は、手術の日をさっそく決めたいという。

「すぐに？」

「あなたの症状は、発作のかげに隠されていたんです、フィクリーさん。CTの画像をみると、この腫瘍はかなり進行しています。わたしがあなたなら、ぐずぐずしていませんね」

手術料は、家のローンのほぼ頭金ぐらいの額である。A・Jの中小企業者むけの安い保険でどこまでカバーできるかわからない。「もし手術をしたら、わたしは、どのくらいの時間が稼げるんでしょうか？」とA・Jは訊く。

「どれだけ摘出できるかによりますね。ぜんぶ切除できれば十年。できなければ、おそらく二年。あなたの腫瘍は、ふたたび成長するという忌むべき傾向がありますね」

「腫瘍を摘出することに成功しても、わたしは植物人間になるんでしょうか？」

「植物人間という用語は使いたくないんです、フィクリーさん。でも腫瘍は、左の前頭葉にあります。ときどき言語障害に見舞われるかもしれませんね。失語が増えるとか、いろいろとね。とはいっても、あなたがあなたでなくなるほどの切除はしないつもりですよ。むろん、処置せずにほうっておけば、腫瘍はますます大きくなり、脳の言語中枢の大半がなくなってしまう。治療の有無を問わず、いずれそうなるのは目に見えています」

A・Jは、不思議なことに、プルーストを思い出す。『失われた時を求めて』は全巻読んだふりをしているが、A・Jは、あの第一巻を読んだにすぎない。そこまで読むのにもたいへんな努力がいった。いま思うのは、少なくとも自分は残りを読む必要がないということだ。

「これについては妻と娘に相談しませんと」

「ええ、もちろんです」と腫瘍専門医はいう。「だがあまり遅れないように」

電車のなかで、アリス島にもどるフェリーの上で、彼はマヤの大学と、一年足らず前に購入した家のローンを支払うアメリアの財政的能力について考える。キャプテン・ウィギンズ通りを歩くころには、自分のもっとも身近な、もっとも愛する連中を無一文にしてしまうような手術は受けられないと、心にきめている。

A・Jは家にいる家族と顔を合わせたくないので、ランビアーズに電話をし、二人はバーで落ち合う。

「いいお巡りの話をしてくださいよ」とA・Jがいう。

「いいお巡りを書いた話か、それとも警察官が登場する面白い話か、どっちかな？」

「どっちでも。まかせますよ。自分の悩みをいっとき忘れるような、なにか楽しい話がいい」

「どんな悩みを抱えているのかね？　まっとうな女房。まっとうな子供。順調な商売」

「あとで話しますよ」

ランビアーズはうなずく。「ようし。まかせてくれ。そう十五年ぐらい前にね、ひとりの子供がいてね、アリスタウンに通ってる。やつはもう一カ月も学校に行っていない。毎日、両親には学校へ行くといい、学校にはあらわれない。やつを学校に連れていっても、こっそり抜け出し、どこかへ行ってしまう」

「どこへ行くんです？」

「うん。両親は、やつが、なにかひどいトラブルに巻きこまれているんじゃないかと心配する。やつはひとすじなわではいかない子で、ごろつきどもとつるんでいる。そいつらはどいつも学校の成績は悪いし、ズボンは尻まで下げてるような連中だ。やつの両親は海岸に食べ物の屋台を出していて、金はあまりない。ともかく両親は万策つきる、そこでおれは、一日その子のあとをつけることにする。やつは学校へ行く、それから一時限と二時限のあいだに学校を抜け出す。あとをつけていくと、やつは最後に、これまでおれが一歩も足を踏み入れたことのない建物にたどりつく。大通りとパーカー通りの交差点の近所だ。おれがどこにいるかわかるね？」

「図書館ですね？」

「ビンゴ。あのころのおれは本なんかろくに読んじゃいない。それでやつのあとをつけていくと、やつは階段をのぼって、奥にある個人用閲覧席に入っていく。おれは考えたね、やつはきっとそこでドラッグかなんかやるんだろうと。完璧な場所だ、なあ？　ひとはいないし。だがやつがなにを持っていたと思う？」

「本でしょう。そうにきまってるな？」

「やつは分厚い本を一冊もっていた。やつは『インフィニット・ジェスト』のまんなかへんを読んでいた。あんた、この本のこと聞いたことがあるかね」

「やれやれ、作り話なんですね」

「その子は『インフィニット・ジェスト』を読んでいる。やつがいうには、家には弟や妹が五人もいて、そいつらの面倒をみなきゃなんない、学校では仲間にからかわれるから読めない。そこで本をゆっくり読むために学校を抜け出す。あの本は神経の集中が必要だ。〝聞いてよ、おじさん《オンブレ》〟とやつはいう。〝学校で習うことなんかなにもないんだ。みんなこの本のなかに書いてあるから〟」

「なるほど、その子はラテン・アメリカ系だな、オンブレという言葉を使ったところをみると。アリス島にはラテン・アメリカ人は大勢いるんですかね？」

「少数だ」

「それでどうしたんですか？」

「やつを学校へひきずっていった。校長はおれに訊いた、この子にどんな罰をあたえるべきかとね。そこでおれはその子に訊いた、あの本を読みおえるにはあとどのくらいかかるのかい。やつは〝二週間ぐらい〟という。そこでおれは、ずる休みの罰として二週間の停学に処するようにと進言する」

「まったくの作り話だ」とA・Jはいう。「認めなさいよ。その問題児は、『インフィニット・ジェスト』を読むために学校を逃げ出したりはしなかった」

「ほんとなんだ、A・J。神に誓うよ」だがそこでランビアーズは大声で笑いだす。「あんた、暗い顔してたからな。ちょっぴり元気の出る話をしてやりたかったんだ」

「ありがとう。ほんとにありがとう」

A・Jはもう一杯ビールを注文する。

「それで、おれになにを話したかったのかね？」

「あんたが『インフィニット・ジェスト』を持ちだすなんて笑えるな。それにしてもどうしてあの本を選んだんですかね？」とA・Jがいう。

「あの本はおたくの店でいつも見てたんだよ。棚のスペースをどっさりとってるもんな」

A・Jはうなずく。「一度そのことで、友人と大議論をたたかわしたことがある。そいつはあれが好きだった。ぼくは嫌いだった。だがその議論のなんとも滑稽なところは、いまぼくが告白しようとしていることと……」

「うん？」

「じつはぼく、あれを最後まで読んでいないんですよ」とA・Jは笑う。「あれとプルーストを、ぼくの未読了リストにのせられるとは、やれやれだ。ところでね、ぼくの脳がこわれましてね、ええと」彼は紙片をとりだして読みあげる。「多形性膠芽腫。植物人間になって最後には死ぬ。しかし少なくとも進行は早い」

ランビアーズはビールをおく。「手術かなんか、手だてがあるんじゃないか」と彼はいう。

「あるけど、十億ドルもかかるんだ。それも進行を遅らせるだけ。ぼくの命をせいぜい二カ月ばかり引き延ばすために、エイミーやマヤを文なしにはしたくない」

ランビアーズはビールを飲みおわる。バーテンにもう一杯くれと合図する。「あのふたりに決めさせるべきだと思うがね」とランビアーズがいう。

「あのふたりは情にもろいから」とA・Jはいう。

「それでいいじゃないか」

「ぼくがやるべきは、このいまいましい脳をふっとばすことなんだ」

ランビアーズはかぶりをふる。「マヤをそんな目に合わせるのか？」

「脳死状態の父親を抱えて、大学へ行く金もないというのが、あの子にとっていいとでもいうんですか？」


その晩、ベッドに入り、明かりを消したあとで、ランビアーズはイズメイをひきよせる。

「愛してるよ」と彼はいう。「それからこれは知っておいてもらいたいんだがね、あんたが過去になにをやっていようと、おれはそれであんたを批判するような真似はしない」

「わかった」とイズメイはいう。「もうねむたいから、あんたがなにをいっているのかよくわかんない」

「おれは、クロゼットのなかのリュックサックのことは知っているんだよ」ランビアーズはささやく。「あの本があそこにあることも知っている。どうしてあの本があれに入っていたかは知らないし、知る必要もない。だけど、あれは正当な持ち主に返すのが筋というもんだよ」

長い間があり、ようやくイズメイがいう。「あの本は傷ものなの」

「だがね、たとえ傷ものになった『タマレーン』でも、かなりの値打ちがあるんじゃないか」とランビアーズはいう。「クリスティーズのウェブサイトを調べてみたんだが、市場に出た最後のものは、五十六万ドルだった。だからたぶん傷ものになったものでも五万ドルぐらいはいくだろう。それにA・Jとエイミーはいま金がいるんだよ」

「なんでお金がいるの？」

彼はA・Jの腫瘍のことを打ち明け、イズメイは両手で顔をおおう。

「思うにはだ」とランビアーズはいう。「あの本の指紋を拭きとって、そいつを封筒に入れて返すんだ。本がどこから、だれの手で送られてきたかなんてことは、だれも知る必要はない」

イズメイはベッドサイドの明かりをつける。「いつから、あのことを知っていたの？」

「この家にはじめて泊まった晩から」

「あなたは気にしなかったの？　どうして通報しなかったの？」イズメイの目は鋭い。

「だって、おれの知ったことじゃないからさ、イジー。警察官として、あんたの家に招かれたわけじゃないしね。それにあんたのものをひっかきまわす権利は、おれにはなかったし。これにはなにかわけがあるんだなと思ったよ。あんたはいいひとだもの、イズメイ、気楽な人生を送ってきたわけでもなし」

イズメイは半身を起こす。両手が震えている。クロゼットに歩みよると、リュックサックをひきずりおろす。「なにがあったか、あんたに知ってもらいたいの」と彼女はいう。

「知らなくていいんだ」とランビアーズはいう。

「おねがい、話したいの。口をはさまないで。口をはさまれたら、話したいことをぜんぶぶちまけることができないから」

「わかった、イジー」と彼はいう。

「マリアン・ウォレスがはじめて会いにきたとき、あたしは妊娠五カ月だった。あの娘《こ》はマヤを連れていた、子供は二歳ぐらいだったわ。マリアン・ウォレスはとても若くて、とてもきれいで、とても背が高くて、目の色は疲れたような黄褐色だった。あの娘はこういったわ。〝マヤはダニエルの娘です〟だからあたしはこういった――こんなこと自慢にはならないけど――〝あんたが嘘をついてないと、どうしてあたしにわかるの？〟あの娘が嘘をついていないことは、ようくわかっていた。だって夫のことはよくわかっていたもの。あのひとの好みは知っていた。彼はね、あたしと結婚したその日から、おそらくその前から、浮気をしつづけていたのよ。でもあのひとの本は、少なくともデビュー作は大好きだったわ。彼のどっか奥深いところに、あの本を書いた人物がきっといるはずだって気がしてたの。あんな美しい話を書く人間が、こんな醜い心をもっているはずがないもの。でもそれが――真実なの。彼は素晴らしい作家で下劣な人間だった。

だからといってダニエルを非難できない。あのときあたしが演じた役割を、彼のせいにはできないわ。あたしはマリアン・ウォレスにむかってわめいたのよ。あの子は二十二だったけど、子供みたいに見えた。〃ここにやってきて、ダニエルの子をみごもったといいはるふしだらな女は自分がはじめてだと、あんた、思ってるの？〃

あの子は詫びた、詫びつづけた。そしてこういったのよ。〃このベビーは、ダニエル・パリッシュの人生に入りこむ必要はないんです〃――あの子は彼をずっとフルネームで呼んでいた。彼のファンだったのよね。彼を尊敬してたのよ。〃このベビーは、ダニエル・パリッシュの人生に入りこむ必要はないんです。あたしたち、もう二度とご迷惑はおかけしません、神に誓います。ただ新しい生活をはじめるのに、ほんの少しお金がいるんです。前に進むために。彼は助けるといってくれましたけど、どこを探しても見つからないんです〃それは当然だった。ダニエルはいつも旅ばかりしていたから――スイスの学校に作家として招聘されたり、これといった企画には結びつかなかったけど、ロサンジェルスにもちょくちょく出かけていたから。

〃わかった〃とあたしはいったの。〃あのひとに連絡してみる、そうすればあたしになにができるかわかるから。あなたの話がほんとうだと彼が認めたら――〃でもあたしには、それがほんとうのことだとわかっていたのよ、ランビアーズ！　〝もしあなたの話がほんとうだと彼が認めたら、たぶんなにかしてあげられると思う〟あの娘は、どうやってあたしに連絡をとればいいか知りたがった。こっちから連絡するってあたしはいったの。

その晩電話でダニエルと話をした。ごきげんな会話だったから、マリアン・ウォレスのことは持ちださなかった。あのひと、あたしの身を心配してくれて、ベビーの誕生にそなえて、いろんな計画をたてはじめたのよ。〝イズメイ〟と彼はいった。〝ベビーが生まれたら、おれは心を入れかえるぜ〟そんな言葉は前にも聞いたわ。〝いいや、おれは本気だ〟と彼はいいはった。〝旅に出る回数も減らす。家にずっといるようにして、どんどん本を書いて、きみとじゃがいもちゃんの面倒もみるよ〟あのひとはもともと口がうまいけど、あたしの結婚生活は今夜からすっかり変わるんだとあたしも信じたかったのよ。あたし、その場ですぐに決めたの、マリアン・ウォレスの問題は自分で片をつけよう。あの娘にお金をあたえて追い払おうって。

この町のひとたちは、あたしたち一家にはお金がたくさんあるって思いこんでいた。ニックもあたしも、それぞれささやかな信託基金はもっていたけど、それほど高額なものじゃなかったの。ニックはお店を買うために自分のものを使ったし、あたしは、この家を買うために自分のものを使ったわ。あたしに残っていたものは、亭主がせっせと使ってくれたし。彼のデビュー作はよく売れたけど、そのあとの本の売れ行きはどれもさっぱりだった。それなのに彼はいつも贅沢三昧、収入は不安定なくせに。あたしはたかが学校の教師。ダニエルとあたし、世間には裕福に見えてたけど、ほんとうは貧乏だったのよ。

坂道を下りっぱなし、妹が死んでから一年あまりたったけど、妹の旦那は、酒びたりになっていた。妹に対する義務感から、ときどき夜中にA・Jの様子を見にいったわ。そうっと家の中に入って、彼の顔についているゲロを拭きとってやって、ベッドにひきずっていくの。ある晩、入っていくとA・Jはいつものように酔いつぶれていた。そして『タマレーン』がテーブルにのっていたの。ここではっきりさせておきたいのは、彼が『タマレーン』を見つけた日、あたしも彼といっしょだったということ。彼が、儲けをあたしと折半しようといったことなんて一度もなかった、ほんとうはそうするのがまっとうなことでしょ。あのけちんぼめ、あたしが教えてやらなければ、あの遺品セールに出かけていくはずはなかったのに。だからA・Jをベッドに寝かせて、居間に引き返して汚れものを片づけて、なにもかも拭きおわると、なんの気なしにあの本をあたしのバッグに入れちゃったの。

翌日、みんなが『タマレーン』を探しまわっていたのに、あたしは町を出ていた。あの日はずっとケンブリッジに行っていたの。ハーバード大学のマリアン・ウォレスの寮の部屋に行って、彼女のベッドにあの本を投げだして、あたしはこういった、〝ほら、これを売りなさいよ。売れば大金になるわよ〟あの子は本を疑わしそうに見てこういうの。〝これは、盗品でしょう？〃そこであたしはこういう。〃いいえ、これはダニエルのものよ、彼があなたにこれをあげたいって。でもこの本の出所をひとにいってはだめよ。競売所か、稀覯本のディーラーのところにもっていきなさい。どこかの古本の処分箱のなかで見つけたというのよ〃しばらくのあいだ、マリアン・ウォレスから連絡はなく、これでけりがついたとあたしは思った」イズメイの声がとぎれる。

「だがそうではなかった？」とランビアーズが訊く。

「そう。マヤを連れて、あの本をもって、クリスマスの直前にわが家にあらわれた。そしてこういうの、ボストン一帯のあらゆる競売所やディーラーのところへ行ってみたけど、どこもこの本を買ってくれない、来歴もないし、盗まれた『タマレーン』のことで警察がしきりに電話してくるからって。あの子は『タマレーン』をバッグからとりだして、あたしに手わたした。あたしはそれをあの子に投げつけた。〃あたしにこれをどうしろというの？〃マリアン・ウォレスはただ首をふるばかり。本は床に落ち、子供がそれを拾いあげてぱらぱらとめくりはじめても、だれも子供には目もくれない。マリアン・ウォレスの大きな黄褐色の目に涙があふれる。彼女はいうの、〃あなたは『タマレーン』を読んだことがありますか、ミセス・パリッシュ？　とても悲しいんです〃あたしはかぶりをふる。〃これは、トルコの征服者のことを描いた詩なんです、彼は生涯ただひとりの恋人を、ある哀れな農夫の娘を、権力と交換するんです〃あたしは彼女に目をむいてやる、そしてこういうの。〝ここでもそんなことが起きているると、あなた、そう思っているわけ？　自分をどこかの哀れな農夫の娘だと思っているの、そしてあたしは、あなたを生涯ただひとりの恋人から遠ざけようとしている性悪な女房だとでもいうの？〟

〝いいえ〟とマリアンはいう。このとき子供が泣きだす。マリアンはこういった、最悪ですよね、自分のしたことがちゃんとわかっているのは。ダニエルは朗読会のためにあの子の大学にやってきた。あの子はダニエルのあの本が好きだった、著者紹介はもう百万回も読んでいて、ダニエルと寝たときも、彼が結婚していることはちゃんと知っていた。〝あたしはたくさんの過ちを犯しました〟と彼女がいう。〝あたしはあなたを助けてあげられない〟とあたしはいう。彼女は首をふって子供を抱きあげる。〝もうあたしたち、あなたにご迷惑はかけません〟とあの子がいう。〝メリー・クリスマス〟

そしてふたりは立ち去った。あたしはかなり動揺していて、紅茶をいれるためにキッチンにいった。居間にもどると、あの子供がリュックサックを置き忘れ、『タマレーン』がそばの床に落ちていた。あたしはその本をとりあげる。あすか、あすの晩、A・Jの家にこっそり入ってそれを戻してこようと思う。そのとき、あの本にクレヨンのいたずらがきがしてあるのに気づいたの。あのチビが本を台なしにした！　あたしは本をリュックサックに入れ、それを自分のクロゼットにおいた。念を入れて隠したわけじゃないの。きっとダニエルが見つけて、あたしに訊くだろうと思った、でも彼は訊かなかった。彼はなにも気にしたことがないの。あの晩、A・Jから電話がかかってきて、赤ん坊になにを食べさせればいいかと訊かれたの。彼はマヤを自分の家に連れてきていたのよ。だからあたしは行くといった」

「その翌日、マリアン・ウォレスの死体が灯台の近くに打ち上げられる」とランビアーズがいう。

「そう、ダニエルがなにかいうんじゃないかとあたしは待っていた、あの娘の存在を認めて、子供は自分の子だというんじゃないかって、でも彼はなにもいわなかった。そしてあたしは、卑怯きわまりないあたしは、このことを決して持ちだそうとはしなかった」

ランビアーズは彼女を両腕に抱きかかえる。「たいしたことじゃないよ」しばらくしてから彼はいう。「たとえ犯罪行為があったとしても――」

「犯罪行為があったのよ」と彼女はいいはる。

「犯罪行為があったとしても」と彼はくりかえす。「このことを知っている人間はみんな死んでしまった」

「マヤをのぞいて」

「マヤの人生は、順調にいってるじゃないか」とランビアーズはいう。

イズメイは首をふる。「ほんとにそうだわね」

「思うにだね」とランビアーズがいう。「あんたはA・Jの命を救ったんだよ、あの本を盗んだときにね。それがおれの見方だね」

「あなたって、どういう種類の警官なの？」とイズメイが訊く。

「古い種類だ」と彼はいう。

翌晩は、この十年間変わらぬ毎月第三水曜日の〈署長特選読書会〉が、アイランド・ブックスで開かれた。はじめのうちこそ警官たちはお義理で出席していたが、ここ数年のあいだに、この会はほんものの人気を呼ぶようになった。いまやアイランド・ブックスにおける最大の読書会だ。この会の会員の大部分はいまだに警官たちだが、その配偶者たちも出席するようになり、成長した子供たちも何人かくわわっていた。数年前、『砂と霧の家』について議論が沸騰するさなかに、若い警官が仲間の警官に発砲するという不祥事が発生し、ランビアーズは、その後、〈銃は不携帯〉というルールを定めた（ランビアーズはのちに、あの本の選択は間違いだったとA・Jにうちあけた。「警官のキャラクターは興味深いが、あの本は道徳的に曖昧なことが多すぎる。これからはもっとわかりやすいものにしようと思う」）。この事件のあと、暴力沙汰はなくなった。むろん本の内容は別としてだが。

恒例に従いランビアーズは、〈署長特選読書会〉の準備のために、早々と店にやってきてA・Jに声をかける。「こいつがドアの上にのってたよ」ランビアーズは店に入ってくるなりそういった。そしてA・Jの名が書かれたふくらんだマニラ封筒を友人に手わたす。

「どうせ新しいゲラですよ」とA・Jはいう。

「まあ、そういいなさんな」とランビアーズが冗談めかしくいう。「次の大当たりかもしれないぞ」

「うん、きっとそうだ。たぶん『偉大なるアメリカ小説』だ。ぼくの本の山にくわえてやろう。ぼくの脳が機能を停める前に読む本の山に」

A・Jはマニラ封筒をカウンターの上におき、ランビアーズはそれを見つめる。「そりゃどうだかね」とランビアーズはいう。

「ぼくって、デートの場数を踏みすぎた女の子みたいだな。あまりにも失望が多すぎた、期待も多すぎた、そしてどれも当てはずれ。警官として、あんたもそんなふうにならないかな？」

「そんなふうって？」

「すねた見方をする、というのかな」とA・Jはいう。「ひとにはいつも最悪のことしか期待しないような、そんなふうにはならないかな？」

ランビアーズはかぶりをふる。「いいや。おれは悪人の数くらい、善人にも会っているからね」

「へえ、名前をあげてみてくださいよ」

「あんたみたいなひとたちさ、わが友よ」ランビアーズは咳払いをする、A・Jはどう答えてよいかわからない。「犯罪小説のなかに、まだおれの読んでいないお薦めはあるかね？〈署長特選〉のためになにか新しい選り抜きがほしいんだよ」

A・Jは犯罪小説の棚に歩みよる。背表紙を見わたすが、それはほとんどが、黒と赤の地に銀と白の大文字が浮きだしている。たまに蛍光色のひらめきが、単調さを救っている。犯罪小説はどうしてこうもみな同じように見えるのかとA・Jは思う。なぜある本がほかの本とちがうのか？　たしかにみんなちがっている、とA・Jは思う、なぜならみんなちがうからだ。われわれは多くの本の中身を見なければならない。われわれは信じなければならない。ときには失望することも受け入れなければならない、だからこそ、ときたま精神の高揚を得られるのだ。

彼は一冊を選び、それをかの友にさしだす。「たぶんこれかな？」

愛について語るときに我々の語ること

レイモンド・カーヴァー
1980年

二組のカップルが酒を飲み、次第に酔いがまわってくる。愛とはなにか、愛でないものはなにかということについて論じあう。

ぼくが思いなやんだのは、われわれがものを書くとき、愛しているものより、嫌いだったり／憎んでいたり／欠点があると思っているものについて書くほうがずっと楽なのはなぜかということだ*。これはぼくが大好きな短篇なんだよ、マヤ、でもいまはまだ、きみにその理由を話すことはできない。

（きみもアメリアも、ぼくの大好きなひとです）

——A・J・F

＊これはもちろんネット上のほとんどのことにあてはまる。

「出品番号　二二〇〇。午後のオークションの最終の追加分、稀覯本鑑定家にとってはめったにない出物。エドガー・アラン・ポーの『タマレーンとその他の詩』。ポー十八歳の折りに書かれ、〈ボストン市民〉の作として発表。当時はわずかに五十部が印刷されました。『タマレーン』は、名だたる稀覯本コレクションのなかでももっとも価値あるものであります。この本は背に損耗があり、表紙にはクレヨンで汚された痕がある。こうした損傷も、この本の美しさをいささかも損なうことはなく、またこの本の希少性を損じるものでもないといっても過言ではありません。では二万ドルからはじめましょう」

本は最低落札価格を若干超える七万二千ドルで競りおとされる。手数料と税金を引いても、A・Jの手術と初回の放射線治療の被保険者負担分を支払うのに十分な金額である。

クリスティーズから小切手を受け取ったあとも、A・Jは、治療を受けるべきかどうか迷っている。この期《ご》に及んでも、この金はマヤの大学教育の費用として使うべきではないかと思う。「だめ」とマヤはいう。「あたしは頭がいいの。奨学金がもらえるわ。入試の作文には、世界じゅうでいちばん哀しい物語を書くわよ、あたしはシングルマザーの母親が本屋に捨てた孤児で、あたしの養父は、もっとも稀なタイプの脳の腫瘍に冒された、でもいまのあたしを見てください。社会の立派な一員です。みんな、これには飛びついてくれるよ、パパ」

「えらくえげつないんだね、このおバカは」A・Jは自分が創造したモンスターを笑う。

「あたしだってお金はあります」と妻が主張する。要するに、A・Jの人生を共に歩む女性たちは、彼が生きることを望んでいる、そこで彼は手術の予約をする。

「ここにすわっていると、つい考えてしまうの、『遅咲きの花』は、まったくでたらめもいいとこだって」アメリアは、苦々しげにいう。それから立ちあがって窓に近づく。「ブラインドは上げるか、下げるか、どっちにする？　上げれば少し日光が入るし、向かいの小児病棟のすてきな眺めもよく見えるわ。下げると、蛍光灯に照らされたあたしの真っ青な顔が楽しめる。どちらでもあなた次第」

「上げて」とA・Jはいう。「ぼくは、きみのいちばんまともな姿を記憶しておきたい」

「フリードマンが、病室というものは、まともに描写することはできないと書いているのを、あなた、おぼえている？　愛するひとが入っている病室だから、とっても辛くて描写なんかできないとかなんとか、くそくだらないことを。どうしてあれが詩的だなんて思ったのかしら。まったくわれながら愛想がつきるわね。ここまで生きてきてようやく、最初からあんな本なんか読みたくないと思っていたひとたちに同感できるとは。あの本の装幀に花と足をあしらったデザイナーの気持ちもようくわかるわ。そうでしょ？　病室なんていくらでも描写できる。それは灰色。壁にかけてある絵は最悪。ホリデイ・インでもはねつけられそうなしろもの。そこらじゅう、おしっこの臭いを隠そうとしてるみたいな臭いがする」

「きみは『遅咲きの花』が大好きだったんだよ、エイミー」

A・Jには、レオン・フリードマンのことはまだ打ち明けてはいない。「でも四十代で、あの本のくだらない実写版に登場するのはごめんだな」

「ほんとうにこの手術を受けるべきだときみは思うの？」

アメリアは目玉をぐるりと天井にむける。「ええ、思うわよ。第一に、手術はあと二十分ではじまる、だからもうあたしたちのお金は取り戻せない。第二、あなたはもう髪の毛を剃ってしまった、まるでテロリストみたい。いまさら引き返すことになんの意味があるの」とアメリアはいう。

「ひどいざまになるかもしれない二年間のために、金を払う価値がほんとうにあるのかなあ？」彼はアメリアに訊く。

「ありますとも」彼女はいって、A・Jの手をとる。

「感性を共有することの重要性について語ってくれた女性を、ぼくはおぼえている。ほんもののアメリカン・ヒーローと楽しい会話にならなかったからと別れた女性を、ぼくはおぼえている。そういうことがぼくたちにも起こりうるんだよ」とA・Jはいう。

「あれとはまったく情況がちがいます」とアメリアはきっぱりという。ふいに彼女はわめく。「ちくしょう！」A・Jは、なにかたいへんなことが起こったと思う、だってアメリアが罵声を発したことなどなかったから。

「どうした？」

「うん、つまりね、あたしはどうやらあなたの脳みそが好きなの」

彼はアメリアを笑い、アメリアはちょっぴり泣く。

「ああ、涙はごめんだ。哀れんでもらいたくない」

「あなたのために泣いているんじゃない。自分のために泣いてるの。あなたを見つけるまで、どのくらい長い月日がかかったと思う？　どれほどたくさんひどいデートをしてきたと思う？　いまさら」——彼女は息をきらしている——「婚活ドットコムなんかに参加できない。できっこないわよ」

「ビッグバードは——いつも先のことを考えている」

「ビッグバード。それって……？　いまさらニックネームなんかもちださないでよ！」

「だれかに出会うさ。ぼくは出会った」

「チクショー。あたしはあなたが好きなのよ。あなたじゃなきゃだめなの。あなたなのよ、このバカヤロー。いまさら新しいひとなんてまっぴらよ」

　A・Jはアメリアにキスをし、彼女はA・Jの患者用病衣におおわれた両脚のあいだに手をさしいれ、ぎゅっと握りしめる。「あなたとセックスしたい」と彼女はいう。「これがおわって、あなたが植物人間になっても、あなたとセックスしてもいい？」と彼女は訊く。

「いいとも」とA・Jはいう。

「それでもあたしのこと、悪く思わない？」

「うん」彼はちょっと黙りこむ。「この会話のむかう方向に、のんびりかまえていられるかどうか危なくなってきた」と彼はいう。

「あなたは、あたしをデートに誘うまでの四年間、単なる知り合いだったわね」

「そう」

「あたしたちが出会った日、あなたはあたしにとても辛くあたったわ」

「そうだった」

「あたしって、ほんとに目茶苦茶な人間なの。この先どうやってほかのひとを見つけられると思う？」

「ぼくの脳のことはまったく心配していないみたいだ」

「あなたの脳はもうおしまい。それはふたりともわかってるの。でもこのあたしはどうなるの？」

「かわいそうなエイミー」

「うん、本屋の奥さんになる前はね。ほんとにかわいそうだった。もうじきあたしは本屋の未亡人になるの」

彼女はA・Jの機能不全におちいった頭のいたるところにキスをする。「あたしはこの脳が好きだった。いまもこの脳が好き！　とってもすばらしい脳だもの」

「ぼくもだ」と彼はいう。

看護助手がやってきて、彼を車椅子に乗せる。「愛してる」エイミーはあきらめたように肩をすくめる。「もっと気のきいたことをいって送りだしたかったけど、これがせいいっぱい」

A・Jはめざめると、言葉が多少は残っていることに気づく。そのなかのいくつかを見つけるのに時間はかかるが、言葉はたしかにある。

血。

鎮痛剤。
嘔吐。
バケツ。
痔。
下痢。
水。
水疱。
おむつ。
氷。

手術のあと一カ月間の放射線治療を受けるために、彼は隔離病棟に移される。免疫システムが、放射線のために著しく弱っているので、面会はだれひとり許されない。これほどの孤独はいまだかつて味わったことがない、ニックの死後の時期も含めて。酔っぱらいたい気分だが、放射線を浴びた胃は酒を受けつけない。これはマヤがやってくる前、アメリアがあらわれる前の生活だ。人間は自分ひとりの孤島ではない。すくなくとも人間は完璧な孤島ではない。

吐いていないとき、あるいはうつらうつらしているとき、A・Jは、クリスマスに母親からもらった電子書籍リーダーを取り出す（看護師たちは、電子書籍リーダーを紙の本より清潔なものだと見なしている。「箱の面にそう書いておくべきだね」とA・Jはからかう）。いまは長篇小説を読みとおすまで目を開けていられない。短篇小説のほうがいい。どのみち昔から短篇小説のほうが好きだった。読みながら、マヤのために短篇小説の新しいリストを作りたいと考えている。マヤはかならず作家になるだろう。自分は作家ではないが、この職業を頭においたことはあり、そうしたことをマヤに話しておきたい。マヤ、長篇小説にはそれなりの魅力がたしかにあるが、散文の領域においてもっとも気品ある芸術作品は短篇小説だよ。短篇小説を極めなさい、そうすればこの世界を極めることになるだろう、うつらうつら眠りにおちる直前に彼はそう考える。このことは書きとめておかなければ、と彼は思う。ペンに手を伸ばすが、寄りかかっている便器の近くにペンはない。

放射線治療が終了するが、腫瘍専門医は、彼の腫瘍が縮みもせず、成長もしていないことを認める。A・Jにもう一年の猶予をあたえる。「言語能力や、そのほかのすべてが悪化するでしょうが」と医者は、やけに快活だと思われる口調でいう。どうでもいい、A・Jは家に帰れるのがうれしい。

古本屋

ロアルド・ダール
1986年

顧客から不法な金を奪う独特の方法を知っている本屋に関するチョコレート・ボンボン。登場人物についていえば、これはダールのグロテスクな怪物たちのいつもながらのコレクションだ。プロットについていえば、話のオチはあとでじわじわときて、そのオチもこの話の欠点を補うには足りない。「古本屋」はほんとうはこのリストにのせるべきではない——どうみてもこれはダールの格別すぐれた作品とはいえない。「おとなしい凶器」のような傑作でないのはたしかだ——それでもあえてここにのせる。凡作だとわかっているのに、なぜこれをのせるのか、どう説明しようか？　答えはこうだ。きみのパパは、この話の登場人物とかかわりがある。ぼくにとっては意味があるのだ。そしてぼくがこうしたことを（むろん本屋のことだが、そうかといって感傷的になりすぎては困るが、人生を生きていくことを）長いあいだ続ければ続けるほど、この物語こそがすべての中核だと、ぼくは信じないではいられない。つながるということだよ、ぼくのかわいいおバカさん。ひたすらつながることなんだよ。

——A・J・F

これはとてもかんたん、と彼は考える。マヤ、と彼はいいたい、ぼくはすべてを解きあかしたよ。

でも彼の脳がそういわせてくれない。

きみに見つけられない言葉は借りなさい。

ぼくたちはひとりぼっちではないことを知るために読むんだ。ぼくたちはひとりぼっちだから読むんだ。ぼくたちは読む、そしてぼくたちはひとりぼっちではない。ぼくたちはひとりぼっちではないんだよ。

ぼくの人生はこれらの本のなかにあるんだと、彼はマヤにそういいたい。これらの本を読んで、ぼくの心を知っておくれ。

ぼくたちは長篇小説そのものではない。

いま彼が見つけようとしている比喩は、ほら、そこにあるのに。

ぼくたちは短篇小説そのものでもないね。いまこの時点で彼の人生は短篇小説にいちばん近いものかもしれない。

けっきょくぼくたちは短篇集なんだ。

彼はたくさんのものを読み、すべての収録作品が完璧である短篇集はないということを知っている。あるものは合う。あるものは合わない。運がよければ傑作に出会う。そしてけっきょく、ひとはそうした傑作をおぼえているだけだが、それもそう長くはおぼえていない。

そう、それほど長くは。

「パパ」とマヤがいう。

彼はマヤのいっていることを理解しようとする。唇の動きと音で。あれはどういう意味なんだろう?

ありがたいことに、マヤはくりかえしてくれる。「パパ」

うん、パパ。パパはぼくなんだ。パパにぼくはなったんだ。マヤの父親。マヤのパパ。パパ。なんという言葉。なんて小さくて大きな言葉。なんという言葉、なんという世界!

彼は泣いている。胸がいっぱい、その気持ちを解き放ってくれる言葉なんかない。言葉の働きを、ぼくは知ってる、と彼はおもう。言葉は気持ちをにぶらせてしまうんだ。

「もういいよ、パパ。おねがい、もうやめて。わかったよ」

　マヤは彼を抱きかかえる。

　読むことがむずかしくなってきた。いっしょうけんめい読もうとすれば、短篇小説ならまだ読める。長篇小説はもうだめだ。話すより書くほうがやさしい。書くことがやさしいというわけではない。一日に一つの文節を書く。マヤのための一つの文節。たいしたものではないが、それは自分があたえるために残したものだ。

　彼はなにかとても大事なことをマヤに伝えたい。

「痛いの？」とマヤが訊く。

　いいや、と彼は思う。脳には痛覚がないから痛まない。心を失うことは、奇妙なことに、痛みから解放されるということだった。もっと痛みを感じるべきだと彼は思う。

「こわいの？」とマヤが訊く。

　死ぬことはこわくない、と彼は思う、だけどぼくがやっているこのことがちょっとこわいな。毎日、すこしずつぼくがなくなっていく。きょうのぼくは、言葉はなくて考えだけなんだ。あしたのぼくは、考えはなくて体だけだろう。そういうものだ。でもね、マヤ、きみがいまここにいる、ぼくも、ここにいるのがうれしい。本がなくても、言葉がなくても。心さえなくなってもね。いったいこれをどういえばいいだろう？　いったいどこからはじめればいいだろう？

マヤが見つめている、そしていまは泣いている。

「マヤ」と彼はいう。「大事なのはたったひとつの言葉だけだ」彼は、自分のいったことが理解されたかどうか、マヤをみつめる。マヤの眉がぎゅっと寄せられている。どうやらこっちのいうことがわからないらしい。ちくしょう。近ごろ、こちらのいうことはほとんどちんぷんかんぷんなんだ。相手に理解してもらいたいのなら、ひとことでいえるようなものがいい。でもあることを説明するにはひとことでは足りない。

彼はもういちどいってみる。くりかえしくりかえしいってみる。「マヤ、ぼくたちは、ぼくたちが愛しているものだ。ぼくたちは、ぼくたちが愛するものそのものだ」

マヤは首をふる。「パパ、ごめん。よくわからない」

「ぼくたちは、ぼくたちが集めたもの、かちえたもの、読んだものではないんだ。ぼくたちは、ここにあるかぎり、ただ愛するものだ。ぼくたちが愛したものだ。ぼくたちが愛したひとたちだ。そうしたものはね、そうしたものは永遠に生きつづけるとおもう」

マヤはまだ首をふりつづけている。「パパのいうことがわからない。わかればいいのに。エイミーを呼んでこようか？　それともタイプで打ってみる？」

彼は汗をかいている。会話はもはや楽しくはない。これまではとてもたやすいことだった。よし、と彼はおもう。ひとことでなければならないのなら、ひとことにしてやろう。

「愛《ラブ》？」と彼は問いかける。うまくいえたように、と彼は祈る。

マヤは眉をよせ、彼の表情を読もうとする。「てぶくろ《グラブズ》？」とマヤは訊く。「手がつめたいの、パパ？」

彼はうなずく。マヤは彼の両手を自分の両手で握りしめる。手はつめたかったのに、いまはあたたかい。そこで彼は、きょうはじゅうぶんといえるくらいやったことにする。あしたになれば、たぶん言葉がみつかるだろう。

本屋の葬式に参列したみんなの胸に浮かんだのは、アイランド・ブックスはどうなるのかという疑問だ。だれしも自分たちの本屋に愛着がある、A・J・フィクリーが想像もしたこともない愛着がある。あなたの十二になる娘の、爪が齧られている指先に『五次元世界のぼうけん』をだれがおいてくれるというのか、あるいはあの『ハワイ旅行ガイド』をだれが売ってくれるというのか、あるいは、格別な趣味をもつあなたの伯母さんに、『クラウド・アトラス』はきっと気に入りますよとだれがすすめてくれるだろう。なおその上に、みんなアイランド・ブックスが大好きだ。そしてみんないつもぜったい浮気はしないというわけではないけれど、みんなときどき電子書籍を買い、ネットで買い物をするけれど、自分たちの町について、アイランド・ブックスが大通りの中央にあり、フェリーをおりてから二番目か三番目にかならず行くところだと、いってもらえるとてもうれしい。

葬式では、みんなマヤとアメリアに、むろん謹んで近づいて、こうささやく。「A・Jにかわるようなひとはいるわけはないけれど、店をつづけてくれるひとをだれか探すつもりですか?」

アメリアはどうしていいかわからない。彼女はアリス島を愛している。アイランド・ブックスを愛している。だが本屋を経営した経験はない。いつも出版社側の仕事をしてきたし、安定した給料と、マヤに責任をもたねばならない今は、健康保険もいっそう必要だ。店は開けておき、平日は、だれかに店をまかせようかとも考えるが、それはむりだろう。通勤もたいへんだし、じっさい賢明なのは、島を完全に引き払うことだ。眠れぬほどあれこれと思い悩んだ一週間ののち、アメリアは、店を閉じることを決意する。店は——店がはいっている建物とそれが立っている土地は、少なくとも——大金にはなる(ニックとA・Jは、当時即金でこれを買った)。アメリアはアイランド・ブックスを愛しているが、自分が切り盛りすることはできない。一カ月ほど、店を売ろうと試みたが、買い手はあらわれなかった。いまは建物を市場に売りに出している。アイランド・ブックスは夏の終わりには閉店することになるだろう。

「ひとつの時代の終わりだね」とランビアーズが、地元の軽食堂で目玉焼きを食べながらイズメイにいう。彼はこの知らせを聞いて悲嘆にくれたが、彼もどのみち近々アリスを去る計画だ。来春には、警察勤務も二十五年になるし、かなりの金額の蓄えもある。ボートを買い、フロリダ・キーズ諸島で暮らそうと考えている、エルモア・レナードの小説に出てくる退職警官のように。いっしょにくるようにイズメイを説得している。もう少しで説き伏せられそうだと思っている。最近では彼女のほうも、反対する理由がだんだん見つからなくなってはいるが、なにしろ彼女はほんとうは冬が大好きな、ニューイングランドのあの奇妙な人種のひとりなのだ。

「あの店をやっていってくれる人間が見つかるんじゃないかと願っていたんだがなあ。しかし、A・Jやマヤやアメリアがいなくちゃ、同じアイランド・ブックスとはいえないねえ」とランビアーズはいう。「同じ心というものがないだろうからな」

「そうね」とイズメイはいう。「でもぞっとするな。たぶん〈フォーエバー21〉の店になるんじゃないかしら」

「〈フォーエバー21〉ってなんだい？」

イズメイは彼を笑う。「そんなものも知らないの？　あんたがしじゅう読んでるヤング・アダルト小説に一度も出てこなかったっていうの？」

「ヤング・アダルト小説は、そんなもんじゃない」

「衣料品のチェーン店。じっさい、それなら幸運というものよ。銀行になるかもしれないし」彼女はコーヒーを飲む。「さもなきゃ、ドラッグストアか」

「ジャンバ・ジュースかもしれないね」とランビアーズはいう。「おれはジャンバ・ジュースは好きだがね」

イズメイが泣きだす。

ウェイトレスがテーブルのわきに立ち止まる。ランビアーズは皿を片づけるようしぐさで示す。「あんたの気持ちはわかるよ」ランビアーズはいう。「おれだってそんなのはいやだよ、イジー。なあ、おれのおかしな話をしてやろうか？　Ａ・Ｊに会って、アイランドに通うようになる前のおれは、本なんかたいして読んじゃいなかった。がきのころ、教師どもは、おれは読むのがのろい子だと思っていたから、おれは本を読むこつもおぼえなかったんだ」

「おまえは読書がきらいなんだねといえば、子供はそう信じこむものよ」とイズメイがいう。

「国語の成績はいつもＣでさ。Ａ・Ｊがマヤを養女にしたとき、おれは、あのふたりの安全を確認するために、店のなかに入る口実がほしかったんだ。だから彼がすすめるものはなんでも読んだ。それでおれは本が好きになりはじめたんだ」

イズメイがいっそう激しく泣く。

「ほんとはおれ、本屋が好きなんだな。ほら、おれは、職業上いろんな人間に会うだろ。おおぜいの連中がアリス島を通りすぎていく、ことに夏にはね。休暇でやってくる映画の連中を見てきた、音楽の連中も報道関係者も見てきたよ。本屋のような人種は世界じゅうどっこにもいないね。あれは紳士淑女相手のビジネスだよ」

「あたしは、そこまではいわないけど」とイズメイがいう。

「よくわからないけどな、イジー。いいかい。本屋はまっとうな人間を惹きつける。A・Jやアメリアみたいな善良な人間をね。おれは、本のことを話すのが好きな人間と本について話すのが好きだ。おれは紙が好きだ。紙の感触が好きだ、ズボンの尻ポケットに入ってる本の感触が好きだ。新しい本の匂いも好きなんだ」

イズメイは彼にキスをする。「あんたみたいな、おかしなお巡りさんには会ったことがない」

「アリスに本屋がなくなったら、いったいどうなるか心配なんだよ」とランビアーズはいってコーヒーを飲みおえる。

「あたしだって」

ランビアーズはテーブルに体をのりだし、彼女の頬にキスをする。「おいおい、とほうもない考えがうかんだぞ。もしもだよ、フロリダに行くかわりに、あんたとおれで、あの店を引き継いだらどうかね？」

「こんな不景気なときに、そんなの、まったくばかげてる」とイズメイはいう。

「ああ」と彼はいう。「たぶんな」デザートはいかがとウェイトレスが訊く。なにもいらないとイズメイはいうが、ランビアーズは、彼女がいつも彼の分をちょっぴり食べたがるのを知っている。彼はチェリー・パイを一切れと、フォークを二本たのむ。

「だけどさ、もしおれたちでやるとしたら？」とランビアーズはつづける。「おれには貯金もあるし、かなりの額の年金も入ってくるし、あんたも同じだろ。それにA・Jがいっていたけど、夏期の観光客は本をたくさん買ってくれるんだよ」

「いまどきは、夏の観光客も電子書籍リーダーをもってくるのよ」とイズメイが反論する。

「ごもっとも」ランビアーズはいう。そしてこの話は取り下げることにする。

パイを半分ほど食べたところで、イズメイがいう。「カフェもオープンすればいいわね。そうすればたぶん、売り上げのたしになるかもしれない」

「うん、A・Jはときどきそんなことをいってたな」

「それに」とイズメイはいう。「地下室を劇場のスペースにすればいい。そうすれば、作家のイベントも、店のまんなかでやらなくてもいいわ。それを劇場とか集会所として貸し出すこともできるだろうし」

「あんたの舞台経験がおおいに役に立つな」とランビアーズはいう。

「あなた、ほんとにやる気があるの？　あたしたち、もう超若いわけじゃないわよ」とイズメイがいう。「冬がないところというのはどうなるの？　フロリダはどうなるの？」

「老いこんだら行けばいいじゃないか。まだ老いこんじゃいないぞ」とランビアーズはちょっと間をおいていう。「おれは生まれてこのかたずっとアリスで暮らしてきた。おれが知っている唯一の土地だ。素晴らしい土地だよ、おれはそれを素晴らしいままにしておきたい。本屋のない町なんて、町にあらずだぜ、イジー」

アメリアは、店をイズメイとランビアーズに売ってから数年後、ナイトリー・プレスを辞めることにする。マヤはもうじき高校を卒業するし、アメリアはほうぼう出張するのにうんざりしている。メイン州を拠点とする大型書店の書籍仕入れ担当の職を見つけた。彼女は退社する前に、前任者のハービー・ローズにならって、手もちの顧客のデータをすべて詳細に書き出す。アイランド・ブックスは最後にとっておく。

〈アイランド・ブックス〉と彼女は記す。〈店主　イズメイ・パリッシュ（もと教師）とニコラス・ランビアーズ（もと警察署長）。ランビアーズは本の売り出しがうまい。ことに文学的犯罪小説とヤング・アダルト小説はお手のもの。高校の演劇部の顧問だったパリッシュは、優秀な作家のイベントを催すには、頼りになる人材である。店にはカフェ、ステージがあり、すぐれたネット販売のサイトがある。これらはすべて、A・J・フィクリーによって築かれた堅固な基礎の上にたてられている。このもと店主の好みは、文学に偏《かたよ》っていた。店には、いまだ膨大な文学作品の在庫もあるが、現店主たちは売りたいと思う本しか仕入れない。私はアイランド・ブックスを心から愛している。私は神を信じない。信奉する宗教もない。だが私にとってこの書店は、この世で私が知っている教会に近いものだ。ここは聖地である。このような書店があると、ブック・ビジネスの前途も安泰であろうと自信をもっていえる気がする。――アメリア・ローマン〉

アメリアは、この最後の数行の文章に、いささか戸惑いを感じ、〈現店主たちは売りたいと思う本しか仕入れない〉という文からあとはすべて削除する。

「……現店主たちは売りたいと思う本しか仕入れない」ジェイコブ・ガードナーは、前任者のノートを最後にもう一度読み上げ、それから携帯を切ると、断固とした足どりでフェリーをおりる。ジェイコブ、二十七歳、ノンフィクション・コースで学費半分未払いの修士号を取得した彼はやる気満々。この仕事につけたことの幸運が信じられない。たしかにもっとましな給料を望むことはできるが、彼は本を愛している、常に本を愛してきた。本は自分の命を救ったと信じている。彼は、かの有名なC・S・ルイスの言葉を手首に刺青している。文学の話をして、それでじっさい給料をもらえる人間になるとは。彼ならそれを無料でもやるだろう、勤務先の出版社にそれを知ってもらいたいわけではないが。金は必要である。ボストンでの暮らしは安くはない。彼がこの稼業に従事するのは、自分の情熱を持続させるため、ゲイのボードビリアンたちの聞き書きの伝記を書き続けるためだ。

だがこれは、ジェイコブ・ガードナーがほかならぬ信者であるという事実を損うものではない。彼はまるで神のお召しを受けたとでもいうような歩き方をする。彼はよく伝道者とまちがえられる。実際に彼はモルモン教徒として育てられたのだが、これはまた別の話だ。

アイランドはジェイコブの最初のセールス先だ、たどりつくのが待ち遠しい。ナイトリー・プレスのトートバッグに入れてきた傑作本の数々について、彼らに語るのが待ちきれない。バッグは二十キロほどの重さがあるが、ジムで鍛えているジェイコブは、まるで重さを感じない。ナイトリー・プレスの今年のカタログは、かなり実のあるものがそろっていて、取引は楽勝だと彼は思っている。読者たちはここに揃っている本を好きになるにちがいない。彼を雇ってくれた感じのいい女性が、アイランド・ブックスからはじめるといいとすすめてくれた。あそこの店主は、文学的犯罪小説が好きなのよ、ね。それで、カタログのなかのジェイコブのお気に入りは、親元を離れて暮らすラムスプリンガの時期に、行方不明になるアーミッシュの少女を描いたデビュー作、ジェイコブにいわせれば、文学的犯罪小説の熱心な読者には必読の書だ。

ジェイコブが、紫色のペンキを塗ったヴィクトリア朝風の家の敷居をまたぐと、ウインド・チャイムが、おなじみの歌をうたい、無愛想でもないどら声がひびく、「いらっしゃい」

ジェイコブは、歴史書が並ぶ通路を進み、梯子の上にいる中年の男性に片手をさしだす。

「ランビアーズさん、本をおもちしましたよ！」

謝　辞

ユニコーンはいない、アリス島も実在しない、そしてA・J・フィクリーの好みは、必ずしも私の好みではない。

ランビアーズと最初のミズ・フィクリーは、「本屋のない町は町ではない」というフレーズをさまざまな形で述べている。きっとふたりとも、ニール・ゲイマンの『アメリカン・ゴッズ』を読んだにちがいない。

キャシー・ポリーズは、本書を、私の人生までよりよいものにしてくれるような寛大かつ的確なやり方で編集してくれた。まさに優れた編集者の力である。アルゴンキン・ブックスのみなさんに感謝する、とくにクレイグ・ポプラース、エマ・ボイヤー、アン・ウィンズロウ、ブランスン・フール、デブラ・リン、ローレン・モーズリー、エリザベス・シャーラット、アイナ・スターン、ジュード・グラントに。

私のエージェント、ダグラス・スチュアートはポーカーの名手で、ときには手品師になる。それらのスキルは、『A・J・フィクリー』に役立った。同じく、彼の同僚、マドレン・クラーク、カーステン・ハーツ、そして特にシルヴィア・モルナーに感謝する。さまざまな理由から、私はまた、クレア・スミス、タムシン・ベリマン、ジーン・ファイウェル、スチュアート・ゲルウォーグ、アンガス・キリック、キム・ハイランド、アンジァリ・シン、キャロリン・マックラー、そしてリッチ・グリーンに感謝する。

私のパパ、リチャード・ゼヴィンは、私にとっては、はじめての児童書、『大きな森の小さな家』を買ってくれた。そしてそれが私の気に入ったとわかると、それから千にものぼる嬉しい贈り物をしてくれた。私のママ、エラン・ゼヴィンは仕事の合間の昼食の時間に、私を車で本屋に連れていってくれたので、お気に入りの作家の本は発売日に買うことができた。私の祖父母、アデルとマイヤー・サスマンはほとんど私に会うたびに本をプレゼントしてくれた。高校二年のときの国語の先生、ジュディス・バイナーは、特に感受性の強い年ごろの私に、現代の文学作品を紹介してくださった。ハンズ・キャノサは、私の本の最初の読者であり、二十年の長きにわたって辛抱強く私の本とつきあってくれた。ジャニーン・オマリー、ローレン・ワイン、そしてジョナサン・バーナムは、本書の前に私が書いた七冊の本の編集者だった。こうしたすべてを総合してみると、これらの行為や人々というものが、作家を育てる公式を作りあげているのかもしれない。

ファラー・ストラウス・ジルゥ社の営業担当である社交的なマーク・ゲイツは、もはやあの社にはいないけれども、二〇〇七年の私のブック・ツアーのときには、シカゴの都心部を車で連れまわしてくれた。あのころこの本の発想が浮かんだような気がする。それから数年後、ヴァネッサ・クロニンが、本の売り込みや、カタログを作る時期などに関する私の質問に快く答えてくれた。誤りがあれば、むろん私自身の責任である。

第一作発売以来の十年のあいだにお世話になった書店の方たち、作家の付き添いの方たち、図書館のみなさん、教師の方々、作家の方々、ブック・フェスティバルのボランティアの方たち、そしてイベントを主催し、私とお喋りをしてくださった出版関係者の方々にも感謝しなければ、怠慢のそしりは免れまい。あのときどきに交わした会話が、アイランド・ブックスが築かれた基礎になっている。

最後に、ロード・アイランドのポーツマスにあるグリーン・アニマルズ・トピアリー・ガーデンの記述については、作者の勝手にさせていただいた。ほんとうのこと。あのガーデンは、冬には閉園しているが、夏には、あそこできっとユニコーンが見つかるだろう。

訳者あとがき

生まれて初めて読んだ児童書『大きな森の小さな家』を皮切りに数限りない本を父親からあたえられ、母親に連れられて本屋に通い、祖父母には会うたびに本をもらっていたという著者ガブリエル・ゼヴィンは、さだめし幸せな「本の虫」だったろう。

ハーバード大学で英文学を専攻し、二〇〇〇年に卒業後、すでに四冊の長篇と数冊のヤング・アダルト小説を刊行している。

本書は二〇一四年に刊行されると、ニューヨーク・タイムズのベストセラー・リストにすぐさま登場し、すでに三十以上の言語に翻訳されている。ワシントン・ポストやパブリッシャーズ・ウィークリーなどの各紙誌にも、「近ごろ珍しい古風な小説」、「すぐれたプロット」、「おかしくてやさしくて感動的」などの賛辞が並んだ。

主人公フィクリーは、プリンストン大学の大学院でエドガー・アラン・ポーを研究していた学究。大学のアカペラ・グループでは、第二テナーをつとめ、《ロックバルーンは

99》や、《エレヴェイター・ラヴ》など、ロックバンドの歌を唄っていた。そんな彼が、もっと別の人生もあるという妻の助言に従って妻の故郷アリス島に移り住み、そこで本屋を開業する。名付けてアイランド・ブックス。「本屋のない町なんて町じゃない」と彼らはいう。島に生まれたただ一軒のその書店が、島にどんな波紋をもたらしたか。本にはあまり縁のなかった無骨な島の警察署長ランビアーズが、のちにこんな台詞を吐いている。「本屋はまっとうな人間を惹きつける……おれは本について話すのが好きだ、おれは……紙の感触が好きだ、ズボンの尻ポケットに入ってる本の感触が好きだ。新しい本の匂いも好きなんだ」

島のひとたちのあいだでは偏屈おやじで通っていた書店主フィクリーの身に、やがてさまざまな悲劇が襲いかかる。傷心の彼は酒浸りの日々を過ごしていたが、そんな彼のもとにある日、奇跡がもたらされる。目の前に愛おしいたからものが忽然とあらわれたのだ。ここでわたしははっとする。おや、これは！　十九世紀の英国作家ジョージ・エリオットの『サイラス・マーナー』の一場面がわたしの脳裏によみがえる。

フィクリーはその「たからもの」、マヤのおかげで凍っていた心が融けていく。マヤと、出版社の営業担当アメリアと、血がつながっていないこの三人が、本という血と肉によって結ばれていき、まことの愛にたどりつく。素敵なラブ・ストーリーですよねといっても、偏屈フィクリー氏も否とはいうまい。

本書の登場人物たちに襲いかかるいくつかの悲劇は、あまりにも苛酷だが、著者はそれをユーモアでくるみ、ウイットをちりばめ、軽快な筆致で淡々と描いている。だから読者が涙を流したとしても、それは決して苦くはないだろう。むしろ甘い涙かもしれない。本書独特の軽快な文章スタイルが、この本のそうした魅力を生みだしているのだろう。何度読みかえしても、そのたびに明るさのなかにひそんでいた涙が、わたしの眼にじわじわと限りなくにじみだしてくる。

さてすでに読まれた方はお気づきだろうが、各章の前にフィクリーが興味をもつ短篇のタイトルが掲げられ、それに関するフィクリーの短いコメントが記されている。著者は、フィクリーの好みは、かならずしもわたしの好みではないと断っているが、この作品群によってフィクリーという人間の奥底がかいま見え、その横顔が影絵のように浮かびあがってくる。それらは上等な食前酒のように、つづく章への期待をもふくらませてくれる。

ダールの「おとなしい凶器」をはじめとして、フィッツジェラルドの「リッツくらい大きなダイアモンド」、オコナーの「善人はなかなかいない」、ショーの「夏服を着た女たち」、サリンジャーの「バナナフィッシュ日和」、ポーの「告げ口心臓」などなど、息づまるような名品が、各章のタイトルがわりにならぶ。これらの短篇をすべて読まずともよいが、オコナーの「善人はなかなかいない」だけは読んだほうがいいかもしれない。これは、エイミーの愛読書だが、「そのひとを知るには、そのひとがなんの本が好きか訊けばわかる」というフィクリーの持論が、ここでよく証明されているからだ。これが彼女の愛読書と知った彼は、エイミーの「訪れてみたいような暗い部分もほの見えてきた」といっている。

本書を読みすすむうちに、この本のさまざまなシーンが鮮やかな映像となってせまってくる。アメリアがアリス島にはじめて足をおろすシーン、はじめてアイランド・ブックスを訪れたアメリアと丁々発止とやりあうフィクリー、階段をことんことんと可愛いおしりでおりてくるマヤ、冷たい海に足を踏みこむ義姉のイズメイ、トピアリー・ガーデンの前で、ぴょんぴょん跳び上がっているマヤなどなど。そして最後には、改装なったアイランド・ブックスにとびこんでいく新人の営業の青年の姿、「本をおもちしましたよ」というその声までがわたしの耳に快くひびき、読後の満たされた心を浮きたたせてくれた。著者がシナリオ・ライターでもあると知って、なるほどと納得した。

著者の豊かすぎる知識が、本書にはあふれんばかりに詰めこまれ、さまざまな作品の登場人物の名前やらなにやらがぽんぽんととびだし、つい「訳注」をつけたくなったが、それは邪魔でしかないと感じたので、「訳注」はいっさい省いた。ディケンズの『大いなる遺産』のミス・ハビシャム、『ライ麦畑でつかまえて』のホールデン・コールフィールド、『ジェイン・エア』のロチェスターなどなど。島のレストランのピーコッドは、『白鯨』に出てくる船の名前だし、カクテルのクイークェグは、同じく『白鯨』の銛うちの名前。

フィクリーのメモの冒頭にあるTrue!（ほんとうなんだ！）という言葉は、「告げ口心臓」の冒頭の句だし……注をつくっていたら夜が明けるだろう！

本書は、単行本として刊行の翌年、二〇一六年に本屋大賞（翻訳小説部門）を受賞した。著者に代わって、訳者はその授賞式に出席したが、会場の大ホールに足を踏み入れたとたん、予想もしていなかった凄まじい熱気にあおられて思わず身をすくめた。北から南まで、全国から集まった書店員の方々が放つエネルギーが私を圧倒した。このとき私は、本と読者をつなぐ強靭な力の存在をひしひしと感じたのだ。あのときの感動にふたたびひたりつつ、あらためて全国の書店員諸氏に深い感謝を捧げたいと思う。

単行本刊行から受賞に至るまで、たいそうお世話になった編集部の吉田智宏氏と校閲の竹内みと氏には、あらためて感謝を捧げる。

このたび文庫化の運びとなり、新しい形でこれを読者の手にお届けできるのは、まことにうれしい。

改版にあたって、数々の助言をいただいた編集部の梅田麻莉絵氏、校正担当の谷内麻恵氏には深く感謝したい。

二〇一七年十一月

（この訳者あとがきは、単行本のあとがきに加筆修正したものです）

解説

書評家
吉田伸子

「ぼくたちはひとりぼっちではないことを知るために読むんだ。ぼくたちはひとりぼっちだから読むんだ。ぼくたちは読む、そしてぼくたちはひとりぼっちではない」

これは、本書の終盤に出てくる、主人公フィクリーの言葉だ。単行本刊行時にこの文章を読んだ時、不意に胸の奥から熱いものが込み上げてきた。そうか、私はこの言葉と出会うために、本書を読んだのだ、と思った。世界の全ての本好きたちに、この言葉は届くといいな、と思ったことを、覚えている。

物語は、ナイトリー・プレスの営業担当であるアメリアが、アリス島にある「アイランド・ブックス」を訪ねる場面から始まる。島で唯一の書店であるその店のオーナー、A・J・フィクリーは、前担当者であるハービーが亡くなったことをアメリアの口から知り、アメリアのセールストークをはねつける。ハービーはぼくの好みを知っていた、というフィクリーに、アメリアは言う。「フィクリーさん、なにがお好みかおっしゃってください、と。それに対するフィクリーの答えはこうだ。

「お好みでないものをあげるというのはどう？　お好みでないものは、ポストモダン、最終戦争後の世界という設定、死者の独白、あるいはマジック・リアリズム。おそらくは才気走った定石的な趣向、多種多様な字体、あるべきではないところにある挿絵——基本的には、あらゆる種類の小細工。ホロコーストとか、その他の主な世界的悲劇を描いた文学作品は好まない——こういうものはノンフィクションだけにしてもらいたい。文学的探偵小説風とか文学的ファンタジー風といったジャンルのマッシュ・アップは好まない。文学は文学であるべきで、ジャンルはジャンルであるべきで、異種交配はめったに満足すべき結果をもたらさない。児童書は好まない、ことに孤児が出てくるやつは」

まだまだフィクリーの「お好みでないもの」は続くのだが、最後までフィクリーの言い分に（怒りながらではあるが冷静に）耳を傾け、それでもなおセールスを続けたアメリアは偉い！　とはいえ、アメリアの忍耐にも限度があるので、最後には売り言葉に買い言葉のようなことを口にして、「アイランド・ブックス」を後にする。二時間のドライブと、島までのフェリーの八十分をかけて訪れたのに、こんな偏屈野郎がオーナーだったなんて！

とはいえ、フィクリーがそんな応対をしたのは、不意打ちのように前任者ハービーの死を知らされたからであり、フィクリーにとって、「死」は辛い記憶に直結するものだったからだ。フィクリーは二十一カ月前に、最愛の妻――彼女は妊娠二カ月だった――ニコルを自動車事故で喪くしていたのだ。

そもそも、アリス島はニコルの故郷であり、その故郷に本屋を開こうとフィクリーに持ちかけたのは、ニコルだった。二人はプリンストン大学（超名門！）で出会い、大学院に入る前の夏に結婚した。ニコルは二十世紀の女性詩人の研究を、フィクリーはE・A・ポーの作品を研究していたのだが、フィクリーはニコルとともに博士号の取得を辞め、二人で「アイランド・ブックス」を開業することを選ぶ。以来、二人は片時も離れず、幸せに包まれて暮らしていた。けれど、その幸せは、ニコルの事故死で、砕け散ってしまった。残されたフィクリーは、ニコルを喪った悲しみを酒で埋める日々。

アメリアがやって来た日の夜、ハービーの死のショック（生前のニコルを知っていた人間に死なれるのは、フィクリーにとって辛いことだった）から、フィクリーは常にも増して泥酔してしまう。酒の相手は、ポーが十八の時に書いた稀覯本（匿名で出版され、五十部印刷されたきり、という超超レア本）『タマレーン』。翌朝のフィクリーは、ワインの一杯目を『タマレーン』に乾杯したことまでは覚えているのだが、そこから先の記憶はない。そして、テーブルの上に置いてあった、と記憶していた『タマレーン』は、跡形もなく消えていた。

場合によっては四十万ドル以上で売れるという『タマレーン』。フィクリーは島の「眠ったような警察署」に駆け込み、盗難届けを出すものの、ひと月たっても手がかりさえ見つからない。事件は迷宮入りになる、『タマレーン』を再び手にすることはないだろう、とフィクリーは諦める。そして、再びフィクリーの孤独な日々が続く。唯一の酒の相手である『タマレーン』すら失った日々が。

そんなある日――クリスマスの二週間前の金曜日――、「アイランド・ブックス」の閉店後にジョギングに出かけたフィクリーは、帰宅後、「アイランド・ブックス」内に置き去りにされた赤ん坊を見つける。床の上に座った赤ん坊の膝の上には『かいじゅうたちのいるところ』(「あえて恥をしのんで置いた数冊の絵本の中の一冊」)。そして、赤ん坊の後ろにはエルモのぬいぐるみがあり、安全ピンで止められた紙片には、「この書店のご主人へ」という宛名のメモが書かれていた。自分はこれ以上この子の面倒は見られない、と。

この時から、フィクリーの人生にはマヤが、マヤの人生にはフィクリーが欠かせない存在となる(もちろん、そこに至るまでには、多少の過程はあるのだが)。島中の住民から定評を得ていたフィクリーの偏屈さは、マヤとの日々の中、少しずつ角が取れていく。ニコルを喪って以来、孤独でモノクロだったフィクリーの日々が、ゆっくりと、様々な色で彩られていく。

と、こう書いてしまうとハートウォーミングな物語だと思われてしまうかもしれない。確かに、本書はハートウォーミングな物語では、ある。けれど、甘くて口当たりの良いだけの物語ではない。冒頭に書いた、フィクリーの「お好みでないもの」を思い出していただきたい。あのフィクリーなのだ。時にちくりとした棘——例えば、ソーシャルワーカーに教育とか、育児とかの経験があるかどうかを尋ねられた時の、「専門は、エドガー・アラン・ポーです。「アッシャー家の崩壊」は、子供をこう扱ってはいけないという、格好の入門書にはなりますね」というフィクリーの返しとか——、時にぴりりとしたスパイス——例えば、フィクリーと初めて会った時に、アメリアがイチ推しした一冊の本『遅咲きの花』に秘められたエピソード——が本書にはちりばめられていて、そこが堪らない。加えて、その棘やスパイスは、上質なユーモアに包まれているのだから、さらにさらに堪らない。棘とスパイス、は、各章の章扉に書かれた、フィクリーの好みの短篇に付された、フィクリー自身のコメントにも表れていて（しかも、この短篇のラインナップの素晴らしいこと！）、こちらも実に味わい深い。

さて、ここまで書いたのは本書の〝ごく一部〟でしかない。マヤを自分の人生に迎え入れたフィクリーのその後の人生については、ぜひ、実際に本書を読まれたい。フィクリーとマヤはもちろん、フィクリーをとりまく人々——警察署長のランビアーズ、ニコルの姉でフィクリーには義姉にあたるイズメイ、そして、あの彼女、等々——のエピソードも、ぐっと来る。

本を読む、という行為は、本来は孤独なものだ。けれど、活字の海は果てしなく、そしてそこには豊かな世界が広がっている。その豊かさこそが、孤独から救ってくれる助けとなるのだ。「ぼくたちは読む、そしてぼくたちはひとりぼっちではない」読後、冒頭にも書いたこの言葉が、強く、強く心に響いてくる。

本書は、二〇一五年十月に早川書房より単行本として刊行された作品を文庫化したものです。

あなたに似た人〈新訳版〉I

ロアルド・ダール
田口俊樹訳

常軌を逸した賭けの行方や常識人に突然忍び寄る非常識な出来事などを、短篇の名手が残酷かつ繊細に描く11篇。名作短篇集の新訳決定版。

【収録作品】味／おとなしい凶器／南から来た男／兵士／わが愛しき妻、可愛い人よ／プールでひと泳ぎ／ギャロッピング・フォックスリー／皮膚／毒／願い／首

ハヤカワ文庫

オリーヴ・キタリッジの生活

Olive Kitteridge

エリザベス・ストラウト
小川高義訳

〈ピュリッツァー賞受賞作〉アメリカ北東部にある港町クロズビー。一見平穏な町の暮らしだが、人々の心にはまれに嵐も吹き荒れて、癒えない傷痕を残していく――。住人のひとりオリーヴ・キタリッジは、繊細で、気分屋で、傍若無人。その言動が生む波紋は、ときに激しく、ときにひそやかに広がっていく。人生の苦しみや喜び、後悔や希望を、静謐に描き上げた連作短篇集

ハヤカワepi文庫

ソロモンの歌

Song of Solomon

トニ・モリスン
金田眞澄訳

〈全米批評家協会賞・アメリカ芸術院賞受賞作〉赤ん坊でなくなっても母の乳を飲んでいた黒人の少年は、ミルクマンと渾名された。鳥のように空を飛ぶことは叶わぬと知っては絶望し、家族とさえ馴染めない内気な少年だった。だが、親友ギターの導きで、叔母で密造酒の売人パイロットの家を訪れたとき、彼は自らの家族をめぐる奇怪な物語を知る。ノーベル賞作家の出世作。

ハヤカワepi文庫
トニ・モリスン・セレクション

わたしを離さないで

Never Let Me Go

カズオ・イシグロ
土屋政雄訳

優秀な介護人キャシー・Hは「提供者」と呼ばれる人々の世話をしている。育った施設ヘールシャムの親友トミーやルースも「提供者」だった。図画工作に力を入れた授業、毎週の健康診断、教師たちのぎこちない態度——キャシーの回想はヘールシャムの残酷な真実を明かしていく。運命に翻弄される若者たちの一生を感動的に描くブッカー賞作家の新たな傑作。解説／柴田元幸

ハヤカワepi文庫

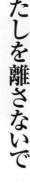

わたしたちが孤児だったころ

When We Were Orphans

カズオ・イシグロ
入江真佐子訳

上海の租界に暮らしていたクリストファー・バンクスは十歳で孤児となった。貿易会社勤めの父と美しい母が相次いで謎の失踪を遂げたのだ。ロンドンに帰され寄宿学校に学んだバンクスは、両親の行方を突き止めるため探偵を志す。やがて幾多の難事件を解決し社交界でも名声を得た彼は、上海へと舞い戻る……現代英国最高の作家が渾身の力で描く、記憶と過去をめぐる冒険譚

ハヤカワepi文庫

夜想曲集

音楽と夕暮れをめぐる五つの物語

Nocturnes

カズオ・イシグロ
土屋政雄訳

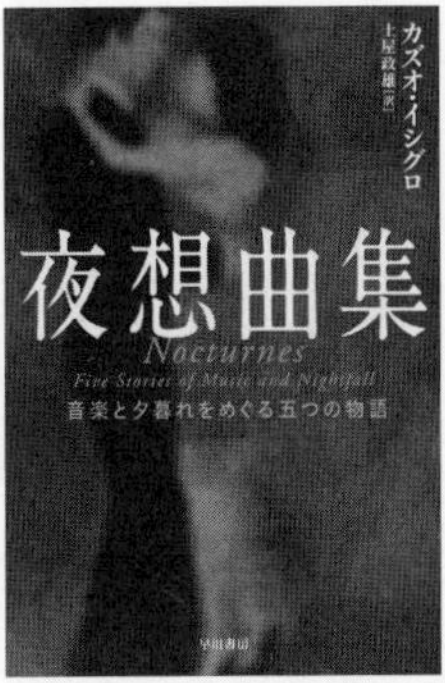

ベネチアのサンマルコ広場で演奏する流しのギタリストが垣間見た、アメリカの大物シンガーの生き方を描く「老歌手」。芽の出ないサックス奏者が、一流ホテルの秘密階でセレブリティと過ごした数夜を回想する「夜想曲」など、書き下ろしの連作五篇を収録。人生の夕暮れに直面した人々の悲哀と揺れる心を、切なくユーモラスに描きだした著者初の短篇集。解説／中島京子

ハヤカワepi文庫

海を照らす光

上・下

The Light Between Oceans

M・L・ステッドマン
古屋美登里訳

〈映画化原作〉二十世紀初頭のオーストラリア。戦争が終わり帰国したトム・シエアボーンは灯台守となった。孤島で妻イザベルと過ごす日々は幸せなものだった。数年後のある日、漂着したボートに生後間もない赤ん坊が乗っているのを見つけるまでは……。夫婦の愛情と罪を描き、胸を打つ感動長篇。《ニューヨーク・タイムズ》ベストセラー。解説／吉田伸子

ハヤカワepi文庫

夜中に犬に起こった奇妙な事件

The Curious Incident of the Dog in the Night-Time

マーク・ハッドン

小尾芙佐訳

角田光代氏推薦！

ひとと上手くつきあえないクリストファーは、近所の犬が殺されているところに出くわす。彼は探偵となり犯人を探そうと決意する。勇気を出して聞きこみをつづけ、得意の物理と数学、たぐいまれな記憶力で事件の核心に迫っていくが……冒険を通じて成長する少年の姿が共感を呼び、全世界で舞台化された感動の物語

ハヤカワepi文庫

すばらしい新世界〔新訳版〕

Brave New World

オルダス・ハクスリー

大森 望訳

BRAVE NEW WORLD

ALDOUS HUXLEY

オルダス・ハクスリー

すばらしい新世界

〔新訳版〕

大森望 訳

早川書房

伊坂幸太郎氏推薦！

世界戦争の終結後、暴力を排除し、安定を最大のモットーとした世界が形成された。人間は受精卵の段階から選別され、5つの階級に分けられて徹底的に区別されていた。孤独な青年バーナードは、出かけた先の保護区で野人のジョンに出会う。『一九八四年』と並ぶディストピア小説の古典にして『ハーモニー』の原点

ハヤカワepi文庫

動物農場〔新訳版〕

Animal Farm

ジョージ・オーウェル
山形浩生訳

ディストピア小説の古典

飲んだくれの農場主ジョーンズを追い出した動物たちは、すべての動物は平等という理想を実現した「動物農場」を設立したが、指導者であるブタは手に入れた特権を徐々に拡大していき……。権力構造に対する痛烈な批判を寓話形式で描いた風刺文学の名作。『一九八四年』と並ぶオーウェルもう一つの代表作、新訳版

ハヤカワepi文庫

ハヤカワ epi 文庫は、すぐれた文芸の発信源（epicentre）です。

訳者略歴　1955年津田塾大学英文科卒，英米文学翻訳家　訳書『第三の女』クリスティー，『闇の左手』ル・グィン，『われはロボット』アシモフ，『アルジャーノンに花束を』キイス（以上早川書房刊）他多数

書店主《しょてんしゅ》フィクリーのものがたり

〈epi 93〉

二〇一七年十二月十日　印刷
二〇一七年十二月十五日　発行

（定価はカバーに表示してあります）

著者　ガブリエル・ゼヴィン
訳者　小《お》尾《び》芙《ふ》佐《さ》
発行者　早川浩
発行所　株式会社早川書房
郵便番号　一〇一‐〇〇四六
東京都千代田区神田多町二ノ二
電話　〇三‐三二五二‐三一一一（大代表）
振替　〇〇一六〇‐三‐四七七九九
http://www.hayakawa-online.co.jp

乱丁・落丁本は小社制作部宛お送り下さい。
送料小社負担にてお取りかえいたします。

印刷・株式会社精興社　製本・株式会社明光社
Printed and bound in Japan
ISBN978-4-15-120093-9 C0197

本書のコピー、スキャン、デジタル化等の無断複製は著作権法上の例外を除き禁じられています。

本書は活字が大きく読みやすい〈トールサイズ〉です。